乱世古玩

LUAN SHI GU WAN

薛友津/著

北京燕山出版社
BEIJING YANSHAN PRESS

图书在版编目（CIP）数据

乱世古玩 / 薛友津著 . -- 北京：北京燕山出版社，
2021.4

ISBN 978-7-5402-5912-9

Ⅰ . ①乱… Ⅱ . ①薛… Ⅲ . ①长篇小说－中国－当代
Ⅳ . ① I247.5

中国版本图书馆CIP 数据核字（2021）第 019175 号

乱世古玩

作　　者：薛友津
责任编辑：金贝伦
出版发行：北京燕山出版社有限公司
地　　址：北京市丰台区东铁匠营苇子坑 138 号
邮政编码：100079
发行电话：（010）65240430
印　　刷：天津创先河普业印刷有限公司
开　　本：710×1000　1/16
印　　张：16
字　　数：270 千字
版　　次：2021 年 4 月第 1 版
印　　次：2021 年 4 月第 1 次印刷
书　　号：ISBN 978-7-5402-5912-9
定　　价：56.00 元

目 录

楔　子

　　大雪下了三夜两天，几乎是没喘口气。整个顺河集被大雪给覆盖住了。一眼望出去，一片苍茫与浩瀚，几乎找不到集镇的踪影。要不是窦家茶馆烟囱冒出黑烟来，真不知道这儿还有人烟存在。

　　雪厚过膝，三四岁孩子陷进雪窟窿去，找不着人影。

　　街道上早有勤快人扫出一条便道。街北头一直通到街南头。

　　天真是冷啊，哈气成冰。街两旁半搂粗细的老柳树被冻得活活地开了花——俗称树笑了。几十年没见这么大的雪了。说这话的是窦家茶馆的八十几岁的老掌柜窦老根。

　　韩大白的烧饼铺早已开了张，芝麻香灌满了一条南北大街。香味冲击着严寒，街上似乎有些温暖感觉。

　　从南边走过来一个被冻得青头紫脸的中年人，他将长脖子缩进衣领里，光剩下半个脑袋在走路。寒冷催着他的脚步，急匆匆地几乎是小跑着前行。身上那件发灰的已经猜不出本色的棉袍布满了大大小小不同颜色的补丁，花花搭搭的甚是出彩，但明眼人一眼就能瞧得出来，补丁的针脚是细密的、匀称的，就晓得，这个男人家一定有一个贤惠且针线好的女人。

　　中年人走到烧饼铺门口，连连跺着脚上的残雪，然后撩开厚布帘子。

进门没顾上搭话，先在饼炉上焐着手，暖流随即布满身体，僵硬的舌根开始灵活起来。

"白爷早啊！"他说。随即又说道："瑞雪兆丰年啊！"

大雪天来了生意，掌柜韩大白自然将笑意推到顾客的面前："黄先生早！瑞雪兆丰年，兆丰年！"

黄先生又说："今年的收成肯定错不了！"

韩大白连连附和："对对对对，肯定错不了！"

黄先生一只冻僵了的手暖过来了，从棉袍里掏出来几个铜板，一字儿在面案边摆开："白爷，你给我两个烧饼，老母亲大病初愈，就想吃你打的烧饼。"

韩大白挑了两个两面烤得亮黄的烧饼用干荷叶包好，然后递到黄先生手里。忽想起了什么："你一家老少七八口子的人，两个烧饼够谁吃的？再多拿几个吧。"

黄先生说道："不瞒你说白爷，天寒腰里也寒哪！"

韩大白说："没事，你现在手头不方便，我给你记上账，等到来年你家私塾开课，从我孩子的学费里扣不就妥了吗？"

黄先生苦笑一下："我黄石在街上从不赊欠别人的东西。这是规矩！"说罢将两个烧饼塞进棉袍里，一头扎进冰窖一般的大街。

迎面来了一个衣衫褴褛走路颤颤巍巍的老人，黄石急忙避让一旁，因为两边都是雪，他想让那个老人过去他再走，哪知道那个老人却拦住了他的去路。向他伸出手来：

"先生救救命吧，我是外乡人，已经好几天没有吃东西了。"

若是别人，就会说，你要饭去找烧饼铺掌柜要，我就买了两个烧饼，没道理的呀！可黄石不会这么说。他想，这么大的年纪，又是个冰冷的天，且又是个外乡人，能帮一下也算是积德行善了吧，老娘如果见到这个情况，也不会拒绝的。当然也不会不管不问的。想到这里，他将手伸进怀里，抖抖索索从荷叶里摸出一个烧饼：

"老人家，你到附近店面避一避风寒吃吧。"他左右看看店铺都没有开门，就又说道："不然你到前面窦家茶馆要一碗开水，你与掌柜的说，记在我的账上，你提黄石黄先生就行了。"

黄石刚欲转身。又被那个老人给拦住了。

老人说："先生，我已经好几天没见饭粒了，一个烧饼怎么能吃饱呢，我瞧你买了两个烧饼，你都给我吃了吧。俗话讲救人救到底，送佛送到西，我看你是个大善人……"

黄石再一次为难了。他虽然觉得这个老人得寸进尺，有点贪得无厌，但面对着大冷天里这个孤苦伶仃的外乡老人，黄石只好第二次将手伸进自己的破棉袍里去。至于回家以后怎么面对自己的老娘，他真的没有细想。

黄石一路小跑，他不能不跑，寒冷催着他的脚步。

跑着跑着，黄石就想到，我回家怎么与老娘交代呢，他一眼看到街边当铺，马上来了主意。

当黄石从当铺出来时，他身上那件补丁摞补丁的破棉袍不见了。只剩下一件破裀子在身上。

天真是冷啊！

黄石听见自己的牙齿在不停地颤抖，发出清脆的有节奏的声音。

那个贪得无厌的老要饭花子到了窦家茶馆，立即涌上来一批人，将他身上的那件褴褛衣裳剥去，换上一件皮袍子，早有人端来一盆炭火在他面前烘着，老头一下子精神起来。立即吩咐人跟着刚才那个名叫黄石的中年男人，打探一下他的住处。

后来，人们才知道，原来那个要饭花子就是当今皇上乾隆爷，伺候他左右的，一个是和珅，一个叫纪晓岚。

稍停，来人禀报，说黄石到了当铺将身上那件棉袍子当了几文钱，再一次去烧饼铺买了两个烧饼回家了，家就住在街南头石牌坊边上。

乾隆爷当即吩咐，将那家烧饼包圆了，全部送往黄家去。随即带领众人赶往黄石家。

一进院门，黄石还在被窝里躺着暖身子。等将他唤出来，他才知道刚才在街上那个要饭的老人原来是当今圣上乾隆皇帝。

乾隆皇帝当场赐纹银一百两，又吩咐人拿来纸笔，随即书写"孝悌人家"四个大字。看到山墙旁的条几上有一本破书，近前一看，是宋应星的《天工开物·陶埏》一书。觉得很好奇，问黄石道："这书是你看的？你喜欢瓷器？"

黄石回道："小人平常没事喜欢翻一些闲书。"

乾隆一生爱瓷如命，龙颜大悦。随即吩咐人到行宫将那套十二月花神杯取来，赏给黄石赏玩。

有人来报，说是烧饼送来了，整整一箩筐。黄家一齐跪地谢主隆恩……

这是乾隆四十五年（公元 1780 年）二月乾隆帝第五次南巡的事。

乾隆四十九年（公元 1784 年）二月，乾隆帝又一次下江南，这是他最后一次南巡。路过顺河集时，又赏给黄石一只康熙五彩兰亭会图棒槌瓶，一只乾隆斗彩龙凤穿花纹梅瓶，还有一尊为他六十大寿造的无量寿佛造像和几件小玉器。

当地人嘘叹，乾隆第二次来黄家，光金银财宝和瓷器就装了整整一马车。

此后，黄石将乾隆爷的赏器小心珍藏，逢年过节，便邀请邻居到家来观赏把玩。

老年黄石爱瓷成痴，走街串巷收购瓷器，终于在乾隆五十五年这年秋天，在顺河街盘了个小门脸，专卖瓷器，取名黄石斋。

第一章

1

这是个深秋的清晨。

早起有雾，将运河边的顺河集罩住。

独轮车吱呀吱呀在运河大堤上行走，将声音送出半里路之外。

御码头无视雾的存在，卸货的、装货的人头攒动，偶尔会有汽笛长鸣。河面上有拖船流动，划破河流，又随手推开雾的门。

河对面魁星楼被浓雾一口吞噬了，只剩下一团残影。

渡口船只停靠在那里，纹丝不动。黄庆山好生奇怪，往常这个时候，一河之隔的城里人早就像蚂蚱似的涌向渡口上船，目的地是河对岸顺河集，去采买新鲜的菜蔬。尤其是在礼拜天的早上。一些人会拖家带眷，去顺河集品尝韩家老字号乾隆烧饼，或去窦家茶馆小坐，要一壶碧螺春或是安徽云雾茶，慢慢细品窦家五香肴肉与精致的点心，享受一下悠闲时光，然后去颓垣断壁、只剩下骷髅架子似的乾隆的行宫边上转一转，沾沾皇家的仙气，这才消闲自在地再到古玩街上淘宝。

雾有这么大力量吗？能拴住人们的双脚！

没有了人，今天的生意肯定是泡汤了。黄庆山心里好一阵不得意，在码头上愣站了一会儿，刚欲回店，忽然听到有人叫他。是码头管事的郑三炮郑云鹏。

郑家三兄弟三门炮，郑大炮郑云鹤在萃文阁当掌柜。二炮郑云裳被抓了壮丁。三炮郑云鹏在御码头做事。

"您早，山爷。"郑三炮快几步撺过来。

黄庆山一拱手："早，鹏爷。"少时问道："去三珍斋喝辣汤？"

郑云鹏抖抖肩膀："山爷你说奇怪不，三珍斋辣汤不就是老母鸡烧的吗，怎么就那么鲜呢？一天不喝就觉得浑身没劲！"

黄庆山说："主要是三珍斋佐料齐全！"

堤岸边叫不上名的野花竞相开放，红色的、白色的、紫色的，还有黄色的，煞是好看。顿时，黄庆山心中的雾散开了。

郑云鹏忽然想起了什么："山爷，您店里那只青花玉壶春凤纹瓶还没出手吧？"

黄庆山说："您让我给留着的，我哪敢随便匀给别人呢！"

郑云鹏连连拱手："谢谢山爷，过几天等手里宽绰，我就拿去。"

黄庆山心里明白，郑云鹏是个贪小便宜的人，觉得那只"青花"要他十块大洋有些贵。就盘算着，到时让他一点，或者送他一件什么小玩意儿，这宗买卖就做成了。俗话讲，"乱世藏黄金，盛世收古董"，如今世道不太平，能出手的东西尽量出手为好。

徒弟刘春林早已将茶给泡好了，等到黄庆山到了店里，茶壶已经不怎么烫手了，热凉恰到好处。

刘春林用鸡毛掸子掸着瓷器上的灰尘，边掸边说道："师父，今儿奇了怪了，怎么到现在街面上没上人呢？"

黄庆山说道："我也正纳闷呢？"少时又说道："我瞧见渡口也是空荡荡的，没个人影。不知何故？"

正说着话，隔壁东城铜器店的邓九庵慌里慌张地推门进来了："山爷，山爷，大事不好了！"

黄庆山不喜欢邓九庵遇事存不住气的样子，连茶都没有让，没好气地问道："什么事情让你这么大惊小怪的？"

邓九庵脸上还是有点惊魂未定的样子："日本人要来了，渡口上的船都被征用了，正准备过河呢！"

黄庆山心说，难怪今早渡口没有人过船呢！

邓九庵说："山爷，你是不是将值钱的东西收一收啊！"

黄庆山想想也是，忙吩咐徒弟刘春林将几件青花大罐和康熙雍正乾隆时期的五彩瓶子放到地窖里去。虽然说日本人自从来到县城，还从未骚扰过顺河集这个城边小镇，这一次是路过还是怎么样，黄庆山心中也没有底。

等到刘春林收好了东西，黄庆山吩咐徒弟刘春林到其他几家古玩店、银楼、店铺、商行知会一声，将值钱的东西该收的收，该藏的藏。无论怎么样，还是防备一点好。毕竟自己还是镇上商会会长，关照大家也是自己的职责与本分所在。

刘春林答应一声出门去了。

看到黄庆山那张沉着冷静的脸，邓九庵打心里佩服人家，一颗扑通乱跳的心也不扑通了，他站起身来，一拱手说，山爷，我也去街上看看，能通知一家算一家，女人能躲避的尽量让她们躲避，别让日本鬼子给祸害了。

女人贺氏急急慌慌从楼上下来了："老爷，听春林说，日本鬼子这回真要来了？"

黄庆山说："还不知道呢！你别慌，有我呢！"话一出口，黄庆山都觉得自己这句话没一点儿底气。

贺氏说："老爷，咱们家那几件祖传宝贝可得要收好了！"

黄庆山问："啥宝贝？"

贺氏说："就是乾隆爷赏我们祖上那套十二月花神杯啊！"

黄庆山一拍桌子："女人家，头发长见识短，如今连记性也差了，我与你们说多少遍了，当年乾隆爷赏的那套瓷器早就瓿了，如果存在的话，我为何不摆出来呢！"

刘春林一出门，脑子里一下想到了窦家茶馆。因为茶馆就在黄石斋斜对面。这是客观条件，主观因素呢，刘春林平时与茶馆的大丫走得很近乎。他喜欢大丫胖乎乎的白脸，喜欢大丫一双会说话的大眼睛，当然大丫头上那条乌黑的大辫子，刘春林也是怎么看也看不够的。刘春林赶到茶馆门口，正遇大丫端着竹筐准备去韩三烧饼铺买烧饼。一看大丫就是刚起不久，辫子还没有来得及梳呢。刘春林就把日本鬼子要来的消息告诉了大丫。虽说小日本来苏城驻防已经不短时间了，可只是在城里和远乡杀人放火，祸害老百姓，却对一河之隔的顺河集秋毫无犯。这次日本鬼子真的要来了，大丫心里当然是害怕得要命，烧饼也不去买了，扭脸回家报信去了。

刘春林在身后叮嘱："告诉你家六爷，别忘了将当年乾隆爷用过的那套茶具收好了！那可是些老古董！"

迎头碰见拉纤的朱大个子。拉纤的是古玩行里的行话，意思是指在买卖双方之间进行联络、说活的人。买卖成交了，从中弄几个小钱花花。朱大个子是顺河街第一高人，进一般屋子，都必须低着头才能进去。光脚量一米八几的个子，至今街上还没有一个男人能刷新他的纪录，当然女人更不用说了。朱大个子喜欢玩玉，整日里脖子上拴着块玉牌，腰间别一款玉兽，左手大拇指上套了一只岫玉扳指，整日在李国瑞的国玉堂里行走。活活将祖上留下来的十多亩河滩地给败坏光了。

今儿一早，他刚从寡妇陈翠萍的豆腐店里买了一块豆腐，在手掌心托着。许是刚刚在陈翠萍那儿嘴上占了点便宜，正一脸的讪笑，一边走一边正在琢磨，怎么吃这块豆腐呢，是炒是炖，还是弄点儿辣椒蒜泥拌着吃，看着刘春林一路小跑急急慌慌的样子，连忙叫住，说，春林，一大早，你狗日的瞎跑什么呢？刘春林说，朱爷，日本鬼子要来了，这就要过河了呢，你快点儿回家准备准备吧，将你手里值钱的宝贝藏好了！

朱大个子人高马大，胆子却出奇的小，一听说日本鬼子来了，脑子一下炸了，就觉得有一股凉风从脚底升起来，催着他的双腿。个子大，再有风追着，身子势必不稳，一不留神，手心那块豆腐就飞了出去，嘴里连连叫道可惜了可惜了，又指着刘春林骂："狗日的刘春林，你赔老子的豆腐！"……

到了博古轩门口，刘春林迟疑了一下，要不要进去通知一下师叔黄庆生。前些时候，因为家庭琐事，师父与老二黄庆生有点儿不愉快。虽然表面上大家还是你来我往和和气气，毕竟是一母同胞。然而，内心里两兄弟难免有点儿阋墙。

黄庆生的徒弟孙大海拿着一把竹扫帚，正准备扫门口的地，见到刘春林，便招呼他进屋喝茶。虽然师父之间有点误会，他们做徒弟的还是相处不错的。刘春林拱手谢过孙大海请茶。便将来意说了一遍。没有停留，接着又去通知其他店铺了。

2

这时，运河上雾气更加凝重，空气有点儿温湿。

加藤吉夫大佐站在船头上，在大雾天没有作用的望远镜在他的脖子上随着船的晃动而不停地摆动着。他下意识吸着空气里淡淡的咸咸的微腥味道，脑子里突然想起了他的家乡北海道烧尻岛，家乡四月的天气也是这样的气温，不冷不热。这个时候，生意失意的父亲与温和恭谦的母亲在干些什么呢？喝早茶吗？抑或织补破旧的渔网？一条渔船进入加藤吉夫的眼帘，随即一张大网从面若红枣的老年渔夫手中抛了出去，动作是那样的绝美与潇洒。这动作使他联想到自己年迈的常年在海上捕鱼的爷爷，不过，那是他很遥远的记忆。如今爷爷已经去了另一个世界。

打鱼的老者吃力地慢慢地拉着网，加藤吉夫不由哼起了爷爷出海时常唱的家乡的那首民歌——《拉网小调》。不过，加藤吉夫不喜欢用本国的语言，他更喜欢用中文演唱这首歌。因为随父亲在上海学的一口流利中国话，不用怕是生疏了，他在温习，也是熟练。更何况他现在是在中国的土地上，用中国语唱这首日本歌曲，此时此刻更能体会自己的一种杂糅的心情："呀咧嗯索兰，索兰，索兰，索兰，索兰，咳，咳咳，你若问五谷神鲱鱼群何时到来，五谷神到处都说，至今没有音讯。巧侬呀沙哩嗳……"

少佐加藤武夫从船舱走到船头，伸个懒腰："兄长，你又想念家乡了？"

加藤吉夫用戴白手套的食指揉揉潮湿的眼窝，苦笑一下："这场战争不知何时才能结束。"一条满载货物的拖船顺流直下，拖船带起的浪花扑打着渡船的船帮。

加藤武夫说："你讨厌战争？"

"是。"加藤吉夫在自己的弟弟面前，毫不掩藏自己的观点。少时又说道，"等战争一结束，我打算去上海，继承父亲未完成的事业。"

加藤武夫有些惊诧："你准备重走父亲失败的道路？"

"那是不可抗拒的天灾人祸！"加藤吉夫坚定的目光扫过弟弟的脸庞，"当初父亲的生意还是做得很成功的。如不是那船瓷器在海上遇到风暴沉没，父亲的生意一定会是如日中天！"

加藤武夫说："我能看得出，大佐兄长一直留恋那个纸醉金迷的上海！那个破上海还不如我们北海道的札幌呢！"

加藤吉夫摇摇头："不不不不，小小的札幌怎么能与上海这个世界大都市相提并论呢？难道你怀疑父亲当年的眼光？"

加藤武夫紧闭双唇，目光有些暗淡。

渡船靠岸。怪事瞬间发生了。大雾的幔帐一下被一只无形的大手给拉开了。

船工将绳索扣套在了渡口的粗木桩上。阳光就从雾霾里钻出头来。

加藤武夫第一个跳下了船："这就是传说中的'小上海'？"接着又说道："弹丸之地，我一泡尿就能从街南尿到街北头！"

加藤吉夫呵斥道："不要随意污蔑圣地，这里是一百多年前，有一个叫乾隆的皇帝六次下榻的地方！"

站在运河堤岸上，老远望去，顺河集一条南北街尽收眼底。一支挂着杏黄旗的旗杆，突兀且孤零零地竖立在了小镇街北头一座三层的小楼上，它也是这个小镇的制高点。这一点对于号称集团军第一神枪手的少佐加藤武夫来讲，第一时间就被他发现了。他不由将身上背的那支日本侵华派遣军总司令冈村宁次亲手奖赏给他的日本97式狙击步枪顺在手中，对着旗杆眯起了眼。对于一天不摸枪心里就痒痒的他来讲，这支旗杆正是他的靶子。

枪响了。然而那条旗杆却纹丝未动。这令正要阻止弟弟开枪的加藤吉夫有些吃惊。其实更加吃惊的还是少佐加藤武夫。他立即刹住了刚欲得意的笑容，一脸的疑惑使得他的脸上变成了猪肝色。那些正要鼓掌的士兵们不得不刹住拍马屁的欲望。

加藤武夫不相信自己的眼睛，他目测一下距离，没有问题，那支旗杆完全在射程之内。

他又开了第二枪。还是未中。

接连开了三枪，均未中。

那支令加藤武夫一辈子耻辱的旗杆还是岿然不动。

"见了鬼了！"加藤武夫完完全全疯了，他将枪狠狠地甩在了地上，抬起马靴死命地踩着。

加藤吉夫给弟弟台阶下，说道："这支枪肯定是哪个地方出了问题，否则的话……"他自己也觉得这句话苍白且没有一点儿说服力。

这句话像一剂扼杀神经的猛药，加藤武夫彻底地崩溃了，他捡起那支给他带来羞耻的狙击枪，丢进了大运河。眼看着那支枪慢慢地沉入水底，他心里突然对兄长大佐好一通埋怨，为什么在大运河上建木桥，非要到顺河集这个鬼地方来张贴布告呢！难道说，就因为清朝那个叫乾隆的皇帝六次下江南来回都住在这个鬼地方吗？

对于弟弟没有理由的埋怨，加藤吉夫只有苦笑。在家里一直谦让弟弟早已成为习惯。当然，工作上那是不可以的。

加藤武夫在心中暗暗发誓，那支旗杆就是我的克星，就算它有神灵庇佑，我也一定要像砍共产党八路军头颅那样砍倒它！

3

那天，日本鬼子在镇上贴了几张布告，就悄没声息地走了。这令顺河集所有的人都没有想到。

等到鬼子兵去了运河渡口，大家伙才松了一口气，开开店门，去瞧布告上内容。

布告上的毛笔字写得潇洒漂亮，带有一点颜真卿的味道。谁也不会晓得，这字出自日本大佐加藤吉夫之手。

布告内容大致是：为了中日亲善，为了让运河之东的老百姓进城便利，我大日本皇军司令部决定在运河上建一座大木桥。凡是街上的店铺与居民，皆责无旁贷，有人出人，有力出力，每一户出劳力一人或大洋十块，三日内统计或缴纳一并齐备云云。落款是：大日本驻苏县司令部大佐加藤吉夫。

早饭后，黄庆山正在店里看《宣德鼎彝谱》，书虽已陈旧不堪，却保存完好。捧书在手，心却不知去了哪里。黄庆山有些无奈地叹了一口气，接着又拿起桌上水烟袋，边装烟边望着门外空落落的大街。刘春林眼睛活络，早已将火绳拿过来递到师父的手上。

刘春林看到师父心情不好，就没话找话说："师父，今天街上可谓是丢棍子也打不到人哪！"

黄庆山没好气地说："昨儿个小日本来了，虽然是虚惊一场，但大家伙还不免有些惊魂未定。谁没事上街瞎转悠干什么呢！"

"黄会长在吗？"门外有人喊道。随即人就进来了。是泰和钱庄的掌柜钱小钱。

刘春林放下手中活，上前招呼道："钱掌柜来啦？"说罢随即泡茶去了。

黄庆山给钱掌柜让座，钱小钱屁股还没沾板凳，国玉堂的掌柜李国瑞前后脚也进来了。后面还跟着邓九庵，顺河银楼掌柜陈明远，几个人好像是约好了似的。

刘春林给钱小钱沏了一杯茶，见李国瑞他们来了，又急忙转身去泡茶。

钱小钱说："山爷，你说小日本昨儿个全副武装地来我们顺河集，啥屁未放就走了。真是令人匪夷所思啊！"随后又说道："当然，我不希望小鬼子到我们这儿来烧杀抢掠，可也不至于就为张贴几张布告这么兴师动众吧？"

李国瑞接话："就是。山爷，这帮小鬼子是来向我们示威的吗？"

黄庆山说："我也正纳闷呢！"

钱小钱抿了一口茶："山爷，不瞒您老讲，昨天我真是吓坏了。虽然金银珠宝我都藏起来了，不过，日本鬼子真要是翻，还能找不到吗？"少时问道，"山爷，昨天你的宝贝也藏起来了吧？"

黄庆山说："我这些破瓷烂罐的，他日本人若要，随便他们搬。倒是你们钱庄，是个危险之地。"

陈明远说："鬼子一来闹，我们会馆以后的生意怕是不好做了！"

邓九庵想起什么来："鬼子布告上说要在运河上建大木桥，我觉得对于我们顺河集来讲，应该是件好事情。往后城里面来我们这儿赶集就方便多了。"

钱小钱说："九爷，你真认为日本鬼子建大木桥是为你做好事的你就大错特错了！"

李国瑞说："钱掌柜这话讲得对。不知道小鬼子想耍什么阴谋呢！"

黄庆山说："很明显，还不是为他们自己到东部搜刮民财大开方便之门嘛！"

邓九庵说："布告上说，三天期限，每家每户要不出劳力，要不出十块大洋。到底怎么着呢？山爷您说句话啊！"

李国瑞说："山爷，你是我们顺河集商会会长，我们大家都等您的话呢！"

黄庆山长长吐出一口烟雾，半晌说道："我也说不好，不过大家还是根据自己情况定吧。"

刘春林拎着茶壶来给在座的添水，随口说道："我准备去干活，这兵荒马乱的，十块大洋，得多久才能挣到呢！"

正说着话，茶馆的大丫进门了，说是他爹窦老六昨儿个听说日本鬼子来了，忙着藏东西，不小心脚给崴着了，想请刘春林去运河帮忙拉车水。

刘春林望一眼师父。

黄庆山对刘春林说道："还愣着干什么？店里又没有生意，你快去帮着拉一车吧。快去快回。"接着又向屋里三人说道："窦老六也真是够难为的，肩挨肩一连生了四个丫头，一家五个女人，就他一个劳力。那女人身子还不怎么好。这次日本鬼子建桥，这十块大洋他家算是拿定了！"

钱小钱插话："你别看窦老六现在人单力薄，要不了几年，四个丫头四个女婿，那就不得了了。不是有句老话讲嘛，一个女婿半个儿嘛！"

邓九庵说："诸位，我想托媒人将大丫说给我们家建文当媳妇，您们觉得怎么样？"

李国瑞说道："人家窦老六准备将大丫招上门女婿呢，您愿意让您家建文入赘？"

几人正闲聊着，钱小钱猛然跳了起来："哎呦我的娘嘞，我的店门忘记锁了呢！"说罢抬腿跑了出去。

4

窦家茶馆自打民国起改名为亲民茶馆。街上人有时还习惯称之为窦家茶馆。有人笑话窦老六，你狗日的窦老六拍民国马屁，到时如果民国没了，我瞧你咋办！窦老六说，民国没了，中国不会没了，就叫中国茶馆！大家拍手叫好！窦老六真牛逼！

刘春林到了茶馆，按理得到后屋看看窦老六，所以进到了院子之后，没有去拉水车，而是直接进了后屋。

窦老六见到刘春林，知道大丫又麻烦人家了，所以有点儿不好意思，就埋怨女儿："你春林哥店里忙得很，你又去劳烦人家干什么呢？"

大丫心说，你说得轻巧，眼见家里水缸见底了，我想劳烦人家吗？

刘春林关切地问道："六爷，听说你的脚崴着了，重不重？"

窦老六说："不重不重，已经到中药房看过了，洪先生也给治过了，现在已经轻了许多。"

刘春林说："都是让小鬼子给闹腾的！"

窦老六说："春林，又让你受累了。等店里事情忙完了，晚上来家里吃饭。"

刘春林说："六爷别客气。你好好歇着吧。"

刘春林拉着水车子，大丫就跟在车后面走着。依刘春林意思，不让大丫去。怕街上人看着会说三道四。大丫说渡口坡陡，你一人吃力费劲。并强调理由，我爹拉水我都在后面推着车呢！

车子走到博古轩门口，正巧遇上孙大海从店里出来。看到刘春林拉着水车子，就知刘春林又给茶馆做义工了。孙大海心里也喜欢大丫，但是他明白自己几斤几两，所以心里面有点儿醋意。但又说不出口。

孙大海向刘春林招着手，让春林先到店里坐坐。刘春林推托说茶馆里水缸见底了，等他拉完水回来。

孙大海趴在刘春林的耳边，低声说道："我刚刚收了一件瓷器，你给掌掌眼。看看东西对不对？"

刘春林说："我的眼力怕是不行。师叔不在家吗？"

孙大海说："我是瞒着师父收的。师父进城上货去了。"

刘春林知道孙大海平时鬼精得很，经常趁师叔不在家偷偷收东西，瞒着不报，然后自己出手，中饱私囊。为这事，刘春林没少提醒他。

刘春林只好随孙大海到了博古轩。

孙大海从柜子里头拿出来一件瓷器，是一件黑地白梅梅瓶。

刘春林将瓶子拿到亮处，仔细端详了一番，又看看底足，这才说道："我觉得这是一件吉州窑的东西。"

孙大海顺杆子爬："我瞧着也像。不过我吃不准。"

刘春林说："一眼老，大开门的东西，瓶体上已经有了包浆，迎光线看冰裂纹特明显，而且裂纹里已经有了结晶体。"

孙大海显得非常兴奋，直搓手："太好了，太好了！"

刘春林说："但是……"

孙大海这时候最怕刘春林说但是两个字，急忙问道："但是什么？"

刘春林说："你别紧张，我的意思是，我也不敢断定这只瓶子就没问题，你还是让师叔给过过目吧，别打眼了。"

孙大海说："我怕东西买假了，师父又该骂我没用了！"

刘春林问："多少钱收的？"

孙大海说："五块大洋。"

刘春林说："价钱还可以。"少时又说道："大海，我劝你，这件东西最好还是让庆生师叔掌掌眼。"

孙大海心里话，我要是让师父掌眼，我还能自己落钱吗？嘴上却说道："师兄这话对，宁愿落埋怨，也不能让东西打了眼。"

渡口有人在等船，船在对岸正在上客。刘春林提着木桶下到河底，灌满一桶水，然后再灌进水车里，一水车灌满能盛十多桶水。

回来的路上，大丫问刘春林道："昨天你见到小鬼子没有？"

刘春林说："我只从门缝里瞅了一眼，没敢细看。"继而问，你看到了吗？

大丫一撇嘴："我还敢看？我与二丫都被我娘抹了一脸锅底灰，躲进了地窖里。连日本鬼子的鬼魂都没有见着！"

水车经过博古轩时，孙大海将那只梅瓶用麻布包结实，放在水车上，非要让刘春林将瓶子带到黄石斋让师伯给瞅一眼。说是东西对了，才敢告诉师父，否则，宁愿自己担着。再者，若是让师父儿子、那个嗜赌成性的败家子黄大茂看见了，准偷去当铺换钱赌去了。刘春林没办法，只好应承下来。

将水车的水放进大水缸里，大丫拿来白矾丢进缸里，刘春林手持一根长棍子，将水搅动起来，水在缸里打旋，等水沉淀一会儿，浑浊的河水不多时就澄清了。

刘春林抱着那只瓶子出了茶馆，大丫从后面撵上来，将一样东西塞进刘春林的怀里，刘春林当时也不便看是什么东西，等回到了店里，才发现是一双鸳鸯戏水的鞋垫子。不用说，这是大丫一针一线纳的。心里不由一阵激动。

晚上，刘春林藏在被窝里，摸出那双针脚细密的鞋垫子，再细瞧那对鸳鸯，心里头不由生出许多缠缠绵绵的东西，折腾他多半宿不能入睡。

5

大清早，刘春林去县北峰山为日本人伐木头去了，本来黄庆山不想让徒弟去吃那个苦，刘春林一来疼钱，二来也想到峰山乡下那儿顺便看看有没有老东西可收。

黄庆山自己动手泡了一壶茶，坐下来吸了一袋水烟，估摸茶泡好了，斟了一盏茶，在鼻下闻了闻，正欲喝，门口进来一个人，他又将茶盏放下来了。大清早就有生意上门，黄庆山心里一喜。上前招呼道："先生里面请。"

来人双手一抱拳："掌柜早！"

黄庆山急忙拱手还礼："您早先生。"

见来人西服革履，手提一只黑色皮包；中等身材，四十岁上下，板寸头，一举一动显得很斯文。这种客人，店里一般很少见。

"先生喜欢古玩？"黄庆山谦让地在前面引路，"里边请，随便看。"

来人在多宝阁架子上瓷器前驻足。

黄庆山问："先生喜欢瓷器？"

"不瞒掌柜的说，家父很早以前在上海做的就是瓷器生意。"

黄庆山一怔："上海那是个大地方，你父亲生意一定是如日中天！"

"不。他失败了。"

黄庆山一时不知如何作答。半晌问道："敢问先生家是哪里？"

"很远。我是东洋人，家住在日本北海道。我是贵县大日本皇军大佐加藤吉夫，你就叫我加藤好了。"

黄庆山一时语塞，想不到，面前这个讲一口流利中国话的人竟然是日本人。还是个日本大佐。他忽然想起来了，前几天，街上张贴的布告落款不就是叫加藤吉夫吗？

加藤吉夫一笑："掌柜的，是不是感到很奇怪，我怎么会讲一口流利的中国话？因为我是在上海长大的。"

无论是哪国人，进店就是客。黄庆山斟满一盏茶，向加藤让茶。

加藤礼貌地接过茶盏，在鼻子下嗅了嗅："不错，不错！"然后抿了一口又说道："这是河南的信阳毛尖，味道清纯。好茶好茶！"

加藤吉夫又站起身来，指指多宝阁架子上一只大碗："掌柜的，这只碗我能看看吗？"

黄庆山说："请便请便。"

一抹阳光从窗户上照射进来，加藤吉夫便拿着碗走到光线下细看，然后自言自语道："这是元钧。"

黄庆山暗暗佩服面前这个日本人好眼力。

加藤吉夫继续说道："金代的钧瓷和宋代的钧瓷的釉是满釉到底的，而元代钧瓷的釉是不到底的。宋钧一般是麻酱底。掌柜的，我说的可有道理？"

黄庆山暗挑大拇指："对对。"

加藤吉夫放下碗，拍拍手上的灰尘："家有钱财万贯，不如钧瓷一片。不过呢，要是这只碗有个红斑，那就更完美了！"少时又道："俗话讲，钧瓷不带红，一辈子要受穷，钧瓷挂了红，一辈子吃不清！"

黄庆山鼓掌："不愧是陶瓷世家，满嘴的行话！"

加藤吉夫哈哈一笑："掌柜的，这只碗我要了，你说个价钱吧。"

黄庆山心想，这只碗三个大洋收的，平常五个大洋就可以出手了，但对于面前这个日本人，本不想卖给他，若卖也得好好敲敲他的竹杠。

黄庆山伸出两根指头："二十块大洋。"

加藤对于这个价钱一点儿也不在意，从带来的皮包里拿出两卷银洋放在了柜台上。

出乎黄庆山的意料，本以为这个日本人会还还价。瞧他的表情，似乎是捡到了一个大便宜。

黄庆山从柜台下抽出两张毛边纸，一边包碗一边在想，这些日本人，到处烧杀抢掠，不义之财不赚白不赚！

加藤吉夫将那只碗装进皮包里，正欲出门，猛然间发现了多宝架边上一只精致的黑色小盏。急忙走过来拿在了手中端详着。

"这是传说中的你们国家古代人用来斗茶的建窑盏吗？"

黄庆山笑道："建窑盏要比这大许多，这是只喝酒用的描金牛眼酒盏。"

加藤吉夫说："这里面好像是描银的吧？"

黄庆山说："是描银，不过在我们中国统称为描金工艺。"少时又说道："这是有钱的或是官宦人家使用的贵重物品，出门在外，生怕歹人在酒里下毒。"

"盏里面好像有字！"加藤吉夫像是发现新大陆。

黄庆山说："是'福如春至'四个字。"

加藤吉夫又问："这是什么窑口的宝贝？"

黄庆山说道："这个窑您可能没有听说过，叫华亭窑，窑址在甘肃华亭安口镇，所以又称华亭安口窑。旧称陇口窑，这个窑做描金酒盏非常出名。"

"只可惜是一只。"加藤吉夫有些惋惜。

黄庆山说："太精致了。这一只也很难得。"

看着加藤吉夫爱不释手的样子，黄庆山早已有了思想准备，这次再狠点，好好宰宰这个日本鬼子！

果然加藤吉夫询价了："掌柜的，你看看这只酒盏多少钱能出手呢？"

黄庆山装作考虑的样子："这件东西收的时候就高。三十个大洋呢，当时我也是咬着牙收的。"

看到加藤吉夫无意间皱了一下眉头，黄庆山就说道："你若喜欢，就三十个大洋匀给你好了。权当我这单生意没做。再说，大清早的，您已经照顾我一单生意了！"

加藤吉夫抱拳哈哈一笑:"多谢多谢,下次我会再来光顾您的生意的!"

临走,加藤吉夫叮嘱黄庆山道:"掌柜的,如果以后您再遇到这种酒盏,一定给我留着。"黄庆山连说好的好的,我会多加留意的!

加藤吉夫借故到其他古玩店转转,打一声招呼出了门。

黄庆山望着加藤的背影,暗自思忖,这个日本鬼子虽然只买了两件小东西,看来他是喜欢瓷器的,不过博古架上那么多青花五彩瓶瓶罐罐他怎么没上手一件看看呢?这倒是令人匪夷所思。

加藤吉夫站在黄石斋的门口,目不转睛地望着楼顶的旗杆发愣。这是支笔直且光滑的杉木旗杆,令心高气傲的弟弟颜面尽失,到今天加藤吉夫还是弄不明白,一个出色的神枪手,几发子弹竟然一枪未中,真能是那个乾隆皇帝在庇佑的结果吗?

加藤吉夫沿街道向南头走去,不远处,有两个便衣远远地跟着他,他边走边浏览街边的店面与景致,像是闲逛的样子。见到店铺,就进去转转,特别是古玩店,他一家也未曾放过。不过,他没有再买一样东西,他深知买古玩不能一头扎进去出不来,要细水长流。中国古玩店有句俗话,叫作"三年不开张,开张吃三年",说的就是这个道理。

路过博古轩门口,门上方一块匾额让他吃了一惊,匾额上写着"孝悌人家"四个大字。他好生奇怪,之前他在县城东大街古玩店打听到,当年乾隆给黄家送的这块匾是挂在黄石斋门上方的,怎么跑到博古轩来的呢?向伙计打听后才知道,原来这博古轩与黄石斋的掌柜是亲弟兄俩,这个匾每家挂一年,轮流挂。他本想见见黄家老二黄庆生,伙计说掌柜的偶遇风寒还没有起床。加藤吉夫望着"孝悌人家"金匾出了半天神,在自个手心里将乾隆皇帝书写的"孝悌人家"四个字画了几遍,这才转身离去。

街南头有座财神庙,敬的是关公关二爷;关羽面如重枣,唇若深脂,丹凤眼,卧蚕眉,一手拿着青龙偃月刀,一手捋着胸前长髯,威风凛凛,好生神武。加藤吉夫对中国的古典名著还是略知一二的。中国民间有皇帝御封的文武四大财神,分别是武财神关公和武财神赵公明,文财神是封神榜里的丞相比干和范蠡。神灵得很。中国老百姓非常地信!

加藤吉夫虔诚地给武财神关公上了一炷香。这才向运河渡口走去。

　　到了顺河集石牌坊下，加藤吉夫站在那儿对石牌坊上颜真卿书写的"顺河集"那三个大字注目了许久，心想，颜真卿这个中国唐代大书法家怎么会在这个小小的顺河集留下墨宝呢！联想到当年乾隆皇帝六下江南来回都在这儿落脚，也就不奇怪了！不由感慨道："这个顺河集，真不可小觑啊！"

第二章

6

一连几天的天气都是这么晴好，早晨的天空就像是丢进运河水里漂洗过一样，水汪汪的；犹如月白底色上抹了几抹翠蓝。活脱脱一个元青花的天空。

沉醉过春日的风又来沉醉成熟的秋天。风过后留下了一街的香气；哦，是桂花香。一条街就窦家院里有一株桂花树，那一定是茶馆那株无疑；花期似乎比往年早了些。

邓九庵早早地在茶馆海棠厅定了一张桌子，要了一壶"大红袍"。又点了一碟开洋干丝，一碟肴肉，两个果盘：一个是顺河集的特产宫廷桃酥，另一个是刚刚上市的五仁月饼。茶馆掌柜窦老六免费送两碟瓜子；一碟葵花子，一碟南瓜子。一张小圆桌面，摆得满满当当的。

要等的客人是博古轩的掌柜黄庆生。

黄庆生一进门看到茶桌上的东西就说："点多了，九爷。又不是外人，这么破费干什么呢？"

邓九庵一边让客人就座，一边斟茶道："茶馆新到的秋茶，生爷，您老慢慢地品品，看看够不够味？"

两人喝茶说了一会儿天气，话题不小心就拐到了政论上。

邓九庵说："生爷，您说这小日本在运河上建桥真的是为老百姓着想？"

　　黄庆生说："黄鼠狼给鸡拜年，怕是没安什么好心吧！"

　　"说的也是！"邓九庵用筷子点着肴肉，"生爷，您动动筷，尝尝今儿个的肴肉味道怎么样？"

　　黄庆生动了一下筷，边咀嚼边说道："味道不错，嗯，不错。"

　　邓九庵继而说道："生爷，都说这小日本烧杀抢掠，杀人不眨眼，我观察，日本人对我们顺河集还是很友好的！那天来贴布告，就响了几声空枪，结果啥事没有。"

　　黄庆生说："说这话有点儿为时过早，日后看吧，我总觉得，日本人不会憋什么好屁！"

　　邓九庵点头称是。

　　黄庆生暗忖，这个邓九庵平时有点儿抠门，今天不会平白无故地请他来喝茶，就问道："哎，九爷，你今儿个找我来喝茶是不是有什么事情呢？"

　　邓九庵哈哈一笑："生爷，还真的有件小事得麻烦您！"

　　说着起身从一旁的茶几上拿过来一个包裹，在黄庆生面前慢慢地展开包袱皮子。

　　黄庆生一看是三尊铜佛，一大两小。

　　邓九庵说："生爷，请您瞧瞧这三件宝贝有没有一眼？"

　　黄庆生将大一点的那一尊捧在手里："太有了！"又说："太有了！"少时问道："你在哪儿寻觅到这三件宝贝？"黄庆生明知道邓九庵嘴里一般没有实话，还不免问了一句。

　　邓九庵说道："说起来，这东西远了，是在山东临沂附近的山村里淘换来的。那天朋友请我去……"

　　黄庆生打断邓九庵的话："九爷，你我都是行里的人，讲故事就不必要了！"

　　邓九庵笑道："那是那是。"说着从身上掏出一包美丽牌香烟，抽出一支递给黄庆生。

　　黄庆生将烟叼在嘴上，邓九庵掏出洋火欲给点上，他摆摆手。然后分别将那两只小的佛像拿在窗前亮处仔细观瞧起来。

　　邓九庵说道："生爷，您别看我真真假假玩了这么多年铜器，比起生爷您来，不客气地讲还真是自叹弗如啊！"少时又说道："这三尊佛我知道是老东西，那尊大铜佛是叫释迦本尊，那两尊小的佛我就看不透了！"

黄庆生放下手中东西，自己将烟点燃："九爷，铜器这玩意儿，我也不是很在行，不过我就想不明白了，我们家老大黄庆山，比我读的书多，无论是瓷器、铜器，还是玉器、书画，还是杂项等等，眼力都在我之上，与你又是紧壁邻居，你为何舍近求远找我来给你看东西呢？"

邓九庵起身给黄庆生茶盏里续满水："生爷，您有所不知，就因为我和您家长兄山爷是邻居，经常麻烦他不少，说实话，日子久了，我都有些不好意思了，所以才劳您大驾。"

黄庆生挽起袖子："那我就不客气了，九爷，说的对与不对，您多担待一些。"说着将那三件铜器一拉溜摆在后墙旁的条几上，忽而远瞧忽而近观，又放在手里把玩一遍，半晌才说道："九爷，你刚刚说的这尊大佛是释迦牟尼佛本尊不错，他是佛教的开创者，俗称佛陀。传说他成长于富裕环境，娶妻生子后，大概二十九岁时出家，所学的禅定和苦行都无法解决问题，约三十五岁得到佛陀的自觉。余生的岁月，他的足迹遍布恒河流域，向各阶层说法教化。后被尊称为释迦族圣人。这尊释迦牟尼佛造像，左手结禅定印，右手持触地印。佛像采取的是锤揲和鎏金工艺。东西是对的。"

邓九庵长出一口气，面露喜悦之色。

黄庆生问邓九庵道："佛教有四句名言你可知道否？"

邓九庵摇摇头，有点儿不好意思："鄙人孤陋寡闻。请生爷指点迷津。"然后双手抱拳："敢问生爷，不知是哪四句？"

黄庆生说："这第一句是'无论你遇见谁，他都是生命中该出现的人'；第二句话是，'无论发生什么事，那都是唯一发生的事'；"黄庆生抿了一口茶，"这第三句是，'不管事情发生在哪个时刻，都是对的时刻'；最后一句是，'已经结束的就已经结束了'。"

邓九庵又是一抱拳："生爷真是知识渊博，令在下实在是佩服至极啊！"

黄庆生笑道："这算不得什么，不瞒九爷说，这些都是长兄给我传播的知识。我也就是个传声筒而已。"

大丫提一壶开水进来，换走先前那只水瓶，问二位还需要点什么，邓九庵说有需要时再叫你吧。

见大丫出门，邓九庵就刚才的话题，继续说道："那也不简单哪生爷，这么些学问能一下记住，也令在下望尘莫及啊！"

黄庆生望着一桌的东西，觉得怎么也得对得起邓九庵这顿早茶，话里就有点儿卖弄的意思："九爷，想不想知道这两尊小佛叫什么？"

邓九庵拱手道："当然，愿闻其详！"

黄庆生指着左手那尊佛说道："这尊佛叫阿难，右边这尊佛叫迦叶。都是释迦牟尼的徒弟。传说释迦本尊有十个徒弟；阿难，又称阿难陀，二十五岁起侍奉释迦二十五年，曾劝请释迦接纳妇女为僧团成员，从此佛教中有僧尼二众。佛教第一次结集时，由他诵出经文，其长于记忆，被称为'多闻第一'；迦叶佛又称为大迦叶，称其苦行有德，少欲知足，常修头陀行，被称为'头陀行第一'，传为佛教第一次结集的召集人。"

邓九庵打心里佩服人家，一拱手道："真是应了那句古语，听君一席话胜读十年书啊！"

黄庆生走到脸盆架面前，边洗手边说道："谈不上谈不上，相互切磋而已！"

邓九庵待黄庆生重回桌子前坐下，又是让茶又是布菜，的确有些感谢不尽的意思。黄庆生捏几粒葵花子在手心，边嗑边轻描淡写地问道："不知九爷这三只佛多少钱收的？"

邓九庵伸出一个巴掌："不瞒生爷，五百大洋。"

黄庆生听罢一笑："还行。这个价还是个价！"

邓九庵说："行是行，生爷，只是手里余钱不多，当时只给人家三百大洋，一大部分还是从泰和钱庄钱小钱手里使的钱，还有二百大洋十日内就得给人家。所以，今天请生爷来还有一事相求，能否请生爷拉兄弟一把，转借二百大洋，等手里宽绰了，一定如数还上。"

过去邓九庵曾经帮过自己的忙，黄庆生欲推托似乎有点儿不近人情，再说生意上相互转借也是常有的事。

邓九庵见黄庆生有些迟疑，就又说道："生爷您放心，借您的钱也按钱庄里的利走，到时本息一并归还。"

黄庆生说："好说好说。您傍晚到柜上去取吧。"

邓九庵躬身拱手，连连称谢。

正在这时，孙大海一头闯进门来，也不顾及身边有人，大声说道："师父你赶快回店看看吧，大茂少爷将那只青花釉里红大罐给抱走了！"

黄庆生气得直跺脚："你怎么不拦着呢？"

孙大海说："我哪拦得住啊，何况我如一拦，万一瓷器给瓶了，我哪里说得清呢！"

黄庆生说："这个败家子，肯定是又赌输了。对不住了九爷，我得先走一步了！"

邓九庵说："生爷，实在不好意思，我要是不请您出来看东西也许不会发生这种事情！"

黄庆生一抱拳："这事怨不得您。他妈死得早，这孩子让我给惯坏了。九爷，让您见笑了！"

出了茶馆，黄庆生吩咐孙大海："你快回店，从柜上取一百大洋，然后送到褚记当铺去。我先去那儿等你。"

黄庆生知道，儿子每次去当铺当东西，无论大小好坏，当铺多了不给，只给一百大洋。

孙大海小跑着走了。

黄庆生仰天长叹："这个畜生真是个败家子，败家子啊！"

7

峰山有多少年历史，山上的松树就存活多少年。

几百年树木狼林，一人搂不过来的松树比比皆是。天上的云彩看到这片树木被一群人无缘无故地放倒了。心疼地放声大哭。那泪水哗哗直流，怕是够蓄成一条江河了……

日本鬼子规定每个人每天要砍伐十棵树，完不成任务，不但没有饭吃，还不允许睡觉。

刘春林命好，没有砍伐任务。其实不是他命好。他将脖子上一块玉观音送给了管事的日本小队长浦田一郎。当然，亏他认得几个字，能写完整的人名。不然也不会有此轻快活。刘春林每天拿着笔和本子，统计每个人砍伐树木的数字。然后上报给浦田一郎。

白天砍树，一般在下午才需要统计，所以上午刘春林有时间走乡串户。目的是看看能否收到古董之类的宝贝。

有山就有人家。刘春林这么笃定。往往深山老林才会有好宝贝出现。刘春林摸摸上衣口袋里的五块银元，信心满满。

走了快两个时辰了，刘春林有些失望了。山上本无路，路都是人踩出来的。渐渐地，连人和动物的脚印也很难见到，别说是人家了！越往深处走，山林越寂静，令刘春林头皮发麻！

自己这么无目的地走下去怕是没有头了！刘春林猛然想起来什么，接着向山的最高处跑去。俗话讲，站得高才能看得远。到了高处，这里究竟有没有人家不就一目了然了吗！刘春林连骂自己笨蛋。

说来真是奇怪，没等到刘春林爬到最高处，就在离他不远的地方，发现一缕袅袅炊烟腾空而起。有炊烟就会有人家。刘春林像孩子似的，向那缕炊烟奔跑，因为速度快，不小心摔了个大跟头。爬起来活动活动腰肢腿脚，还好，竟然一点事情也没有。

望山跑死马，刘春林今天算是理解这句话的含义了。又走了一个多时辰的山路，这才找到了先前冒炊烟的地方。

就一户人家，一个小院，两间红草苫顶的草房，门口一间石头垒的小房子大概是主人做饭的地方，炊烟就是从石头房子里流淌出来的。

刘春林在院门口喊了大半天，从石头房子里才走出来一位看上去有七十多岁的老人。

老者身体还算硬朗，说话也响亮。见到刘春林头一句话："你是我大半年来见到的第一个人，我谢谢你！"

老人误认为眼前这个年轻人是来找水喝的，急忙进屋舀出一瓢水来递到刘春林的面前。跑了半天的山路，刘春林真是有点渴了，咕咚咕咚喝了多半瓢。

言谈中，刘春林了解到，老人姓单，他怕刘春林不知这个姓，还专门解释一番。他说："我这个姓少，就是瓦岗寨英雄好汉单雄信那个单。"

因为要急赶着回去，刘春林便将来意说了。

单老汉说："我年轻时在少林寺出家，五十几岁才还的俗，家里头就只有这两间遮风避雨的茅草房，啥宝贝也没有。"忽然想起了什么，"你等等。"接着进屋里去了。

好半天人出来了，手里多了只碗："这是我出家时吃饭的碗，离开少林寺时，师父让我带了出来，留着一路上化缘讨饭吃啊！后来我就留着当作念想了。你看看，这个算不算古董。"

刘春林接过碗一瞧，眼睛一亮。他本来没看得起这只碗。古玩行里瓷器讲的是，一立，二盘，三碗。立件是指瓶子一类，价钱最高，其次是盘子，末了才是碗。不过，这只碗是个大开门的东西，再细看这只碗釉水肥厚，器形规整，色泽匀净，是一件难得的青瓷器。

刘春林想起师父看东西的教导，无论见到什么好古董，哪怕是一件顶尖的宝贝也要能沉得住气，不露声色，那才是高手。

刘春林目光马上黯淡了许多。

"大爷，这只碗是老的不错，不过不太值钱，您看看多少钱能匀给我？"

单老汉爽朗一笑："一只破碗，提什么钱呢？你若是看着喜欢就拿去玩吧。"

刘春林一下被老人感动了："老人家，这只碗虽然不值什么钱，但它是个老物件。多年之后就是个古董了。所以我不能白要您的东西。"

单老汉又是一笑："你陪我说了大半天的话了，就算我付你的工钱了！"

刘春林说："老人家，我要说这只碗是个宝贝，您还会送给我吗？"

单老汉说："就算是宝贝，我也送你了！"

刘春林说："不行不行！我不能白要您的东西！"

单老汉说："你非要给钱的话，你就随便给两个大子吧！"

刘春林在心里琢磨，这只碗，按收价怎么也得八到十个大洋，可今天身上只有五个大洋，他的确不想占面前这个善良老人的便宜。

刘春林从身上掏出钱袋子："老人家，我今天来得急，身上只带五个大洋，我是顺河集黄石斋的伙计，明后天，我再给您送五个大洋过来，您看行不行？"

这下令单老汉吃惊了："这只破碗能值这么多钱？我没听错吧？"

刘春林连忙说道："没听错，没听错！的的确确值这个钱！"

沉默了半晌，单老汉将钱袋子还给刘春林："这只碗假如真的值这么多钱的话，这五块大洋你拿回去。"

刘春林一下愣了，认为单老汉反悔了："老人家，您这是？……"

单老汉说："你听我说，我不是嫌钱少。你既然是古玩店的伙计，我突然想拜托你一件事情，就紧着五块大洋帮我淘换一副玉镯子，我想送给我的女人。"

刘春林恍然大悟："那成，大爷，我今晚就回顺河集去，放心，一定给您买一副玉镯子送过来。不过，这五块大洋得留给您！"又说笑道："我要是一去不归了，您上哪找我去！"

单老汉有些生气："我说过了，就紧五块大洋买，这钱你带回去。不然的话你就是不想帮大爷这个忙！"

看来一时拗不过面前这个老人了。刘春林想只好等买好镯子再说吧。

刚欲走，刘春林忽然想起了什么："大爷，您家大娘在吗？我想问问她老人家，想要什么样式的镯子，我心里好有个数。"

单老汉半晌长叹一口气："说来话长啊！当年我去少林寺时，只有十多岁，村里有个叫小翠的姑娘和我玩得比较好，她对我有意我并不知情。我走了之后，她一直苦等着我，因为相思得了重病，等我知道此事从少林寺赶回来时，只见到她最后一面。我答应她给她买一副玉镯子的，所以……"

看到老人泣不成声，刘春林眼圈也不由红了。

8

晚上，通过浦田一郎队长的关系，刘春林坐着运木头的汽车回到了顺河集。一进店便将今天淘到的宝贝拿出来在灯下让师父掌掌眼。

黄庆山翻来覆去端详那只碗，半天才说："好东西！好东西啊！"

一直在一旁心里直打鼓的刘春林这才松了一口气。

黄庆山摸过水烟袋，火绳灭了。刘春林急忙取洋火给点上。

"师父，你瞧东西对不对？"刘春林故意这么问。他想让师父夸夸他的眼力。

黄庆山长长吐出一口烟雾："东西没问题，是老东西也没问题，你知道这叫什么碗吗？"

刘春林老实地摇了摇头。

黄庆山说："这只碗叫罗汉碗，是汝窑青瓷！"

他自打学徒以来，还没有亲自收过一件顶尖五大窑口的东西！一个"啊"字跳到刘春林的嗓子眼了，他又将"啊"这个字咽了回去。他要学师父处变不惊那个架势。

"多少钱收的？"黄庆山淡淡地问道。

刘春林说："应该说是十个大洋，人家只算是收我五个大洋。"

"此话怎讲？"

刘春林便将今天上午发生的事情一五一十地讲了一遍。

黄庆山心里不由一阵感叹，人间有那么多感人至深美好的故事，今天又算是见识了！

"春林，那你现在就去国玉堂跑一趟，挑一副上好的镯子。明儿个给那个姓单的老人家送去。另外再给人家包十块大洋一并带去。"

刘春林答应了一声，接着轻声问道："师父，这只碗我们还有利吗？"

黄庆山点一下徒弟的脑门："你小子今天算是捡着漏了，你知道吧？没有一百大洋这只碗不会出手的！"

刘春林出去之后，黄庆山正准备上楼烫烫脚休息。突然有人敲门，他心想，这么晚了，是谁呢？

黄庆山见外面人不言语，疑疑迟迟拉开门闩，一个年轻人闪了进来。黄庆山不由一愣，进来人喊了声"爸"，黄庆山这才认清，是儿子黄翠。半年多不见了，儿子黑了瘦了，猛一下还真的不敢认了。

"爸，你还没有睡？"

"想不到你这时候回家了！"

"家里一切还好吧？"

"还好。"

"我娘呢？"

"在楼上歇着呢。"少时又说道，"你上楼见见她吧，她想你经常半夜啼哭！"

"爸，我不能上楼，她老人家一直认为我在南京做生意了。见了娘我怎么说？"

"不见也罢！"

"儿子不孝！"

"你为国家出力是尽忠！忠孝不能两全！"想起什么来又不由问道，"上次鬼子去大兴根据地扫荡，我都担心死了，生怕你出什么事。"

"因为事先得到了情报，所以我们损失并不大。"

"你今晚回家有事？"

"我是路过。听说小日本要在运河上建座木桥。上级指示我们要想办法阻止鬼子建桥！如果在运河上建了桥，往后鬼子去大兴扫荡，还不跟走平路似的！今天我就来摸摸情况的。"

"就你一个人来的？"

"还有几位同志，我怕目标大，让他们在圩外躲起来了。"

黄庆山忽然想起什么："这几天春林就被鬼子逼去峰山砍树去了，今晚就是坐鬼子运送木头的汽车回来的。有些情况他也许能说得清楚。"

得知刘春林去国玉堂办事去了，黄翠决定等一下他，然后再去运河边察看情况。

一袋烟工夫，刘春林就回来了，见到了黄翠也是一惊，他知道黄翠当八路干革命。偏偏这时师母在楼梯口叫师父上楼烫脚，黄庆山怕老妈子过来看见儿子惹麻烦，就急忙起身上楼去了。刘春林本想将买来的镯子给师父瞅一眼的，也没有顾上。

黄翠说，师弟，你将山上鬼子有多少人以及运河边上兵力部署情况和我讲一下。

刘春林便将知道的情况向黄翠叙述了一遍。

黄翠临走前叮嘱刘春林，这几天你在峰山平时留点意，看看鬼子的人数及火力配备情况。

刘春林不懂什么叫火力配备。黄翠就告诉他："就是看看鬼子在峰山有多少条枪，轻重机枪各几挺？"

刘春林说明白了。然后告诉黄翠，山上那个日本小队长叫浦田一郎，对我还不错。他怕黄翠不明白。又说道，我送鬼子一个玉观音。知道了吧！黄翠让刘春林和那个小队长搞好关系，说不定日后能用得上。刘春林说放心吧，我明白你的意思。

黄翠突然想起了什么，对了春林，还有件事，你让浦田一郎托托关系，能不能在小鬼子军火库安插个人进去，干什么都行。

刘春林点点头，这事我记下了。

送走了黄翠，刘春林想上楼与师父说一声明天早走的事。刚欲上门闩，大丫推门进来了。

大丫问，大晚上你们店里还有生意？刘春林只好撒谎，一个老客户来瞧师父的。大丫埋怨道，你今天回来了也不说一声。刘春林便就坡下驴，你刚才不是看到了嘛，来客了，我怎么能走得开呢！大丫说春林，有件事我想同你商量商量。刘春林说你说。大丫欲言又止，手指缠着自己的辫梢。刘春林说什么话你还不好意思说？大丫说我想想再说。刘春林忍不住笑了，什么话还得想想再说！大丫说，你隔壁的邓家昨儿个托媒人去茶馆提亲了……刘春林半晌才明白过来是怎么回事，问大丫，你同意啦？大丫一撇嘴，我怎么会同意呢！你知道我心里只有你，我怎么会同意呢！春林，你老实告诉我，你心里究竟是怎么想的？

刘春林真的还从来没有好好地想过自己的终身大事，一时不知如何回答大丫。

窦老六在门口扯着嗓门喊大丫。

大丫说你得抓紧想辙。要是等到与邓家定了亲了，一切都晚了。

刘春林答应大丫，等我从峰山回来问问我师父。

9

枪声响了多半夜，虽说是从运河西岸传来的，因为夜深人静，那枪声就如在身边开的似的。

清早起，孙大海将门口街面扫干净了，烧了开水，将茶泡上了，这才叫师父起床。

黄庆生夜里被枪声惊醒了，后来想这想那的，就没有睡着，所以起床比往日迟了些。漱了口洗了脸，斟了一杯茶，坐在茶几旁发了一会儿愣。不知做什么好。

孙大海边掸着瓷器上的灰尘边问师父早晨想吃点什么，他好去买。黄庆生打了个哈欠，说没有胃口。孙大海就说，那就等一下再说吧。黄庆生喝了一杯茶，想起什么，说大海，你别忙乎了，你现在就出门打听打听，昨夜河西打枪究竟是咋回事？吵得我半夜睡不好觉。孙大海难得有机会出门遛个弯，答应一声走了出去。

黄庆生不吸旱烟也不吸水烟，他是新派，喜欢吸洋烟。一杯茶下去，烟瘾就冒上来了。他抽出一支哈德门，叼在嘴上，并没有马上点火。他的习惯，要等洋烟味道润透了嘴唇再点烟。

自鸣钟敲了九下，他急忙掏出怀表，对对时间，因为刚擦了油，他要看看修表的萧瘸子手艺怎么样。一瞧，竟然一分不差。心里话，嘿，这个萧瘸子，手艺真可以！

他刚点燃了香烟，孙大海就进门了。

黄庆生心急火燎地问道："到底发生什么事情了？"

孙大海回道："外头说是日本鬼子建桥的木头垛子被人给推到运河里淌跑了。"

黄庆生心说谁这么大的胆子？继而问道："知道是谁干的吗？"

孙大海说："还能有谁？肯定是八路干的呗！"少时又说道："听说两边都接上火了，要不然那枪声响了多半夜啊！"

门帘响动，孙大海急忙向门口走去准备招呼客人。

进来的是御码头的管事郑三炮郑云鹏。

生熟都是客，有客才会有生意。孙大海忙招呼客人。

黄庆生与郑三炮寒暄过后，吩咐徒弟看茶。

郑云鹏说好多日子没来博古轩了，问黄庆生道："生爷，最近又收什么新货了吗？"

"你大哥那里你没去光顾光顾？"黄庆生指的是萃文阁郑云鹤那里。

郑云鹏说："兄弟之间不好做生意的。"

黄庆生笑道："那倒是！"说罢吩咐大海领郑三爷看看。

郑云鹏在架子上寻觅了半天，突然发现一件东西，用手指了指，意思让孙大海拿下来递给他。

古玩行里规矩，看东西不能亲自拿，特别是瓷器，东西万一失手瓶了算谁的？

孙大海将郑云鹏看中的那件东西拿下来放在柜台上。郑云鹤将物件放在掌心，问黄庆生道："生爷，这个茶壶怎么这么小啊！"

黄庆生笑道："鹏爷说笑了，那不是茶壶，那是件文房器。"

"生爷，我眼拙，不怕你老笑话，兄弟孤陋寡闻，我真的不知这是干什么用的。"

黄庆生："是个砚滴，文人雅士写字用的东西。一般是抄写什么小楷经书之类的，笔干了墨稠了，滴上一滴，方寸之间，很有意境的！"

"这个小物件太精致了，简直是精致透顶了！"郑云鹏将物件放在手心把玩着，有点儿爱不释手。

黄庆生又道："这是有钱人家才能用得起的东西，平时闲来无事也可以把玩。"

郑云鹏问道："生爷，我看不出，不知这件东西是什么瓷？"

黄庆生说："叫影青瓷。"

"什么窑口的？"

"江西湖田窑。"

"是哪个朝代？"

"北宋。"

"能到代吗？"

"那是当然！"

"只可惜底下没有款识。"

"民窑的东西，落什么款呢！"

郑云鹏忽然想起了什么："生爷，我还得请教一二，这个精美的瓷器算什么颜色呢？"

"典型的天青色！"黄庆生抬头望一眼外面，"哎对了，就像今天外面的天气，不然的话，你将东西拿出去和天空对比一下！"

郑云鹏真是太爱这件东西了，固然他之前不知何物。沉默了半晌问道："生爷，这件宝贝你说个价。"

黄庆生想了想，伸出一个巴掌。

"五个大洋？"

"鹏爷说笑了。五十。"

郑云鹏嘴里像是含了块烫山芋，想吐吐不出，想咽咽不下去。半晌说道："生爷，价钱有点儿高。"

黄庆生说："老亲世谊的，我不能瞎胡要，的确这件小精品当时收的就高。"

看见云鹏一脸窘态，黄庆生说道："炮爷，我说句你不爱听的话，这件东西不适合你，你再另寻觅一件吧。"

黄庆生这话有点儿激将的意思。实际也是大实话。郑云鹏没念过几天书，买什么文玩呢！那不是让人笑掉大牙吗！再说，货卖识家，这件东西黄庆生自己也是特别地喜欢，遇到懂它的人，这个价再翻一两番也极有可能！

郑云鹏将砚滴恋恋不舍地放回原处，心里感觉有点儿不痛快。五十块大洋够他一年的开销了。再说现在腰里不是不方便嘛！

黄庆生给郑云鹏茶杯里续满茶："炮爷你喝茶。"少时又说道："你再看看有什么你看上眼的东西。"

郑云鹏不好意思马上离开，抿了一口茶水，又到货架旁装作看东西。

这时门口有人喊话："黄掌柜在吗？"

黄庆生急忙让孙大海去门口招呼人。

门口进来一位穿长衫的中年人。

孙大海认为是来看东西的，急忙上前招呼客人："这位先生，里面请。"

郑云鹏正好找到出门的机会："生爷，码头上还有点事，有空我再来打扰。"

黄庆生将郑云鹏送到门口，发现刚进来的这个中年人不是熟客，而且进门眼睛不在古玩上，且神情有些紧张。就觉得有点奇怪，忙让座，又叫大海上茶。

中年人问黄庆生道："敢问您就是黄庆生黄掌柜吧？"

黄庆生急忙点头说是。

中年男人说："我是县女子中学的老师，我姓高。你女儿黄晓红是我的学生。"

黄庆生心里一咯噔，心说，难道小女出了什么事情吗？否则的话，学校老师不会平白无故、大老远地找上门来的。

高老师又说道："昨天上午，同学们组织上街示威游行，令千金黄晓红不小心被日本宪兵队给抓去了。所以我特地来给您老报个信的。"

黄庆生一下瘫倒在椅子里。

高老师有点儿慌神："黄掌柜，您放心，学校不会不问此事的，校长已经同教育局教育长与相关部门交涉了。"

那个高老师怎么离开店的，黄庆生已经记不起来了。

黄庆生醒了醒神，穿好衣服，而后吩咐孙大海去柜上取一百大洋包好，让他看好门，自己要到县城里找人活动活动。出了门又回来，告诉徒弟，千万看住东西，别让大茂那个狗东西再回来偷东西。

孙大海说师父放心去吧，救小姐要紧！

10

顺河集早上吃食，有两样东西最为出名。一个上面交代过了，三珍斋的辣汤，另一个就是陈寡妇的豆腐脑。这两样最本土也是百姓人家最喜爱、百吃不厌的吃食。一般人家啊，清早起，要不是拿张煎饼去三珍斋盛一碗辣汤泡煎饼，要不是到朱三铺子里捧一块乾隆烧饼到陈寡妇豆腐坊喝碗豆腐脑。几十年了千篇一律都是这种吃食习惯。

天还没亮透，朱大个子就捧着烧饼进了豆腐坊。没进门就喊道："陈翠萍，我今天是不是第一名啊！"

陈翠萍正在往桌上摆佐料碗，一边忙着一边说道："朱大先生啊，你进来瞧瞧啊，人家建文兄弟早就坐在这里吃上了呢。你啊，永远是老二！"

好话不当好话听。朱大个子误认为陈翠萍故意纂（纂是当地土话，意思是蒙人）他的。其实他愿意与陈翠萍插科打诨，不然的话，就像这碗豆腐脑，没了佐料，啥味道也没有。

朱大个子嘻嘻一笑："我就是老二行了吧，你反正巴不得我是老二对不对？"

陈翠萍知道朱大个子话里绕弯了，说道："朱大个子，你在顺河集也算是个文化人，一天到晚没个正形。枉活这么大了！"

朱大个子嬉笑着，一屁股坐下来，压得板凳吱吱歪歪地叫。看到陈翠萍端豆腐脑过来了，故意说道："翠萍啊，你有空也修修这个熊板凳，吱吱歪歪的，就像女人叫床似的！"

陈翠萍放下豆腐脑碗，照头给朱大个子一耳巴子："你一个老光棍，怎么知道女人叫床的？是不是偷腥了！"

朱大个子恣（当地土话，即高兴）得哈哈大笑。

邓建文吃完豆腐脑，说翠萍姐，我吃好了，说着掏出一块大洋放在桌子上。

陈翠萍过来收拾桌子，看到桌子上的钱，急忙拿着钱追了出来："建文兄弟，你上次给俺一块大洋俺还没找你呢，你今儿个怎么又给钱了！"

邓建文说道："翠萍姐，钱你收着，我天天来吃，最后一起算吧。"

陈翠萍只好作罢。

邓建文小时得过小儿麻痹症，所以走路有点儿不得劲。看到邓建文走路有些急，陈翠萍后面嘱咐道："建文兄弟，你腿脚不方便，走路慢点儿啊！"

朱大个子吃得满头汗出来了，看到陈翠萍那么关心邓建文，就故意说道："你瞧你对人家建文怎么这样温柔的呢！"

陈翠萍说道："你要是像人家邓建文那样知书达理的，俺也会对你这么客气的！"

朱大个子撇撇嘴，"嗨"了一声，哼着淮海戏扬长而去："大清一统震江山，君明臣良万民安。饱食暖衣家家富，吟诗说礼个个贤。各州府县无古讲，有桩故事出江南。淮安府管苏县地，木家庄上有家园。此人姓木名德茂，字是可章号嚷言。娶个媳妇胡氏女，乳名就叫胡打算……"

到了国玉堂，李国瑞一壶茶刚刚泡出色来。

李国瑞说："朱爷，你真有口福，这茶刚泡好你就进门了。"

朱大个子说："十天有八天都是我给你生炉子？那你怎不说了呢！"

李国瑞斟了两盏茶，推给朱大个子一盏："黄山云雾，尝尝味道怎么样？"

朱大个子从身上掏出件东西，攥在手心里，在李国瑞眼前晃了晃。

李国瑞说："又淘到了什么好宝贝了？"

朱大个子让李国瑞猜。李国瑞知道朱大个子好存不住气，不愿意猜。果不其然，没过半袋烟工夫，朱大个子主动将手松开，让李国瑞看看手里的东西。

李国瑞猛一下也吃不准朱大个子手里宝贝是什么物件。半晌说道："这是块老玉没有跑，而且是和田玉。"

朱大个子说："我知道是和田老玉。我问你这是什么物件？"

李国瑞摇摇头："我一时还看不出，朱爷，你是爷中了吧，你就别卖关子了！"

朱大个子很是得意："没想到苏县看玉第一高手瑞爷，竟然不知这块玉叫什么名字。真是有点儿可笑！"

李国瑞正色道："知之为知之不知为不知，这有什么呢？"少时又说道："你说说，这个是啥东西？"

朱大个子说："这是宝剑上的物件，名字叫璏！"

李国瑞恍然大悟。

朱大个子哈哈一笑："了把戏了吧？（当地方言，没戏了的意思）这下不吹了吧？还苏县看玉第一高手呢！"

李国瑞不理朱大个子话茬，自顾在掌心里欣赏着那件玉璏。

"怎么？东西不对？"朱大个子疑惑地望着李国瑞脸色。

李国瑞慢吞吞说道："大个子，你得到一件好宝贝了！"继而说道："你过来看看，这个玉璏，起码是战国时候的东西，这块玉经过岁月的浸沁，长时间的洗刷和盘玩，白玉质地已经变成浅黄色了。"

朱大个子问："不会是做旧的吧？"

李国瑞说："怎么会呢，玉璏上已经有明显的沁门。俗话讲，千年白玉变秋葵。大个子，你淘到好宝贝了！"

朱大个子乐不可支，竟不知怎么好了！

李国瑞说："今晚三珍斋你得摆一桌了！"

朱大个子说："那没问题！"少时又说道："瑞爷，我要是告诉你这个宝贝是多少钱收的，你更得要宰我了！"

李国瑞说："一二十个大洋总要的吧？"

朱大个子竖起食指。

李国瑞说："十个大洋？"

朱大个子得意洋洋："你再去个零！一块大洋收的。"

"哎呀！"李国瑞大嘴巴半天合不拢，"朱大个子，你小子一桌三珍斋怕是不能饶你了！"

朱大个子有点后悔，连抽自己两个嘴巴："我嘴贱哪，我为什么对你讲实话的呢，这不是自找的吗！"

李国瑞端起茶盏："来老兄，我以茶代酒，祝贺你。"两人茶盏碰到了一处。

半晌，李国瑞想起了什么："哎朱爷，你这件宝贝是在哪里淘到的？"

朱大个子直说："昨天我在县城东大街古玩串货场淘的。"

正说着话，门口进来一位青年妇女。

李国瑞忙上前招呼客人："大姐，想看什么里面请。您是买玉器还是镯子？"

青年妇女说："掌柜的，我啥也不买，我想打听一下，你们店里收不收玉？"

李国瑞方才明白。就说道："小店也卖也收，不知您有什么东西要出手？"

青年妇女从怀里掏出一个手绢包，在柜台上慢慢解开。

里面是一块和田玉籽料白玉诗文牌子。只见这块玉牌是减地浮雕双龙牌头，一面刻有游子乘舟的画，另一面刻有四句诗，是孟浩然的《宿建德江》：移舟泊烟渚，日暮客愁新。野旷天低树，江清月近人。

李国瑞见青年妇女满面愁容，不由问道："大姐，这是块上好的玉牌，不知您为何要出手呢？"

青年妇女泪水盈满眼眶："不瞒你掌柜的说，这块玉牌是祖上传下来的，我也舍不得卖，我丈夫得了重病，家中没有钱医治，万般无奈，所以才出此下策。"

李国瑞又问："你打算多少钱卖这块玉牌呢？"

青年妇女说："我刚才去了褚记当铺，掌柜的说，这块牌子只值两块大洋。所以我便到你店里试试。当铺我也不好回去了，你看着随便给吧。"

"是这样？"李国瑞有些为难了。

论这块玉牌，十五个大洋还是值的。人家不是落难了吗？当铺只出两块大洋，这个褚怀良有点坏良心了。我李国瑞不能乘人之危。想到这里，李国瑞说道："大姐，是这样，这块玉牌是不错的，也是个小精品，我给你二十块大洋你看行不行？"

青年妇女一愕然，想不到国玉堂会出这么高的价钱，连连点头一再致谢。

李国瑞继续说道："你如愿意，我现在就给你拿钱。"说罢从钱柜里点出二十块大洋，包好交到青年妇女手里。

青年妇女千恩万谢一番。刚欲走，李国瑞又喊住了她。

"大姐，等以后，你如果手头宽绰了，你也可以到我的小店，将这块牌子赎回去。毕竟这是你的传家宝嘛！只要店在，你放心，我会始终给你留着这块玉牌的。"

青年妇女："恐怕是没有这个能力赎了！谢谢掌柜的一片善心！"

连放荡不羁的朱大个子都被李国瑞这番话感动了："没有想到，李大掌柜今天也怜香惜玉起来了！"

李国瑞说道："人家有难，我们做生意的能帮就帮一把，不能不讲道德！不过这块玉牌很是难得，不亚于你那件玉瑰！"

朱大个子将那块玉牌放在眼前翻来覆去地观赏，半晌问道："瑞爷，你给这块玉牌断断代，是什么时期的东西？"

李国瑞说："看玉的沁色和刻工的刀法以及装饰，应该是清早期东西。"

朱大个子又想起了什么："刚才听你念玉牌上的诗文，不知是什么意思，你给我讲讲，让我也长点儿知识，显得我也有文化。"

李国瑞说："这首宿建德江诗，是唐朝大诗人孟浩然于唐玄宗开元十八年，离乡赴洛阳，在漫游吴越时写的，借以排遣仕途失意的悲愤。"他抿了一口茶水，充满感情地说道："诗的意境是说，将小船停靠在烟雾迷蒙的小洲边，日暮时分新愁又涌上客子心头，旷野无边无际，天比树还低沉，江水清清，明月和人相亲相近。大概就是这么个意思。"

朱大个子虽然听得一头雾水，但感觉自己肚子里也有点墨水了，刺棱一下站起身来，端起茶盏一饮而尽："瑞爷，凭你的知识和眼力以及做人，我朱大服你了！今晚三珍斋这顿饭我是请定了，现在我就去定桌子。"

第三章

11

砍树基本完工了，运输并没有结束，前几天运木头的车辆遭到了八路军的袭击，现在日军加强了警戒，每天运木头车辆都有日军开着摩托车武装押运。之前，按照师父的嘱托，刘春林将一只鼻烟壶送给了浦田一郎，喜得他一个劲地"吆西"。浦田一郎也比较讲义气，刘春林回来之前的头一天下午，他专门到附近的小酒馆请刘春林喝酒。一高兴浦田一郎喝醉了，说了一些醉话。刘春林听了吓出了一身冷汗。走了几十里路在天傍黑回到了顺河集。

一进门，师父正与师叔黄庆生说话，见刘春林回店了，黄庆生问了一些山上砍树的情况及修桥的事情就告辞回去了，刘春林将黄庆生送到大街上，这才回去关店门。

黄庆山黄庆生弟兄俩虽然一条街做着生意，各人忙各人的，除了一年两次商会开会，平时来往并不是很多，大晚上登门，刘春林就觉得有点儿奇怪，所以进门就问师父道："师叔今晚来有事吗？"

黄庆山说："别提了。"接着叹一口气，"你师叔的闺女晓红在学校上街示威游行被日本宪兵队抓去了！"

刘春林一惊："托人了吗？"

黄庆山说："谁和日本人有交情？那不是汉奸吗！"

刘春林想说找浦田一郎打听一下消息，看看他能不能帮上忙，看师父一脸铁青，又没敢张口。

停了一会儿。黄庆山问徒弟吃饭了没有，刘春林说吃饭不慌，有件事情得马上给您禀报。

见徒弟嘴唇干焦，黄庆山倒一杯茶水递给刘春林。

刘春林一口喝干，抹抹嘴说道："师父，日本鬼子要扫荡大兴八路军根据地了！"少时又说道："听浦田一郎说，这次出兵是加藤吉夫的弟弟加藤武夫少佐亲自带队。据说这个加藤武夫非常凶狠，也非常残暴。"

黄庆山有点儿坐不住了，眉头紧锁，在屋里踱着步。

半晌自言自语说道："这怎么办呢？必须马上通知你师哥啊！"

刘春林说道："前段时间，师哥带部队将砍伐来的树木都推到运河里冲走了，上天日军运木头的车辆又遭到了袭击，我估计也是师哥带领八路军干的。所以这次日军扫荡是为了报复。"少时又说道："大桥马上就要开建了，为了防止八路军搞破坏，日本鬼子准备在我们顺河集的渡口附近修一座碉堡。"

黄庆山看一眼自鸣钟："春林，天这么晚了，事不宜迟，你现在就去大兴根据地跑一趟，将这些情况给你师哥细说一下，让他们早做准备。"想起了什么，又说道："你刚刚走了那么远的路，腿也累了，不然你到窦家茶馆借他们洋车子骑着去，反正你会骑。和窦老六说，就说我让你去借的。"

刘春林答应一声正欲转身。

黄庆山："等等。你回头再回店一趟，我让你师娘给你包两个馒头带在路上吃。"稍停："春林，又辛苦你了！"

刘春林："师父你又说客气话了，我们是师徒呢！俗话讲，师徒如父子，黄翠师哥不在身边，你就拿我当儿子使唤就行！我高兴着呢！"

黄庆山激动得眼睛有些湿润了，临走又嘱咐："晚上天黑，路上骑车当心点儿！"

刘春林："师父，您别忘了，大兴是我的老家呢，路我熟！"

从茶馆借出来车子，刘春林正欲上车子，大丫从后面喊住了他。

大丫说："这么晚了，你着急忙慌地骑个车子干啥去？"

刘春林撒谎说："老家有点儿急事，我得赶回家一趟，明天一早我就回来。"

大丫说："是你母亲身体不好？"

刘春林怕大丫啰嗦起来没个完，就点头说是。

大丫说："你等等我，我回去拿件褂子陪你一块去吧。"

刘春林说："不用不用，我一人骑得快，带上你，不知要耽搁多久才能骑到呢！"

大丫说："你别慌走，我问你句话。"

刘春林说："我不一直在听吗！"

大丫说："我们的事你是怎么想的？"

刘春林说："今晚刚回来还没顾上和师父说呢。"

大丫说："尽早说，再耽误黄瓜菜都凉了！"

刘春林答应着。

窦老六在门口喊大丫。

大丫只好说："天黑路远，你骑车慢点儿！"

刘春林目送大丫进了茶馆，正欲上车，突然前面闪出一个人来，一下抓住了他的车把。吓了他一跳。

是隔壁东城铜器店邓九庵的儿子邓建文。

邓建文问刘春林从峰山啥时候回来的。刘春林只好停下来回人家的话。邓建文问刘春林这么晚了骑车到哪里去，刘春林只好又撒一次谎。

邓建文说有话说，让刘春林等一下再走。刘春林只好耐着性子洗耳恭听。紧壁邻居他不能不给人家面子，更何况，他们平时还能谈得来。

邓建文说："刚才大丫找你啦？"

刘春林"嗯"了一声。

"你俩谈得怎么样了啊？"

刘春林急等着走，就胡乱应承了一句："还行！"

邓建文说："我爸上天到茶馆提亲去了。"

刘春林有些心不在焉，心说你爸去茶馆提亲碍我什么事呢！他忘了邓家提亲是大丫这回事了。

邓建文说："我知道你喜欢大丫，大丫也喜欢你。我爸偏偏让我娶大丫，可我心里有别的女人了。今天我找你就是想告诉你，你喜欢大丫你就抓紧点，这样的话，我爸的阴谋就别想得逞了！我们彼此也就能找到各自的幸福了！"

刘春林心急如火，突然大声喊道："对不起建文，你别再唠叨了，我有急事你知道吗？"

邓建文被吓了一跳，他还从来没有见过刘春林这么大声说话呢！

12

女儿黄晓红一直被关在日本宪兵队里，黄庆生进城托了好几个熟人，至今也没个回音，所以这几天，黄庆生度日如年，每日像丢了魂似的，生意也就顾不上打理了，好在有徒弟孙大海支应着，本来兵荒马乱的也没什么正经生意。

清早起来，孙大海专门给师父泡了一壶他最喜欢的碧螺春，满屋子飘着淡淡清香，可黄庆生却一点滋味也喝不出来。

孙大海在擦着柜面上尘土，师徒俩有一搭无一搭地说着闲话。这时邓九庵敲门进来了。

一进门也不看黄庆生的脸色，大呼小叫地说道："生爷，我说生爷，最近我发了一笔小财。这得好好感谢你这个大恩人哪！"说着将手里提的两盒点心放在了黄庆生的面前！"城里沈大年的羊角蜜和蜜三刀，我知道您老好这一口。"又招呼孙大海，"大海，给你师父拆开盒子，请他尝一尝。是不是往天那个味！"

黄庆生心情一下好了许多。没让孙大海拆点心盒，连忙问邓九庵道："九爷，你倒是说清楚啊，发什么财了啊？"

邓九庵说道："就是上天请您看的那三件铜器。昨天出手了，还卖了个好价钱。"

黄庆生问："多少钱出手的？"

邓九庵竖起一根食指："一千大洋！"

黄庆生说："好东西，一定是好价钱！"

邓九庵从怀里掏出一个布袋子，放在黄庆生面前的茶几上："生爷，上回借您二百大洋，这是本金，另外我再给您添一百大洋算是利，还有给我掌眼的辛苦费！请您别嫌少！"

黄庆生说道："本我收下了，利息就算了，更谈不上什么辛苦费了！"

邓九庵不愿意："生爷，借钱给利息是天经地义，您不能坏了行里的规矩吧？再说，今后我还找不找您办事了！"

黄庆生想起了什么："九爷，您那三尊铜佛卖给什么人了？"

邓九庵说："那天上午我刚开开门，进来一个中年男人，对那三尊佛爱不释手，我就觉得有戏，所以他一询价，我开口就要了一千，你说怎么样？他价也没还就让我给包起来。就像是捡了个大便宜似的！"略停又说道："临走我才知道，那个买主是个日本人，那中国话说得比我们中国人还流利。他自己要是不说，打死我也猜不出来他是个洋人！"

门响，有人进门。邓九庵下意识看了一眼来人，不由一惊，忙将黄庆生拉至一旁："生爷，那天买我铜佛的就是这个人。今天如果买你东西，你可得掯住价了！"

来人显然认出了邓九庵，一抱拳："呦，邓掌柜啊，没想到您也在这里啊！"

邓九庵连忙拱手还礼："我来找黄掌柜说句话的，你又来看东西啊！"

来人说："随便转转，看看有没有上眼的东西！"

邓九庵不想在这里耽误人家做生意，向黄庆生一抱拳："生爷，店里还有事，我就不耽误您做生意了。"又向刚刚进来那个中年人点点头。告辞出去了。

来人一进门就直奔多宝阁上一只大罐而去。孙大海急忙尾随至近旁伺候着。

来人指指大罐："这只罐子是龙泉窑的吗？"

孙大海说没错。

来人说："我看看可以吗？"

孙大海放张棉垫子在柜台上，又将大罐轻轻拿下来放到棉垫子上："先生请。"

黄庆生一旁说道："现在龙泉窑的东西稀罕着哪！"

来人说："说得没错，一件好龙泉窑的瓷器的确不太好找。有句诗怎么说的：'雨过天晴云破处。'下一句是什么来的？"

黄庆生察言观色，这个日本人不是不知下一句，他是在考考卖家呢！

黄庆生淡淡一笑，接口道："梅子流酸泛青时。"

来人连说："对对对对。"继而说道："只是这只罐子品相不怎么好。"

黄庆生说："是的。口沿有冲。"

来人说道："你们古玩行里有句行话怎么说的？叫做崩三，冲七，残不缺肉十分之一对吧？"

古玩行里讲，瓷器有崩口的，只能三成价，有裂的七成价，有残还能粘在一起的，只值十分之一的价格。

黄庆生心里不由暗暗佩服来人："先生真可以说是个行家了。"

来人说："见笑了黄掌柜。"

黄庆生说："这件东西虽说有冲但不失为一件好东西；大明朝的，毕竟几百年的宝贝了，很难得的！"

"说个价吧？"来人说。

黄庆生说："这只龙泉大罐器形规整，釉面肥润，且有缠枝莲刻花工艺，市面上起码得八百大洋。按你讲的冲七说法，打个折吧，七八五十六，你就给五百六十个大洋吧。你意下如何？"

来人微微一笑："可以。"

黄庆生问："先生，是银票还是现大洋？"

来人说："现大洋。"说着拉开带来的皮包。

点钱的工夫，孙大海已经将大罐给装好箱了。

"对了掌柜的，"来人在屋里搜寻着什么，"你们店里有没有古画？"

黄庆生说："古画你出门往南走几十步，有个叫萃文阁的店铺，专门经营字画。"

来人又问："不知您说的那个店里有什么名画没有？"

黄庆生略微一想，说道："据我所知，萃文阁里有一张郑板桥的《竹石图》，还有一幅清初四高僧之一髡残的《松岩楼阁图轴》，好像还有一张明代唐寅唐伯虎的《秋风纨扇图》。具体的请您过去亲自瞧瞧吧。"

来人道一声谢，忽然想起了什么，从身上掏出来一张小纸片："对了掌柜的，这只龙泉大罐器形硕大，不太好随身带，还烦劳您派人送到县城我的住处，这是我的名片。上面有地址。"

黄庆生满口应承。

送走了客人，黄庆生才想起来看看名片上的名字，见上面印着：大日本皇军驻苏县司令部大佐加藤吉夫。不由吃了一惊。

13

大兴庄方向枪声响了一天一夜。那儿离顺河集虽然有二十多里路，还是隐约听得见。不时还有隆隆的炮声。日军几次扫荡还从来没使用过重武器，看来这次是下了血本了。

这几天，黄庆生一颗心悬着，不知独立团和根据地的老百姓转移了没有，损失有多大，所以这些天吃不好睡不好，他想让刘春林去打听一下，又觉得不妥。万一遇到什么危险，那样的话，就对不起徒弟了。

早饭后，刘春林刚卸下门板，突然发现有一个中年男人在门口转来转去的。起初，刘春林误认为是来赶集的，没有在意，见那人直接奔店门口来了，这才看清楚，原来是八路军独立团侦察排长老王，王振国。

刘春林又惊又喜，王排长一定是带什么口信来了。这下好了，师父再不要担惊受怕了。刘春林假装不认识，说这位先生，想淘点啥古玩？请进店去看看啊！

王振国借机进了店。

黄庆山躺在躺椅上闭目养神，生人的脚步声他还是能分辨出来的。但他懒得睁开眼睛。

刘春林说师父你看看谁来了？

黄庆山这才睁开二目，当他认出面前是儿子部队侦察排长王振国时，竟忘记自己的身份和年龄，忽然一下坐了起来。泪水随即盈满眼眶。

黄庆山说："王排长，你怎么来了？你们怎么样了？部队和老百姓都转移了吧？"觉得问得太急了，自己也不由笑了起来。急忙让王振国坐，又吩咐刘春林赶紧泡茶。

王振国说："多亏春林兄弟前去报信，要不然，这次损失就大了！"少时又说道："庆山叔，团长怕您挂念，专门派我来给您老报个平安信的。"

黄庆山揉揉眼窝，双手合十："佛祖保佑！佛祖保佑！"

王振国又对刘春林说道："春林兄弟，我这次来还有个事，团长让我转告你，你今后如有机会的话，那个日本小队长浦田一郎那儿，你还要勤联系，有些情报还指望他给我们提供呢。"

刘春林说："浦田一郎一心想高升，与加藤吉夫又有点儿亲戚关系，正求我帮他搞一只文房精品准备巴结加藤吉夫呢！"

王振国说："小日本要在运河渡口修造炮楼，目的是怕我们八路军破坏他们建桥，上级指示我们尽可能拖延鬼子修炮楼时间，所以这个浦田一郎我们要好好利用他。"

刘春林想起了什么："真是巧了，听浦田一郎说他这次就负责建桥和修炮楼。"

王振国一拍大腿说："太好了！"

黄庆山让刘春林给王排长准备一些干粮带着。

王排长没让，说赶时间要到城里办点事，连泡好的茶都没有顾上喝就走了。

知道儿子部队情况一切平安，黄庆山突然觉得肚子有些饿了，让刘春林去三珍斋盛一碗辣汤来，泡一张大鳖子煎饼，一口气吃了个精光。

突然门口传来吵嚷声。黄庆山让刘春林出去看看是怎么回事。

原来一辆马车不知何时停在了店门口，马误把那儿当作茅房了，又拉又尿的。臭气熏天。恰巧邓九庵出门遇到，与赶车的人吵了起来。

刘春林问赶马车的小伙子干什么的，那人说是给黄石斋送东西来的。

刘春林一听说生意上门了，连忙上前对邓九庵说道："邓掌柜你消消气，一会我就给打扫干净。"

小伙子还不依不饶：“怎么的？你们顺河集欺负外乡人啊！管天管地还管拉屎放屁吗？再者说了，人能与畜生一般见识吗！”

身旁同来的中年人呵斥道：“老三你就少说一句吧，我们是来求财的，不是来求气的！”

邓九庵说：“马尿都淌到我的店门口了，臊气烂哄的，说你几句怎么了，你还有理了！”

刘春林说：“邓掌柜，您老也少说两句吧，我马上就来收拾。”

邓九庵看是给黄石斋送货的，也不好太认真了，嘴里不干不净地嘟囔着回店里去了。

刘春林说：“二位，赶快将东西弄进店里去吧。”

两人将棉被裹着的东西一人一件抱着进了店。

门口发生的事，黄庆山在店内已经听了个大概，见两个男人抱着东西进门，就吩咐刘春林招呼客人到后院看东西，说那儿亮堂。

几人到了后院，中年男人问黄庆山：“您是黄掌柜吧？”

黄庆山点头称是。

中年男人说道：“我们弟兄俩是灵邱镇人，姓秦，就是秦始皇那个秦，我是秦老二，这是我兄弟秦老三。今天慕名而来，有两件东西，不知贵店可收否？”

黄庆山说：“我得先看看东西，方才能定夺。”

秦老二慢慢解开包裹被子，原来是汉代的两件东西，一件是只半釉汉罐，另一件是个彩陶俑。彩陶俑虽然是用玻璃纸包着的，颜色却鲜艳无比。

黄庆山看了几眼东西，半晌说道：“这两件东西是对的，也是好东西。不过是‘生坑货’！”

行里话，“生坑货”，也称鬼货，就是盗墓得来的东西。

秦老二笑道：“您老眼真毒！”

黄庆山说：“二位兄弟，我们行里有规矩，大凡‘生坑货’，我们都不收！”

秦老二误认为这是黄庆山故意压价，就说道：“黄掌柜，您看多少钱能收？”

黄庆山说："不论贵贱，小店不收此类东西！"

秦老二说："黄掌柜，我们第一次打交道，又大老远慕名跑来了，您就破一下规矩收下吧，大老远跑来的，我们总不能再将东西拉回去吧！"

黄庆山说："对不住二位了，这东西，不但我不收，恐怕这条街上也不会有人收的！不信你去别店试试？"

一直站在一旁的秦老三有些不耐烦了："二哥，有宝贝还怕出不了手啊！我们走！"

有个疑问刘春林一直没有机会说，人一离开，刘春林就忙不迭问师父，那件彩陶俑为啥要用玻璃纸包起来呢？

黄庆山说："彩陶在地下埋着没有事，一旦见风，颜色就会马上褪掉。所以必须用玻璃纸保护起来。"

黄庆山猛然想起什么，吩咐刘春林出门望望，看秦家那两兄弟到哪儿去了，有啥情况抓紧回来告诉他。

刘春林挎着粪箕子，到门口一边收拾马粪一边观察秦家兄弟的动静。

后来，刘春林发现秦家兄弟抱着东西进了百宝箱金德银的铺子。

一顿饭的工夫，秦家两兄弟出来了，两手空空。

刘春林就知道，这桩生意秦家兄弟与金德银做成了。立即回店和师父禀报去了。

14

黄庆生得知那天来店里购买龙泉大罐的日本人就是驻苏县日军最高长官加藤吉夫时，真是喜出望外，嘴里连连喊道此乃天助我也，天助我也啊！这真是"踏破铁鞋无觅处，得来全不费工夫"，天天四处托人打听谁认识日军的当官的，没料想，事情就这么解决了。女儿这下得救了。

第二天一早，黄庆生随身带了两件文房小精品，还有昨天加藤买大罐留下来的五百多块银元。吩咐徒弟将铺子关了，和他一起去城里拜会加藤吉夫。

昨儿个，孙大海来给加藤吉夫送瓷器，所以轻车熟路。一点儿也不费难就到了日军司令部。黄庆生从身上掏出加藤吉夫昨天留下的名片，对卫兵说道，我是顺河集博古轩掌柜黄庆生，有事前来拜访加藤大佐。他怕守门的日军听不懂中国话，连说带比划。哪知卫兵却说出一口流利的中国话，有大佐名片的都是贵客。您稍等，我去通报一下。这令黄庆山大为惊讶。

加藤吉夫坐在办公室里端着紫砂壶品尝"大红袍"，听到卫兵前来报告，固然有了充分的思想准备，心里头还不由有点儿激动和喜悦。这种激动与喜悦，就是黄鼠狼在抓住小鸡之前那一瞬间的那种感觉。他料定黄庆生今天定会亲自上门来拜会，果不其然就让自己言中了。所以他今天上午什么军务也没有安排。

黄晓红被抓，其实是他一手安排的。他从苏县女中的一份政治活跃分子材料中，意外得知黄晓红家住在顺河集，其父就是博古轩的掌柜黄庆生时，真是异常的兴奋。所以在女中那天上街游行时，他专门派人盯住了黄晓红。他明白，若想打开黄家国宝瓷器的大门，黄晓红就是这把开门的钥匙。

黄庆生一进门，加藤吉夫急忙站起身来上前迎接："没想到黄掌柜这么快就来拜会了，欢迎欢迎！"

黄庆生紧紧握着加藤吉夫的手，感觉这只手不像他想象的那么柔软，既死硬又板结，犹如一把钳子。

黄庆生说："加藤大佐，冒昧登门，还望见谅！"

加藤吉夫说道："我最喜欢结交中国的朋友，尤其是像您这样的古玩界朋友！"

落座之后，加藤吉夫给黄庆生斟了一杯茶，说黄掌柜，您品尝一下，这是你们中国鼎鼎有名的大红袍，您品品这茶味道正不正宗？

黄庆生有点儿受宠若惊，鼻子嗅了一下茶杯，连称好茶好茶。

接下来，加藤吉夫与黄庆生交流了一下古玩，特别是对瓷器的识别以及如何鉴赏。突然话锋一转："黄掌柜，您今天来有什么事情吗？"

黄庆生毫不掩饰地说道："加藤大佐，今天冒昧打扰，的确有一件事情想请您帮帮忙。"

加藤吉夫表现出洗耳恭听的样子。

黄庆生说："就在前几天，我的女儿被你们宪兵队给抓了。"

加藤吉夫装作惊讶的样子："是吗？有这事？"

黄庆生说："的确如此。"

加藤吉夫说："您知道因为什么事情吗？"

黄庆生说："听说是参加学校什么游行。"

加藤吉夫问："贵千金叫什么名字？"

黄庆生说叫什么什么名字。

加藤吉夫又问是哪个学校，黄庆生又如实回答。

加藤吉夫摸起桌上电话，拨通之后，用日本话说了一通什么。其实他说的是，这个黄桑是个笨蛋，大大的笨蛋。

然后对黄庆生说道："你女儿下午就会平安回到顺河集。你就不要担心了。"

没有想到事情这么简单就解决了，黄庆生准备了一肚子说辞，一点儿也没有派上用场。

黄庆生站起身来又是作揖又是打躬："谢谢加藤大佐，真是万分感谢！"

加藤吉夫笑道："举手之劳，何足挂齿。"

黄庆生从包里掏出带来的那两件文房，摆在加藤办公桌上："加藤大佐，为了表示我的谢意，我给您带了两件小玩意儿，您看看能不能瞧得上眼？"

加藤连客气话都没有顾上说，就将一件东西放到了手掌之上把玩起来。

黄庆生说："大佐，这是一件黄釉鸟形砚滴，您再瞧瞧下面青花款识，'大清乾隆年制'六字篆书款识，别看是个小物件，绝对是官窑小精品。您再瞧鸟背上的羽毛，太逼真了，与真鸟一模一样。"

加藤吉夫眼睛都直了，连说太精致了！太精致了！

黄庆生又拿起另一件东西："大佐，这件东西叫砚屏，文人雅士写字时放在砚台前以防止墨干的一件文房品。年代看在清中期，您瞧瞧，下面底座是黄花梨，用的是镂雕工艺，上面的瓷片画的是雪景和一株含苞待放的寒梅，您瞧瞧多么有意境！"

加藤止不住一声又一声地"呦西"着。

黄庆生继续说道："这件砚屏虽说是民窑东西，也不失为一件不可多得的精品！"

加藤吉夫完全被两件东西给震撼了："你们中国文人真会享受和欣赏，令我们敬佩和嫉妒！"

两个人重新坐到沙发上喝茶。

黄庆生十分想与加藤吉夫保持这种关系，抿了一口茶，找着刚才的情绪说道："这两件东西，可以说是我压箱底的东西，珍藏了很多年。"

加藤吉夫还处在兴奋之中："这两件宝贝我真是太喜欢了！谢谢您黄掌柜！"

黄庆生说道："小玩意儿，不成敬意！"

加藤吉夫连连作揖致谢。忽然想起了什么："黄掌柜，我那天去贵店，有句话一直想问却未能开口。"

黄庆山说："有啥话，您尽管问。"

加藤吉夫说："听他们传，你们黄家当年是受到乾隆皇帝御封的，那天我登门已经看到了那块挂在您大门上方'孝悌人家'的金匾。"

黄庆生点头称是。

加藤继续说道："还听说，当年乾隆皇帝赏赐你们祖上不少精美的瓷器，可是真的？"

黄庆山一下警觉起来，但碍于情面，又不好撒谎，半晌说道："确有此事。早年间，上辈分家时，我的兄长黄庆山，就是黄石斋的掌柜，他家分得一套康熙十二月青花五彩花神杯，我这门子里，分了两件立件瓷器。"

加藤吉夫说："什么时候方便，能否拿出来让我欣赏一下呢？"

黄庆山一时语塞，少时说道："实在不好意思啊大佐，实不相瞒，我家那两件瓷器被我多败儿（方言：败家子）偷出去给卖了，他嗜赌如命，我的一半家业都叫他给败坏了！真是令人痛心啊！"

加藤吉夫说："那是你们的家传宝贝，我不会觊觎的，我就是想见识见识。你别在意。"

黄庆生连说："我明白，如果东西在，别说看，就是送给您赏玩也是应该的。"忽然想起了什么，从包中拿出那一袋银元，"加藤大佐，这是您昨天那只龙泉罐子的钱，您帮我这么大的忙，这钱说什么我得退还给您。不然的话，我实在是过意不去。"

加藤吉夫急忙将钱袋子塞进黄庆生的包里："这事不可以。买就是买，送就是送。按照你们行话讲，这是规矩。您刚才已经送过两件文房宝贝了，若是要感谢的话，已经是感谢过了，这钱你得带回去。您假如坚持的话，以后有什么事情，我就不帮您了！"

看加藤这么说，黄庆生只好将钱收起来。

加藤看天色不早了，要留黄庆生师徒俩在司令部吃午饭，让他们尝尝日本菜。黄庆生推说店里没人不行，便告辞出来了。

临出门，加藤让黄庆生回去给女儿做做工作，好好读书，远离政治为好。

黄庆生答应回去一定要严加管教。

出了司令部，黄庆生让孙大海在外随便吃点儿什么，等着下午小姐出来一同回顺河集。他自己一人先回去了。他担心儿子黄大茂知道家里没人，再出什么幺蛾子！

15

一早，刘春林正往下卸门板儿，邓九庵就上门了。手里提包东西，问刘春林山爷早茶喝了吗，刘春林说刚上嘴。邓九庵说我紧赶慢赶还是晚了一步。刘春林不明就里，想问句什么的，邓九庵已经推门进店了。

黄庆山早已听见邓九庵的脚步声，急忙闭上二目。

邓九庵人到话到："山爷早，听春林说您已经喝上了？这不，我给您送来一包杭州的龙井。回头让春林泡一壶给您老尝尝。"

开门不打送礼人。黄庆山不能装聋作哑了，给邓九庵让座："是九爷啊，大早上的您送什么东西呢？我这里茶叶有的是。"

邓九庵说："您有是您的，这是我孝敬您的。是今年的秋茶。"

黄庆山说谢谢您想着我，说着给邓九庵斟了一盏茶。

两人拉了一会儿闲呱。黄庆山突然想起了什么："对了九爷，听说您最近发了一笔财？"

邓九庵笑道："山爷，比起您老来，那是小巫见大巫，我不像您老，我只是挣个小钱，还是稀可早晚（方言，难得之意）的就那么一回！"

黄庆山看着茶几上邓九庵那包茶叶，问道："九爷，您今天来是……"

邓九庵道："山爷，过两天我想出趟远门收东西，家里生意我有点儿不放心，想请您老平时给照应点儿。"

黄庆山说："这没问题，有什么事，您让建文过来找我，我如若不在，找春林也一样的。"

邓九庵双手抱拳："多谢多谢！这我就放心了！"

黄庆山随口问道："您此次出门准备去哪里？"

邓九庵回答："去山西。"

黄庆山呦了一声："这么远哪？"

邓九庵说："山西那边有个朋友，来信讲，说是帮我搞到一尊佛像。器形硕大，大约有七八十公分高！"

黄庆山说："这么大的宝贝，不是寺庙就是大家族祠堂的东西。"

邓九庵点头说差不离。

黄庆山觉得跑这么远，如果没有得力的人，还是慎重点儿好，就说道："您那位朋友准不准头？"

邓九庵说："生意上的朋友。关系还信得过。"

黄庆山想起了什么："对了九爷，你出门是带现大洋过去还是银票？"

邓九庵说："银票。"继而说道："银票带在身上不显眼。"

黄庆山点点头："出门在外，一切皆小心，生意成与不成不碍事，钱这玩意不能丢！俗话讲，人心隔肚皮，虎心隔毛衣。还是防备点儿好！"

邓九庵嘴里答应着："谢谢山爷点拨。我记下了！"

门口有人进来，邓九庵连忙起身告辞。和进门的客人打了声招呼之后才走了出去。

进来的人是熟客，黄庆山认得，日本大佐加藤吉夫。

"黄掌柜忙啊？"加藤吉夫抱拳道。

黄庆山拱手回礼，随即吩咐春林看茶。

加藤吉夫轻车熟路走到多宝阁前面看瓷器，边看边说道："黄掌柜，上回我在您这里拿了几件小玩意儿，回去之后，越看越喜欢。"

黄庆山说："喜欢就好。"少时又说道："今天看看有什么您看上眼的？"

加藤吉夫用手一指多宝阁上的青花人物大罐："我看看这只'青花'。"

站在一旁的刘春林急忙上前将大罐搬下来，放在柜台上。

加藤吉夫围着大罐看，边看边说道："这件大罐器形似乎有点儿不太规整？"

黄庆山说道："这是大明景泰时期的东西，也就是我们常说的空白期，这一时期的瓷器烧得都不太规整，花色也远不及永宣和成化时期东西精美，比如这一件，烧得有点儿歪，这就是那时期的特点。"

"能到代吗？"加藤吉夫似乎有点儿怀疑。

黄庆山说道："到代肯定没问题。"

加藤吉夫端详着瓷器上的画："这画的是什么？"

黄庆山说："《携琴访友图》。传说俞伯牙携琴去访钟子期，半路上听说他已经死了。于是恨世上再无知音，在子期墓前哭祭，感慨知音难求。碎琴以报。"

加藤吉夫说："这就是最著名的高山流水故事；钟子期听到俞伯牙的琴声喟叹曰：'美哉！巍巍乎若泰山，荡荡乎若江河！'俞伯牙说：'人莫能识其意，惟隐士钟子期。'二人相约来年再会，没想到知音已驾鹤西去。这是个悲剧。"

黄庆山点点头。

加藤吉夫让刘春林将大罐装箱。并未询价格。

接下来，加藤又看中一只带嘉庆款识的婴戏图粉彩瓶。然后对黄庆山说道："黄掌柜，这两件东西，请让您徒弟送到我的住处，算一算多少钱，而后将钱一并带回来可以吗？"

黄庆山笑道："当然可以。"

加藤吉夫给了刘春林一张名片，说我再到其他店里转转。

黄庆山目送加藤吉夫出门，心中暗想："这个鬼子玩的是哪一出？哪有买东西不谈价的？"

像他这个买法，顺河集几家瓷器店恐怕是要不了多久就被他一扫而光了。令人费解的是，这个加藤买这么多瓷器干什么呢？

想起前几天二弟黄庆生过来说，加藤吉夫也在他店里买了好几件东西，也是不还价。就是这个加藤吉夫不但救了侄女黄晓红出狱，而且非常的友好。

加藤这个鬼子，葫芦里到底是卖的什么药呢！

黄庆山正在那里打愣神，有人推门进来了，是山西会馆管事陈明远。一进门，陈明远便将手中提的那只大纸箱打开来，从里面抱出一只器形硕大的罐子，让黄庆山给掌掌眼，说是自己刚从老家山西淘换来的。

黄庆山见大罐子上面有个大大的"酒"字，说道："陈管事，明眼人一眼就能看出来，这是只盛酒的罐子。"

陈明远用手指拢一下有些谢顶的头发说道："黄会长您说得不错，不过我想弄清楚这是只什么窑口的瓷器。上面有诗文说得清楚明白，好像就是我们山西出的宝贝。"

黄庆山将大罐移至面前，果见酒罐四周有排列整齐的诗文，不由轻轻念了出来：康熙八年 造下此坛 出自山西 郡名陵川 附城镇上 西南子山 放酒酒好 成（盛）醋醋酸 放水不漏 淹（腌）菜菜咸 诸般都好 放蜜更甜 买上一个 君常喜欢 人人爱买 不论价钱 使了想使 胜活十年 请君先看 许多诗言 我要讨价 细细五钱 可好可好 直（值）钱直（值）钱 休走休走 快还快还 真正白货 走而何（河）南。

陈明远说道："黄会长，诗文第三句就已经讲明，'出自山西'，所以我断定这只大酒罐是我们山西的窑口出的。"

黄庆山摇了摇头："诗文中的第三句我认为指的是罐中的酒，而不是说的是酒罐。恰恰诗文的最后一句道出了真谛'走而何南'，'何'字是工匠们的笔误，应是大河的河。这么讲吧，据我判断，这只酒罐是磁州窑系出产的瓷器，不是你们山西的东西，而是河南窑口磁州窑系的宝贝。"说罢哈哈一笑，"这是我一家之言，不一定正确，姑且听之。"

陈明远忍不住叫起好来，又拢了下脑门站立不稳的头发："黄会长，真是听君一席话胜读十年书啊！"

第四章

16

朱大个子今早没去陈翠萍的豆腐坊，而去三珍斋盛了碗辣汤，又要了一笼小笼包子，一是换换口味，二来也想犒劳一下自己，昨天他替一个熟人在萃文阁买了一张路分（收藏界行话，成色的意思）很高的古画，掌柜郑云鹤对他不薄，最后给他五块大洋作为拉纤儿费用。其实郑云鹤只出两块，那三块大洋是买家出的。古玩行俗称成三破二。所以朱大个子手里存不住钱，有俩钱不花出去手痒痒。

好几天没去百宝箱了，吃过早点，朱大个子想去百宝箱碰碰运气。

刚到街面上，猛听得有人喊他的名字，回头一看，是远房表叔项龙河。项龙河是项羽的后裔，长得虎背熊腰，穿一身屎黄色军装。

项龙河这身打扮，朱大个子猛一下没有认出来，朱大个子说："表叔，你不是在三棵树窑厂烧砖吗？你从哪弄这一身黄皮穿上的？"

项龙河自诩道："朱大，你看看你表叔这身行头怎么样？如今表叔是苏县皇协军大队副大队长了！吃的是官饭！现在就在运河渡口这儿帮皇军站岗放哨修炮楼呢！"

朱大个子一下没瞧得起。心说，皇协军有什么了不得的，不就是日本汉奸走狗吗？

项龙河说："大表侄子，你闲着没事，不如跟表叔干吧。吃香的喝辣的不说，到月还有军饷。"

朱大个子酸得鼻眼滴醋，没好气地问项龙河找他有什么事情。

项龙河没在意朱大个子的脸色，仍絮絮叨叨地说道："你狗日的真难找，到你家去。铁将军把门，别人说你去豆腐坊喝豆腐脑去了。我便去豆腐坊找你，结果又扑了个空。没想到在大街上碰到你狗日的了！"

朱大个子有点儿不耐烦了，说表叔我还有事，抓紧说正事。

项龙河说："你表叔如今混得不错了，不瞒你说，在城里有个相好的，我想买副翡翠镯子送给她。你不是常在古玩行里混嘛，表叔就想到了你。"

朱大个子一听这话，不由暗喜，心说，昨天刚刚赚了一笔，看来今天又得弄点小钱花花了。

朱大个子说国玉堂掌柜的是我朋友，我领你去。说罢前头引路。

到了国玉堂，朱大个子简单给李国瑞介绍一下同项龙河的关系以及来的目的。

李国瑞就问想要什么价位的东西，朱大个子使了个眼色，低低声音：一般化就行。

李国瑞拿出一副翡翠镯子让项龙河看。项龙河说我对这玩意是擀面杖吹火—— 一窍不通，大表侄你就给瞧着买吧。只要东西好，价钱公道，多少钱我都掏。

朱大个子拿过镯子，在亮处看了一会儿。说这副翡翠镯子"水头"不错，起码"二分水"。珠宝行称翡翠的透明度为水头。水头足就是透明度好。反之，水头差，水头短，就是透明不好的意思。透明度如何？业内称作"几分水"，一分水，是指三毫米厚的半透明翡翠。朱大个子说的二分水就是六毫米半透明翡翠。

项龙河说表侄你说好就行。就问多少钱，没等李国瑞开口，朱大个子抢先说道，李掌柜，这是我亲戚，让点儿，就五十块大洋吧。其实这副镯子质地，水头都是一般，李国瑞本想收三十就不少了，朱大个子一打拦板，他也不好往回收了。

包好东西出门，项龙河又想起了什么，对朱大个子说："大表侄，哪天有空，您帮我淘几件瓷器。人都说，盛世藏黄金，我却不这么想。恰恰我觉得这是买古玩的好时候。你说呢？"其实项龙河没说实话，他知道加藤大佐喜欢中国瓷器，他想巴结加藤讨个好。今后还有他的亏吃吗！之前，他连瓷器是什么东西都搞不清楚。

临分手，项龙河让朱大个子没事去渡口找他玩。朱大个子胡乱答应一声就转身走了。

不多会项龙河又转回来了，说表侄慢走。说实话，朱大个子有点儿厌烦这位八竿子打不着的匪里匪气的熊表叔，他急等着去百宝箱找财路，口气就有点冲，说我身上又没有吸铁石，你怎么又转回来了？

项龙河觉得老麻烦人家，有点儿不好意思，毕竟亲戚有点远，平时也不太怎么走动。说表侄，我有件事刚刚忘记说了。

朱大个子就问什么事。

项龙河说，过去我烧窑那会儿，挖土时挖到了一只铜鼎，是三条腿的，还有一些古钱币，我想请你帮我找人给看看能不能值几个钱。朱大个子一听来了兴趣，就问东西在哪儿，项龙河说就在运河边的兵营里。

朱大个子让项龙河抓紧回去拿来，他用手一指百宝箱门脸，我就在百宝箱那儿候着你，你好腿放前面，快去快回。

朱大个子进到百宝箱门里，看见黄石斋的掌柜黄庆山正坐在那里和掌柜金德银说话，想退回去，黄庆山却叫住了他："朱大，都到门上了，怎么又抬腿走了？"

朱大个子说："你们说正事，我闲遛的。"

黄庆山说道："天天哪有这么多正事谈呢？"说着站起身来，对金德银说道："我也该回去了，徒弟去城里办事了，店里没人呢！"

等黄庆山出了门，金德银急忙招呼朱大个子坐，又斟了一杯茶放在他的面前。

朱大个子问："黄掌柜来找您有啥事？"

金德银"嗨"了一声："上天（之前，当地方言）不是收了两件东西嘛，是鬼货，当时送到黄石斋，黄庆山没收，末了让我给收了，他来是教训我的！"

朱大个子说："凭什么啊！"

金德银说："这话不能这么讲，我们有错在先。古玩行里有行规，不允许收或卖地下的东西。人家是商会会长，说两句也在情理之中。"少时又说道："不过，麻烦的是，这两件东西怕是以后很难出手了！"

"怎么的？"朱大个子一翻白眼。

金德银说："事情已经明了，你还怎么出手？这不给人家留口实吗！"

朱大个子说："照您这么说，这两件东西就死手里了？"

金德银叹一口气："事情也该冤业，当时收东西的时候，我并不知道，东西已给黄石斋看过了。要不，说什么我也不会上这个当的！"

朱大个子说："金爷，您将宝贝拿出来我瞧瞧，也许我能帮您倒腾出去。"

金德银正要去拿货，突然项龙河推门进来了。介绍完毕，朱大个子让项龙河将东西拿出来看看。

东西是装在一个布袋子里的。项龙河小心翼翼拿出那只鼎，然后把袋子倒过来，将古钱币一股脑地倾倒在了柜台之上。

金德银看到那只鼎眼睛不由一亮，然后捧在手中仔细地端详着。项龙河便将怎么挖到宝贝的过程又讲述了一遍。

看罢，金德银给朱大个子使了眼色，而后说道："这只鼎锈蚀得那么厉害，仨瓜俩枣的，不值什么钱。"

朱大个子也在一旁帮腔，说我也是这么和他说的。项龙河有点儿失望，说金掌柜，您再看看这些钱币呢？能不能值两个？

金德银随便扫一眼，说这些钱币都是汉代的五铢钱，可惜和这只鼎一样都锈蚀完了！朱大个子又帮腔，确实成色不行了！

项龙河叹口气想，我本来指望他能换两个钱，买件瓷器的，这下没指望了！猛然看到架子上有只青花梅瓶，就对金德银说，金掌柜，你看这样可以吗？这只鼎包括这些古钱币都给您，换您架子上这只瓶子行不行？

金德银表现出有点儿为难的样子，那只瓶子是光绪仿前朝的东西，也值个二三十块大洋……半晌说道，看在您是朱爷的亲戚分儿上，那就这样吧，两不找行了吧。

朱大个子抢盘子说话："行行行行！行里有句话怎么说的，叫作货换货，两头乐！"

项龙河拿过那只青花梅瓶，急忙装进带来的口袋里，生怕金掌柜反悔，二话不说抱起东西就跑出了门。

金德银又拿起那只鼎在手中把玩，说朱爷，这只鼎您看出来了吗？是是春秋战国时期鼎式炉，上面有错金银工艺，表面上红斑绿锈，其实东西熟旧得很，说着竖起一根指头，五百大洋还是值的！

朱大个子有些吃惊，能值这么多？

金德银说我这是往少里说的，若是盛世，再翻一番也有可能！

朱大个子不太懂铜器，望着那一堆古币问金德银，金爷，你看看这些钱币都是些什么币？金德银在那堆钱里扒拉着，而后说道，都是汉代的钱币；这里面除了五铢钱，还有一刀平五千，契刀五百，大泉五十；哎呦！朱大个子就知道金德银发现新大陆了！就问什么东西，值得你大呼小叫的！金德银手指捏着一枚钱币，朱爷，你快来看，是壮泉四十。就这一枚，最起码值十块大洋！朱大个子将那枚钱币放在眼前观瞧，说，这就是壮泉四十？金德银说，别看壮泉四十是大泉五十的弟弟，因为它稀有，所以很值钱。大泉五十存世量多，两枚只值一块大洋，而一枚壮泉四十，足能买一把大泉五十。

朱大个子激动得鼓起掌来，天老爷，真是眷顾在下了！

上午收获很大，金德银也是兴奋不已，继而说道，看到这些刀币，使我想起了东汉张衡《四愁诗》当中的两句，叫作：美人赠我金错刀，何以报之英琼瑶。

朱大个子不懂什么诗不诗的，他所关心的是大洋。金爷，这些古币能值多少钱？金德银说，遇到懂行买家，也能值不少钱。

朱大个子说我这个表叔就是个憨熊，他花钱买个官，还是个汉奸，不宰他这个王八蛋宰谁！

金德银说朱爷，那只青花梅瓶，是个仿品，那是我十块大洋收的。不瞒您说，这件东西我当时是打了眼的。不过现在却有了好去处。想起了什么来，又说，朱爷，等东西出手了，除掉那只青花梅瓶的本钱，剩余的我们兄弟俩二一添作五。

朱大个子喜不自胜，出门之后，自言自语说道，运气来了，哪怕是座山都挡不住！

17

深秋的清晨已经有些寒了，上年纪的人，夹袄已经穿上了身。

刘春林刚刚打扫完卫生，黄晓红就贸然进门了。虽说一条街住着，黄晓红又在城里读书，即便是寒暑假也很少回顺河集。所以她来黄石斋，也算是稀客。

亲侄女冷不丁地前来，令黄庆山始料未及。

黄晓红将带来的两包点心交给刘春林，对黄庆山说道："大伯，我来看您了。"

虽说黄晓红是老二很多年前在关帝庙捡来的弃婴，却如同亲生，再怎么困难也让她进城读书识字，黄家几辈人丁都不是太兴旺，女孩子尤其珍贵。所以黄庆山对于侄女黄晓红还是比较疼爱的。

黄庆山说："红儿你回来了？上次听你爹说你被抓进去了，我和你伯母都担心死了。还好，没出什么大事。"说着叹一口气，"你说你一个女孩子家家的，不好好读书，出那个风头干什么呢？当时你爹都快急死了呢！"

黄晓红满不在乎地说道："我这不好好的嘛！"

黄庆山装作生气道："你还敢犟嘴！"

黄晓红天生脾气硬，在父亲面前也没个怕劲，可就是惧怕威严的大伯。看大伯茶盏里茶浅了，黄晓红拿过茶壶急忙给续上："大伯，您老喝茶。"

黄庆山疼爱地问道："在日本宪兵队没受什么罪吧？"

黄晓红摇摇头："没有。"

黄庆山说："有也是自找的！"少时又说道："你妈死得早。你哥又不争气，你再有个什么闪失，让你爹还怎么活呢！"

黄晓红害怕大伯絮叨起来没个完，就说道："大伯，我今后听话了，不惹你们生气了！"

黄庆山说乖，便让侄女上楼看看伯母去。

黄晓红答应一声刚欲转身，忽然想起了什么："大伯，大哥黄翠怎么一直没有回来呢？"

黄庆山说："你大哥在南京做生意呢，哪能随随便便回家呢！"

黄晓红说："我怎么听说，我大哥在东面大兴呢？"

"你听谁胡说八道的？"黄庆山不由一愣。

黄晓红说："我一个同学告诉我的，大哥不光是在大兴，而且还是八路军独立团团长呢！"

黄庆山下意识望一眼门口，做出抬手要打人的样子："死丫头，你再胡说，看我不打你！"

黄晓红说："大伯，无论您承认不承认，事实就是事实，我准备去大兴找我大哥当八路去！"

黄庆山说："越说越没规矩了，你再瞎跑，我就让你爹打断你的腿！"

黄晓红一甩长发，调皮地做出了个鬼脸："我去看伯母了。"说罢"噔噔噔噔"上楼去了！

"这个死丫头！"黄庆山气得头脑有些发蒙，端起水烟袋一个劲地吸着。

有人进门来了。是对门茶馆的大丫。

大丫给黄庆山打了声招呼，又对刘春林说道："春林哥，茶馆有个客人让我喊你去喝茶。"

刘春林觉得有些奇怪，想了半天也想不出是谁。是谁会请一个伙计到茶馆喝茶呢。

黄庆山说管他是谁呢，你过去看看吧。

在茶馆大厅里，刘春林见到了那个请他喝茶的人，原来是独立团侦察排长王振国。

王振国给刘春林倒一杯茶，然后低声说道："你别东张西望的，假装我们是谈生意的。"

刘春林点点头。

王振国说："今晚部队有行动，团长让我转告你，让你帮助我们做一件事情。"

刘春林"哦"了一声。

王振国说："你今晚务必将浦田一郎约出来喝酒。"

刘春林说："这个容易，我本来就说这几天去找他玩的。"

有人过来了，王振国大声说道："那件宝贝你再给掌掌眼，只要价钱合适，我一准出手。"

刘春林说："你赔好了！我一定让你们双方都满意！"

日本鬼子建大木桥是从两头往中间建的，因为要赶在河水封冻前合龙，如果河水上冻了，有些活就没办法干了。河东的碉堡工程同期进行，底层混凝土已经做好了，正在建二三层。

王振国继续道："我们黄团长带人来运河边踩过好几次点了，认为破坏大桥的时机已经成熟，决定今晚就动手。白天日军守卫森严，加之老百姓过河，来来往往的，怕伤及无辜。所以准备夜里凌晨偷袭。"

刘春林问："要我做什么？"

王振国说："黄团长让你约负责修桥的日军小队长浦田一郎喝闲酒，这样日军没有了头，便于下手。"

刘春林说我现在就去找浦田。就起身离开了茶馆。

哪知刘春林去了之后，浦田一郎二话没说就答应了。因为就在顺合集三珍斋订的桌子，离建桥的地方可以说是一步之遥。浦田一郎认为，即便有了什么事，他立即回来也不耽误。哪知刚答应刘春林，电话突然响了，是加藤吉夫大佐亲自打来的。说是得到可靠情报，八路军独立团今晚要有行动，目标是大木桥和碉堡。要做好防范的准备，而且，日军又临时调集一个小队增援，加强防御。

当刘春林将这个消息告诉隐藏在运河岸边小树林的黄翠时，黄翠就知道，独立团内部一定有了奸细。黄翠将知道这一部署的干部在脑海里过滤了一遍，都觉得没有这种可能，但是，日军怎么知道八路军今晚要来袭击大木桥的呢？肯定是内部人告的密，身边的同志，知道的都参加了今晚的袭击行动，那么会不会是上面出了问题呢？现在黄翠顾不上想这些了，现在他要考虑的是，今晚的行动是取消还是如期进行？为了迷惑敌人，也是印证到底是上层还是下面出了问题，黄翠决定向上级请示，取消今晚行动，其实他已通知下去，今晚任务提前到半夜十一点整。不一会儿，通信兵前来报告，说是上级已同意独立团的意见。

果不其然，半小时之后，刘春林那边传来好消息，说是浦田一郎又改变计划，晚上喝酒照常进行。

黄翠就明白了，这个日本鬼子奸细来自八路军上层组织，至于是谁，他一时还不敢下结论。

鬼子原来在运河边建桥的地方只在河西岸安装了一只探照灯，现在又在另一处安了一只，两只探照灯交叉进行全方位照射，几乎是不留死角。

月黑风高，淡雾在河面上奔跑。

十一点整，黄翠发起了进攻命令，在团参谋长邵建伟的指挥下，埋伏在东西两岸的八路军战士扛着炸药包分别下到河底，向河中间大桥合龙位置游去。不多会儿就被两岸的日伪军发现了，密集的枪声立即响了起来。第一批炸桥的战士牺牲了，黄翠立即组织战士们火力压制，第二批炸桥的战士进发。另外，前去炸碉堡的战士已经将守碉堡伪军消灭了，炸药包也安放好了。这时，大桥的东西两面炸桥的战士们也得手了。几乎是同时一齐点燃了炸药包，只听轰隆几声巨响，顿时，爆炸声此起彼伏，火光冲天，鬼子辛辛苦苦建了两个月的大桥瞬间被摧毁了……

18

阴冷的天，街面人稀，鸟雀声断。

半夜枪声、爆炸声将本就胆小的邓建文吓得不轻，父亲又不在家，更加孤单与恐惧，一夜几乎没有睡。所以早上起得有些迟。连早饭都没有吃，就将店门开开了。

家里灶冷锅凉，也没有什么吃的，一阵悲哀。母亲若是活着的话，肯定不会让他受冷挨饿的。他倒了一杯白开水，望着街景，坐在那里慢慢地喝着。

门口人影一晃，隔壁刘春林进门了。

刘春林看到邓建文那个样子，就知道夜里没睡好。

"半夜吓着了吧？"刘春林关切地问道。

邓建文老实地点点头。

刘春林说："师父让我来看看你。怕你店里有什么事。"

邓建文双手抱拳："多谢黄大伯对晚辈的关爱。"

刘春林说："你知道吧，日本鬼子建的大木桥昨夜被八路军给炸毁了，夜里爆炸声就是这个事。"少时又说道："刚才师父让我去渡口看了。鬼子戒严了，不让老百姓靠近，所以什么也没打听到。就看到桥两头黑乎乎一片。"

邓建文苦笑一下："春林哥，我真吓死了，我是头一回听到这么大的声响。"

刘春林说："不怕不怕，事情已经过去了！"

邓建文说："春林哥你别老站着，我早上没有顾上生炉子，所以也没有泡茶，要不我给你倒杯白开水吧？"

刘春林说："用不着。我得回店了。有啥事情招呼一声。"

邓建文连声道谢。

送走了刘春林，邓建文感觉到腹内空落落的，想去吃碗豆腐脑的，过了饭时，估计豆腐脑差不多卖完了。再说还得关店门，麻烦。两顿并一顿中午一起吃吧。父亲不在家，他要看好生意。他找来父亲常看的一本叫作《宣和博古图录》的铜器书籍，心想，看书也许就能挡住饥饿吧！

猛然听见轻轻的敲门声，邓建文急忙合上书，以为是有客人上门呢。却原来是豆腐坊的陈翠萍。邓建文一愕然，连招呼都忘记了打。

陈翠萍进到屋里，将手中的提盒放在柜台上，这才说道："上午俺看你没去喝豆腐脑。认为你是睡过了头，我就给你留了一碗，这不，看见你的店门开了，俺这才给你送来的。"

邓建文激动得一时不知说什么好，泪水一下盈满了眼眶。这种温暖久违了。母亲在世时享受过，如今已经回忆不起来了！

　　陈翠萍从提盒拿出来一张新烙的煎饼，又摸出一只咸鸭蛋，将其剥开，卷在煎饼里，而后递给邓建文："趁豆腐脑热乎，快点吃吧。"

　　昨晚邓建文一人不想做饭，就随便对付了一顿，现在早已是饥肠辘辘了。他拿起煎饼一阵狼吞虎咽，将陈翠萍都给看傻了。连喊兄弟啊慢点吃，兄弟啊慢点吃，别噎住了！

　　没娘的孩子真是苦啊！陈翠萍内心一阵感叹。

　　"你父亲走了好几天了吧？"陈翠萍边收拾东西边问道。

　　邓建文回答："走了有六七天了。再过两三天就该回来了。"

　　陈翠萍"哦"了一声，提起提盒准备离去。

　　邓建文说："翠萍姐……"欲言又止。

　　陈翠萍问："建文兄弟有事？"

　　邓建文说："翠萍姐，你能不能陪我说会儿话呢？"

　　陈翠萍说："你开门做生意，俺在这里怕是不方便吧？再说俺的铺子里，还没收拾清楚呢！"

　　邓建文竖着小拇指："就一小会儿。"

　　在陈翠萍心里，邓建文还是个孩子，可他毕竟是个男人了，自己又是个寡妇。没事都有事，何况自己心不由己来送豆腐脑本身就是件让别人说闲话的口实。可是当她看见邓建文那渴望和祈求的眼神，她心软了。

　　陈翠萍放下手中东西，坐了下来。

　　邓建文说："翠萍姐，我能喊你姐吗？"

　　陈翠萍笑了。邓建文说："我的意思是将翠萍两个字去掉。"

　　陈翠萍说："那不一样吗？"

　　邓建文说："不一样。"

　　陈翠萍觉得有些别扭，又说不清哪里别扭。

　　邓建文说："姐……我早就想求你帮我个忙。"

　　陈翠萍一听满口应允："兄弟，有什么事情你说，只要俺能做得到。"

　　邓建文扭捏了半天："姐，我……我想请你有时间帮我做一双布鞋。"少时又说："自从母亲过世，我再没有穿过一双布鞋。"

　　陈翠萍有些为难，她虽然针线活不行，但做双鞋还是能对付的。不过陈翠萍想多了，给男人做鞋也要有讲究的，除了自己的男人，一般女人不会给另外的男人做鞋，除非是自家的长辈或晚辈。可邓建文不是母亲没了吗？思来想去，陈翠萍觉得答应了不好，不答应也不好。

邓建文说："姐！"

这一声姐，让陈翠萍有了主意，姐给弟弟做双鞋，谁会讲闲话呢？

陈翠萍说："俺给你做。不过，你别嫌俺手笨。做不好你别怨俺！"

邓建文说："不怨不怨，你哪怕是将鞋做成了靴子，弟弟都不会怨的！"

出了门，陈翠萍还在想，瞅哪里有合适的，得给邓建文的父亲邓九庵说个人，两个大男人，家里没个女人，那日子还叫日子吗！

19

孙大海要到外地买货，因为自己眼力不行，他就约刘春林一起去。

这几天连阴天怕是要温雪（方言：下雪），若是被风雪断在半路上，那可就麻烦了，所以刘春林从心里就不想出门。即便出门，也要等天好了再出去。再说店里也不短货，兵荒马乱的，压货就等于压钱。止不住孙大海死缠硬磨，黄庆山就催徒弟动身吧。毕竟孙大海是自己亲弟弟的徒弟，帮孙大海就等于帮自己。

两人便结伴而行。

出了顺河集，往北走，过了峰山大约二三十里路，有个湖，叫骆马湖，湖边有个镇子叫窑湾镇，孙大海有个熟人在这镇子上住，是过去收古玩时结识的，那人小名叫满子。两人走了一天的路，到了天傍黑，才到了镇子上。找个旅店住下来，小满便在一个小酒馆给孙大海他们接风洗尘。

因为身上都带着钱呢，所以两人清醒得很，都没有多喝，再说第二天还得下乡收东西呢！走了一天的路，两人都累得不行，吃完饭就早些歇息了。

小满与孙大海同岁，也略懂些古玩，第二天一早吃过饭，小满就领着孙大海刘春林下乡去收东西。上午，三人转了两个村子，都没有收到一件东西。下午又转了两个村子，三人很平均，各收了一件宝贝。小满收了一块玉雕猴子，孙大海收了一方抄手砚，就属刘春林走实（走实是当地土话，意思是很幸运）。他在一个私塾先生家收到一只唐代人物铜镜。价钱也高，花去了四十块大洋。疼得刘春林直咬后槽牙。东西好，不买又怕来亏了。其实这面铜镜是孙大海发现的，他嫌贵没要，后来让刘春林收了。孙大海又眼馋，可他又怕收假了。

晚上回到镇子上，孙大海觉得得回请一下小满。你来我往嘛！他与刘春林拼钱，还在昨天那个小酒馆，请小满吃了顿饭。三人约好第二天一早去湖中岛上碰碰运气，小满说，岛上住着一大户人家，听说祖上在朝廷做过大官。

哪知第二天一早，小满不知昨晚吃了什么东西坏了肚子，一夜拉了十多次，起不来床了，孙大海和刘春林只好自己去。坐了约莫一个时辰的船到了岛上，岛上住了一二十户人家，庄子中间的确有一户高门楼的人家，全都是青砖绿瓦的房子。

二人非常欣喜，直奔高门楼而去。

进到院子里，才知是三进院子。可见不是一般人家。门房是位长者，二人向门房说明来意，门房说早年间东家有不少古董，现在家道中落，如今只剩下空壳了！之前有些东西，这几年也都差不多败光了。

孙大海对门房说："老人家，您能不能给我们引荐一下主人呢？"

门房说："东西没了，你见主人也没用，他又不能生出个宝贝来！"

刘春林也帮着腔："老人家，就烦劳您给禀报一声吧，我们赶了百十里路来的。"

正说着话，大门外进来一位中年男人，问道什么事情。

门房说："我们少东家来了。"接着又和那个少东家说道："他们两个是夹包袱的。我说家里没有宝贝他们还不相信。"

东家自报家门姓丁，和门房说道："让他们两个进来吧。"

进到后院，丁东家很客气，落座之后，还叫用人看茶招待。

茶过之后，丁东家才说道："门房说得没错，早几年间，我们家的确有不少古董，毕竟我们祖上在朝廷做过官，你说没有宝贝谁也不会相信。这么多年下来，的确是啥也没有了。不过呢……"

孙大海一听有门，给刘春林递了个眼色。

丁东家继续说道："家里的确留有两件宝贝，是雍正皇帝赏赐的两幅字。说实话，本不打算出手，因为上辈传下来的东西，况且祖上有话，即便是出门讨饭都不许动这两件宝贝！眼下的局势风雨飘摇，日本人烧杀抢掠，这两件宝贝怕是保不住了。与其落到日本人手里，还不如让你们收了去，找个好去处，也许能保存下来也未可知，所以我决定不留了。等一下你们看好的话就带走吧。"

不一会儿，丁东家将两幅字翻找出来。孙大海不太懂字画，将两幅字展开，摆放在刘春林的面前。

刘春林跟师父也见过不少名家墨宝，不过皇帝的墨宝他还从来没有见过，所以心里面有些胆怯。他想起师父的话，不一会儿心气平复了下来，戴上手套，这才上手看东西。

一幅是雍正七言诗一首：殿阁风生波面凉，溯洄徐泛芰荷香。柳阴深处停桡看，可爱纤儵戏碧塘。《夏日泛舟》旧作，印：雍正御制。

另一幅是五言诗一首：偶来松树下，高枕石头眠。山中无历日，寒尽不知年。雍亲王书，下面有两方篆书印。

刘春林将两幅字上上下下，左左右右，来来回回看了十多遍，脑门上都沁出了细密的汗珠。

孙大海低声问："怎么样师哥？"

刘春林半晌才说："墨对，印也对，纸也没问题，品相一流。照我看，东西不假。还是原装老裱。"

孙大海一乐："那不就行了吗！"

接下来谈价格。

刘春林问道："丁东家，这两幅字没有问题，只是尺幅有点儿不太一样，您看看多少钱能匀给我们？"

丁东家说："虽然我们丁家家道中落，我们也不指望这两件宝贝置房买地。我刚才说了，这兵荒马乱的年代，就想给这两件宝贝找个好归宿。这样吧，不论尺幅大小，字数多少，一口价，两幅字两百个大洋。你们商量一下能不能接受？"

孙大海看着刘春林。

刘春林对书画市场行情还是有数的，别说是皇帝御笔，就是清三代一般大臣的字，写得有模有样的也不止这个价钱。看来丁东家没有多要，他恐怕也是想尽快出手这两件墨宝。

"到底怎么样，师哥？你说话啊！"孙大海有点沉不住气了。

刘春林说"值"！而后对主人说道："丁东家，我们出去商量一下，等一下给您回个话。"

丁东家说请便。

20

出了门，两人找了处僻静的地方坐下来。

孙大海心里还是没有多少把握："春林，你给我说实话，这两张画二百大洋，我们将来要出手的话，大概能赚多少？"

刘春林说："多了我不敢说，一张起码净落五百大洋没问题。"

孙大海唬了一跳："我的天啊！真的假的？"

刘春林说："我的直觉告诉我，应该可以。"

孙大海心旌摇动起来。

"东西没问题了，价钱也合适，可别忘了，两张画两百个大洋呢！"刘春林提醒孙大海。

孙大海就说："师哥，不然这样好吧，我们先买那幅大一点儿的'夏日泛舟'，另外五言诗那一幅等下次再来拿。"

"那这幅你先要吧。"刘春林谦让道。

孙大海鬼精着哪，心说，此画若是打眼了，我一人担着，那我不成冤大头了！怎么也得挂着你刘春林，况且字是你经眼的，就说道："师哥，这幅字我们俩伙着买吧，否则我一人的钱也不够啊！"

伙着买，也叫伙货。指两人搭伙买东西，购买时一般大家都过目，售价商定后，由一家出售，但必须将售价公开，然后平均分配利润。

刘春林觉得也只有这样了。两人一凑钱，将巴巴够买一幅字的。

両人二番回到屋里，丁东家问道："你们商量好了？"

刘春林说："丁东家，东西一点儿没问题。我们弟兄俩出去商量是因为钱的问题。这次出门，我们所带的款子不多，昨儿个又收一些东西，所以不瞒您说，这次我们的钱只能够买一幅，另外一幅等过几天我们再带钱来取。您看这样行不行？"

丁东家也是爽快的人："没事，剩下这一幅我一定给你们留着。"

孙大海说："丁东家，你得给我们收好了那幅字。别人再来收东西，你切不可一女许二夫啊！"

丁东家说："信用是做人的准则，我既然答应了你们，别人来，哪怕是出再高的价，我也不会做出这种昧良心的事情的！"

孙大海将刚才两人兑在一起的一百块大洋交到丁东家手上，让他过目，这旁，刘春林早已将那幅《夏日泛舟》的字卷好收了起来，又用油纸包裹好。

二人乘船回到了窑湾镇，辞别了小满，踏上回家的路程。

午后，天空开始飘雪花了。

依孙大海的意思，等天晴好了再走。刘春林不同意，紧赶几步，说不定明天上午就能到家了。要是在这里耽搁了，万一雪下大了，大雪封路，怕是十天半月也回不去呢！

孙大海一边走一边想心事，想什么呢？这次收到这幅字，按说得了个大便宜，一幅字就能赚五百个大洋，如果再将那幅字收到手，就是一千个大洋了，那么就可以圆自己当掌柜的梦了！当然还得分刘春林一份，这幅字毕竟是两人伙着买的，没理由不分人家一杯羹。可是，自己得到那一份又不是自己的，等于猫咬猪尿泡，白欢喜一场，最多师父能给十块八块赏钱。自己吃苦受罪了，师父落钱，他有点儿不自在，心里也不太平衡！

孙大海苦思冥想，终于让他想到了一个主意。

走了一段路，孙大海突然说，师哥，我内急！刘春林就说，懒驴上磨屎尿多！正巧，路旁有一棵大柳树，就坐下来歇歇脚等孙大海。

小雪停了，天也有些放亮了。刘春林稍稍有点儿放心。

不一会儿工夫，孙大海就回来了。刘春林觉得奇怪，心想这么快。就招呼孙大海坐下来休息一下，然后抓紧赶路。

孙大海一屁股坐下来，对刘春林说道："师哥，有件事情我想同你商量一下。"

刘春林见孙大海一本正经的样子，觉得有点好笑，就笑了，问道："你又动什么花花肠子？"

孙大海说："此次出来我们吃了那么多辛苦，挣的钱却归了掌柜的，我心里想不通！"

刘春林说道："有啥想不通的？再辛苦也是当徒弟的本分。学徒可不就得吃一些苦？将来，要是你做了掌柜，就不用这么辛苦了！"

"我感觉亏！"

"亏在哪里？"

"这一幅字一下就能挣五百大洋，都归了店里，能不亏嘛！"

"你想怎么做就不亏了？"

孙大海说："我想到一个办法，我们回去，就说我们在半道上钱被土匪抢了。我们相互作证，这幅字我们兄弟偷偷找下家给卖了，利益我俩平分你看怎么样？"

刘春林被孙大海这番话给吓了一跳："大海，你怎么有这种想法的。不是我骂你，你这么做，不是太缺德了吗！"

孙大海说："师哥，这个徒，我们都学了好几年了，哪天才是个头呢？我不管，这次是个机会！"

刘春林坚决地说："绝对不行！"

孙大海说："你不做我自己做，不过，你得给我保密！"

刘春林说："我们一起出来的，你被土匪抢了，而我好好的，说给别人听谁信？再者说，这幅字是我俩伙着买的，剩下钱一回去就得交柜，你让我到哪儿找钱去？"

孙大海半晌不说话，他心里盘算起来小九九。这个主意是我出的，刘春林今天不说，明天不说，不能保证后天不说，一旦漏了口风，自己还怎么在博古轩待下去？若是这样的话，我这几年苦不是白吃了！

雪花越飘越大。

刘春林站起身来："大海，你别胡想八想了，抓紧起来赶路吧！"

孙大海问："师哥，你到底答不答应？"

刘春林斩钉截铁地说："不答应！绝对不能答应！"少时又说道："你刚才说的话我就当没有听见！"

突然，孙大海一下直直地跪在了刘春林面前："师哥，我求求你，求求你了！"

刘春林气愤地说道："这种欺师灭祖的事情我做不出来！"

孙大海围着柳树转圈子，猛然发现树边有块石头，他捡起来握在了手中。

刘春林见状，说大海你要干什么，话没落音，只见孙大海将手中的石头对准自己的脑门，狠狠地砸了下去，顿时，鲜血直流，棉袍子领子瞬间染红了……

雪渐大，变成了鹅毛大雪，不一会儿，将路上行人的脚印都给覆盖住了。

第五章

21

邓九庵在山西的朋友叫老郭，老郭是山西忻州人，人却一直在五台山台怀镇混生活。邓九庵坐汽车乘舟船再坐汽车然后坐马车再倒汽车，七八日才到了五台县城，老郭在五台县汽车站接到了邓九庵，又租了一辆驴车将邓九庵接到了风景秀丽的台怀镇。

台怀镇坐落在由五台山五大高峰东台、西台、南台、北台和中台形成的怀抱之中，故名"台怀"。台怀镇距东台望海峰、距西台挂月峰、距南台锦绣峰、距北台叶斗峰、距中台翠岩峰均是四十多里路，是登台顶的中心。

依照邓九庵的意思，看到宝贝，只要东西没问题，付了银两就打道回府。一是出来时间长了，二来也是挂念店里生意和儿子建文。他还是第一次出门这么久呢！但是老郭却一再挽留，说既来之则安之。再说来一趟五台山不容易，不看一看庙宇，对不起辛苦这一趟。况且，五台山是中国佛教四大名山之一，就这么两眼空空地回去了，实在是有点儿亏得慌。起码五爷庙说什么也得去逛一逛的。

客随主便，邓九庵就答应去五爷庙烧烧香拜拜佛。

五爷庙本名叫万佛阁，万佛阁创建于明代，现在建筑多为清代重修后的遗存。主建筑有三，一是文殊殿，二是五龙王殿，三是古戏台。老郭充当讲解员，他告诉邓九庵："万佛阁，背靠'华北屋脊'北台顶，依次而下是仿北京故宫建筑风格富丽堂皇的皇家寺院，五台山的黄庙之首菩萨顶始建于东汉永平十一年，是五台山的标志之一的塔院寺。五爷庙始建于明代万历四十四年也就是公元1616年，当时，仅有东殿的文殊殿是塔院寺的属庙。清代时，又增建了北殿，即龙王殿，并由青庙也就是汉传佛教寺庙改为黄庙。黄庙是藏传佛教寺庙，成为独立寺。坐北向南这座建筑便是大名鼎鼎的五龙王殿，人们通称五爷庙。五爷庙创建于清代，民国年间重修时，增建了殿外前庭。一般佛教寺院是不供龙王的，而五台山为什么要修龙王殿呢？"老郭点燃一支烟，有点儿故弄玄虚。继而说道："这要从文殊菩萨向东海龙王巧借歇龙石的神话说起。很古以前，五台山地区并不是清凉胜境，而是酷热难熬，当地百姓深受其苦，专门为人排忧解难的大智慧文殊菩萨便从东海龙王那里巧妙地借来一块清凉石，从此五台山变得凉爽宜人风调雨顺，成为避暑胜地。而这清凉宝石原本是龙王的五个儿子播云布雨回来驱暑歇凉之物，当他们发现歇凉宝石被文殊菩萨带到五台山后，便尾随而来大闹五台山，直把五座陡峭如剑的山峰削成五座平台，要讨回清凉石。但文殊菩萨毕竟法力无边，很快就降伏了五位小龙王，让他们分别驻扎五座台顶。这五龙王被安排在最高的北台，专管五台山的布云播雨。人们感激他为五台山地区造福，为五龙王建殿造像加以供奉也就是自然的事情了。五龙王居于殿内正中，左侧为大龙王、二龙王、龙母，右侧为雨司、三龙王、四龙王。据说，五龙王以前是黑脸，但为什么所见却是金脸呢？这是因为佛教传言，说五爷性子暴烈，侍奉稍有不周，就要发脾气动怒。脸由黑色变为金色，就使五爷的脾气变温和了。

"五爷庙的南面为戏台，单檐歇山卷棚顶，是五台山地区一个像样的古戏台。多年来，每年六月份，五爷庙大开殿门，请名角，唱大戏，让五爷观赏，以求五爷普济天下，风调雨顺，五谷丰登。五爷庙殿内下层供文殊、观音、普贤三菩萨，文殊骑狮，观音骑朝天犼，普贤骑象，塑像高大，塑工传神，着彩鲜艳。殿内下层左、右、后三壁，立有木制方格，格内或两排或三排放满三寸高的泥塑贴金小佛像。二层楼上正中悬有明万历年间铸的铜钟一口，殿台正中供地藏王菩萨，左侧立地藏王菩萨的弟子道明和尚，右侧立道明和尚的父亲，塑为员外的装束打扮。神话传说地藏王菩萨开创九华山道场，当地的一名员外不肯出卖土地，后来员外的儿子把地奉献出来，并出家当了和尚，取法名为道明。放在塑像排列中，道明和尚立于上首，他的父亲立于下首。地藏王菩萨的左右外侧，各排列五尊塑像，称为十殿阎王。楼上左、右、后三壁同样立有木制方格，内放小佛像，就连楼顶横梁上，也排放着小佛像，上下两层有泥塑小佛像万余尊，故文殊殿又名万佛阁。"

邓九庵买来几把香，分别在文殊菩萨、观音菩萨和普贤菩萨塑像前上了香，心里默念，三位菩萨保佑我此次一切顺利，平平安安回到家中。想起儿子建文，又不由多念诵了一句，保佑我儿建文一生平安，能早结连理枝。

虽然庙宇不大，因为看得仔细，还是耗费了大半天的时间。在山上，老郭请邓九庵吃了顿斋饭。而后老郭还要请邓九庵转转其他的地方，邓九庵心里有事，实在是没有心情。推说身上疲倦，而后两人就下山了。

老郭所说的朋友在五台县，见邓九庵回家心切，所以老郭就租了一辆马车，当晚与邓九庵赶到了五台县城。老郭将邓九庵安排在一家小旅馆内住下来，约定第二日一早就到他的朋友家里看货。邓九庵怕住在旅店身上银票不安全，本想将银票交给老郭带回家去代为保管。又怕露富反倒不安全，反正明儿一早就花出去了。顺手将银票塞在了炕席之下。

几日来车马劳顿，邓九庵头一沾枕头就睡了过去。

夜间，突然下起了大雨，雨击窗棂，将邓九庵给吵醒了。他不放心银票，又爬起来看了一遍，确定东西还在，这才二番躺倒，思这想那的，却怎么也睡不着了。

不知过了多久，迷迷糊糊听见门闩响动，邓九庵误认为在梦中，睁开眼睛细看，是外面有人用刀拨门闩，心说招贼了！

就在这时，两个黑影闯进门来，一人拽一只胳膊，将邓九庵拖下了床，然后将炕席下的银票拿走了。邓九庵这才想到了喊叫："快来人哪，抓贼人啊！……"

他记得就喊了一声，就觉得后脑勺被人重重一击，然后就什么也不知道了。

醒来之后，邓九庵立马想到，这次丢失银两，老郭脱不了干系。他来这儿是老郭邀请来的，身上带着银票，老郭知道得一清二楚的。如不是他，贼人怎么一进门就找到了藏在炕席底下的银票？

在旅馆的掌柜的陪同下，邓九庵去当地的警所报了案。并将自己的怀疑告知了办案人。办案人问他老郭叫郭什么？邓九庵说只知他的外号叫郭大扁食。办案人又问，郭大扁食家住在哪里？邓九庵曾与老郭通过信，便将门牌号码告知人家。

过了一会儿，办案人回来了，告诉邓九庵一个惊人的消息，说周围邻居没人知道郭大扁食这个人，那儿也不是他的家，而是一所教堂。

事情很明显，丢失的银票肯定是那个郭大扁食做的局。但是警所讲的是人证物证，办案人说，至于是不是你所说的姓郭的作的案，还得等抓到郭大扁食才能证实。

案是立上了，得等待调查。

一等就是好几天，音信皆无。那个郭大扁食人间蒸发了……

人能等，钱不能等，眼看着身上带来的盘缠快花光了，再这么等下去的话，连家恐怕都回不去了。邓九庵一人躺在旅馆的凉炕上，整日以泪洗面……

打碎牙往肚子里咽，银票丢了，连个铜器的影子都没有见到！那一刻，邓九庵想死的心都有！可是想到没有成家的儿子建文，将伸进绳扣里的脖子又拿了出来。

俗话讲，"好死不如赖活着"，邓九庵劝自己，那就赖活着吧！

22

雪过天晴。阳光清闲自在地扫荡着残雪。屋檐水滴落有声，像是敲打着冬天的屁股。

邓九庵一去不回，一墙之隔的黄石斋的掌柜黄庆山也颇为担心。徒弟又不在家，他没开店门，先去了邓九庵的店里探探究竟，看看有没有邓九庵什么消息。

邓建文正在门口卸门板，见到黄庆山前来，就招呼道："黄伯父早上好！"

黄庆山疼爱地问道："你父亲还是没有消息？"

邓建文轻轻地摇摇头。

黄庆山哀叹一声，像是自言自语："走了快有一个月了吧？"

邓建文回答："整整二十八天了。"

黄庆山说："去山西路途遥远，算时间也应该回来了。即便有什么事，也应该写封信回来啊！"稍停又说道，山西那儿天冷雪多，也许让雪给断在哪儿了也说不定！"

邓建文说："我也是这么想的。"

黄庆山转身欲走，又想起了什么："对了建文，你回头去邮局看看，有没有你父亲的信。"少时又关切地说道："街上化雪了，你走路需当心点儿！"

邓建文答应一声。

黄庆山卸掉门板，进到了铺子里，老伴贺氏已经将炉子生着了，洋铁壶的水也已经大响了。他坐了下来，点燃一袋水烟，在等水开泡茶。如果徒弟在的话，这一切都无须他操心。算日子，徒弟也该回来了，还能是北边雪大？让雪断在了半路？他正胡思乱想，刘春林却推门进来了。

刘春林和孙大海，其实五更头就到顺河集了。因为孙大海要将那幅字藏在城北他的表姐家，所以早饭时才赶回来。

刘春林将收的那面铜镜交给了师父，接下来按照孙大海编排的故事，怎么在回来的半路上被土匪劫道以及孙大海如何受了伤，又让雪耽误了路程等等与师父叙述了一遍。说完之后，他感觉脸上一阵羞臊。好在师父没有在意。

炉子上水开了，刘春林将水灌到水瓶里，又给师父泡了一壶茶。

看到徒弟忙完，黄庆山这才慢慢说道："其实我并不赞成你们出去收货，不是孙大海来撺掇，兵荒马乱的，出门肯定是有危险的，怎么样？出事了吧！不过还好，丢点儿钱没事，我们还可以再挣，若是小命没了，想挣也没机会了呢！"

看到徒弟刘春林心里不太好受，就安慰道："就算是破财免灾吧！你也别太自责了。"

其实刘春林心里难受，是因为欺骗了师父。就觉得有块大石头堵在了喉咙，让他喘不过气来。

黄庆山知道徒弟没有吃饭，让他上楼吃点东西，然后换件衣服，在柜上拿点儿钱，去商行买点儿罐头，代表他去看看孙大海。毕竟人家受了伤嘛！刘春林答应一声上楼去了。

再说孙大海。

孙大海一进铺子就扑通一声跪在了黄庆生的面前，诉说自己的遭遇与不幸。黄庆生一听，心肺都气炸了。心疼钱是一方面，另一方面他也是生气。气的是当时他是不赞成孙大海出门收货的。因为近来生意不是怎么好，只因孙大海骗他说是刘春林约他的，所以，黄庆生将火又撒到了刘春林的身上；这个刘春林，鬼使神差的，这个时候出门收什么东西呢？这下好了，钱丢了，差一点儿命也没了，你丢的钱，让他赔你，至少赔一半！觉得自己这话说得不怎么在理，刘春林的师父毕竟是自己的兄长，就又说道，算了算了，认倒霉吧。但是这丢钱的事情不能就这么算了，等到了年底，我从你的工钱里扣。

黄晓红从外面回来了，听说此事，看父亲骂师哥，觉得父亲说话有点儿过分。就说道，谁愿意钱被土匪抢了去？师哥险些遭遇不测，你不安慰人家，还这么不依不饶的。伤不伤人的心呢！

看到女儿帮孙大海讲话，黄庆生也觉得自己确实有点儿不通情达理。就对孙大海说道，你也别哭丧着脸了，赶紧起来去洪先生那儿将伤口包包吧，若是感染了干不了活，我还得养个闲人呢！真倒霉！

孙大海心里一阵窃喜，挨几句骂算得了什么？他现在已经离当掌柜只有一步之遥了，等到我盘下一间铺子，正儿八经当上了掌柜，就是面前这个他心仪已久的漂亮的黄晓红给自己当掌柜夫人，也不是没有这种可能性！

孙大海去洪家医馆包扎伤口去了。黄晓红到门口泼洗脸水，发现茶馆二丫在店门口徘徊，就不由问道："二丫，你怎么不进门呢？"

二丫支支吾吾地说不出话来，突然将手里提的两盒点心塞到黄晓红的手里："晓红姐，麻烦你将点心捎给大海哥。"

没等黄晓红反应过来，人早跑没影了。

等到孙大海从洪家医馆包扎回来，正遇上刘春林拎着几瓶水果罐头进门。

黄庆生去茶馆喝茶了，刘春林少挨了一顿骂，起码是一顿抱怨。而孙大海生怕纸包不住火，也为没有穿帮而沾沾自喜。

黄晓红对孙大海说，师哥你是因祸得福，还有人给你送水果罐头吃。忽然想起了什么，对了，刚才还有人来看你呢！说着拿出那两盒点心。孙大海问是谁送的，黄晓红说，对门茶馆二丫。孙大海有些疑惑，真是二丫送的？黄晓红说，我还能骗你不成，师哥，你想是谁送的？孙大海张嘴结舌，半晌说师妹，罐头和点心你都拿去吃吧，我受伤了，别因吃水果得了破伤风。黄晓红大笑，说师哥你真没有文化，破伤风与水果风马牛不相及。你真是令人啼笑皆非！

孙大海不知什么风马牛，更不晓得什么啼笑皆非，他反正觉得心里非常非常高兴。脑海里随即出现这样一个画面：他穿着新郎的衣服，骑在高头大马之上，四人抬五彩缤纷的花轿里端坐的是盖着红盖头的黄晓红……

看到孙大海迷迷瞪瞪的样子，黄晓红顾不上管他，他一把拉着刘春林的胳膊，到了大门外，说春林师哥，你最近见黄翠哥回来了吗？刘春林一愣神，半晌说没见。黄晓红说，你哪天如果看见黄翠哥回家了，你一定得告诉我。刘春林好生奇怪，黄晓红那个神秘劲儿，好像知道了什么！

23

大木桥被炸，加藤吉夫气得七窍生烟！真是防不胜防啊！他固然对在建的大木桥有一定的防范，特别是在当天还派部队增援，加强防御。万万没有料到，八路军还是轻而易举地将即将建成的木桥给破坏了，自己几个月来的心血付诸东流不说，上面如果追究下来，弄不好还要受到弹劾！他将浦田一郎骂了个狗血喷头，撤了他的小队长的职务。只撤职却没有查办，原因是浦田一郎不但是自己老乡，还是个不远不近的亲戚。当然他心里明白，这次木桥被毁，自己也有不可推卸的责任。浦田一郎只不过是个替罪羊而已。他将浦田一郎调到军火库后勤处当司务长，让他反省一段时间再说。

木桥仍然得建，而且得迅速。一旦大桥建好了，对于下一步攻打八路军根据地，筹备军用物资，那就容易得多了。

加藤吉夫准备派自己的亲弟弟加藤武夫前去督造大木桥。饭后一壶茶喝罢，他派人将弟弟叫到办公室，他想听听武夫的想法。

加藤武夫听罢哥哥的安排，心里十二分的得意。为什么呢？当初建桥的时候，加藤武夫曾亲自请缨要去负责此事，而身为大佐的哥哥却没有听从他的意见。现在大桥被毁，他被委以重任，自己的价值提升了，他当然高兴了。

加藤吉夫想知道弟弟对于建桥的防范措施。

加藤武夫说："我准备将渡口往北或往南迁移，然后在河东岸拉上铁丝网，一干闲人不准靠近，另外，火力及人员部署，在碉堡未建成之前，特别是在东岸，至少安排五挺'歪把子'，子弹上膛，兵士们歇人不歇枪，二十四小时枪不离手，只要有人靠近铁丝网，杀无赦。另外河东方圆五里之内，我会派出巡逻队，日夜巡逻，再悄悄埋伏一小队士兵，随时准备歼灭来犯之敌……"

加藤吉夫非常满意，又对兵力部署上的细节以及河面上船只封锁问题叮嘱一番。

加藤武夫拍着胸脯："一切请大佐放心，若有什么闪失，我愿受军法处置！"

加藤吉夫眼里有些湿润："武夫，一切谨慎，切不可盲目！"

加藤武夫点点头出门准备去了。

加藤吉夫拿过一本日本出版的《中国瓷器大全》正翻看着，卫兵来报，说是定制的木箱已经送来了，请大佐安排人清点。

前不久，加藤吉夫定制了一批木箱，这些木箱是专门用来装瓷器的，他要将手上购买来的瓷器，打包装箱，然后从青岛口岸漂洋过海送到他的老家北海道烧尻岛去。

"我亲自去清点。"加藤吉夫对卫兵说道。

加藤吉夫到了楼下，清点完木箱，命人将木箱送至地下密室内，那里面摆满了各种各样的瓷器以及古董。他一件一件地仔细地欣赏了一遍。这是他每天必做的事情。然后才回到办公室。洗了手，刚沏了一壶茶，正欲喝。值班上尉前来报告，说是皇协军副大队长项龙河求见。对于项龙河，加藤吉夫印象深刻。当初成立皇协军时，正愁找不到合适的人，就是这个项龙河提了一口袋大洋来找事做。说找事做好听点儿，说白了就是买官。加藤吉夫就做了个顺水人情。

加藤吉夫想不出这个项龙河突然来找自己有什么事情呢。

项龙河手里提了只柳条箱子，报告完之后，就目不斜视、畏畏缩缩站在那里。好像是犯了什么事，大气也不敢喘。

加藤吉夫问道："项桑，你今天来找我有什么事情吗？"

项龙河战战兢兢地说道："加藤大佐，我是给您送东西来的。"

"送什么东西？"加藤吉夫有点儿好奇。

项龙河将箱子打开，将前些时在百宝箱买的那只青花瓶拿出来递到了加藤吉夫的手上："加藤大佐，听说您喜爱瓷器，我家里正好有一件祖传的东西，请您笑纳。"

加藤吉夫一见瓷器，眼睛立马光亮起来，随即又黯淡了下去："这是你祖上传下来的？"

项龙河重重地点点头。

加藤吉夫一松手，那只青花瓶就顺手跌落了，哗啦一声碎了一地。起初，项龙河误以为是加藤吉夫不小心失手，正心疼得要命。就听加藤吉夫大声说道："项桑，你的良心大大地坏了坏了的，这是只仿品，仿品你懂吗？"

项龙河不知什么叫仿品，就小心地问："太、太君，仿品是什么品？"

加藤恼羞成怒："八嘎，仿品就是假货，你这头蠢猪！"

项龙河大惊失色，连忙跪倒在地："太君，我不是故意骗您的，这东西不是祖传的，是我在顺河街上淘换来的！我该死我该死！"

加藤吉夫觉得项龙河肯定不是故意，态度有点儿缓和："你没有眼力，就不要随便买古玩，这里面水深着哪！淹死了，也不会有人救你！"

项龙河连声答应"是是是是"！

加藤吉夫略表歉意地说道："无论怎样，我还是要感谢你的善意！"

拍马屁拍到了马蹄子上。项龙河心里好懊恼，又是点头又是哈腰，灰溜溜地退了出去。

24

这是个三九四九凌上走的季节，天冷得厉害。清早起来，孙大海第一件事就是生取暖炉子。等到师父他们起来了，炉子已经上来火了，铺子里顿时暖乎乎的。

黄大茂一连待在家里好几天没有出门，黄庆生估计混账东西可能又赌输了，如果身上有钱的话，你就是弄根绳子将他绑起来，他也不会老实在家待着的。按理说，儿子在家，老子应该高兴才对。可黄庆生却高兴不起来。为什么呢？不是有句话说吗？家贼难防！他怕黄大茂趁他不在意又偷东西出去当。所以他也是天天不敢离开铺子，哪怕是上茅房，他都要叮嘱徒弟孙大海瞪大眼睛留意儿子的动静！

黄晓红昨晚睡得有些迟，所以今早有些起晚了。黄庆生一壶茶都喝光了，她这才起来梳洗。

孙大海问黄晓红早上想吃点儿什么，黄晓红说还没想好。黄大茂就有些不悦了。

黄大茂说："孙大海你也狗眼看人低啊，我都起来半天了，你一眼都没眨我一下，我妹子还没打扮好，你就像条哈巴狗似的！转着圈乱摇尾巴，没想到，你还真会巴结人！"

黄庆生一旁接话："你没好好地检讨一下自己，人家为什么不愿意搭理你呢？说明你做人有问题是不是？"

黄大茂没好气地说道："我就是一坨臭狗屎行了吧！既然你们都不想搭理我，我离你们远点儿还不行吗！"说罢气哼哼地出了门。

黄庆生心里也是矛盾，希望儿子整天在家里，可又怕他在家里惹是生非。整天在外面鬼混，哪天能懂得过日子呢！谁不希望自己儿子好呢，真要是能学学生意，一辈子吃不了用不清的。我每天这么辛辛苦苦的，图什么呢？将来家业谁来赔呢！想到此，心里面不免一阵难过。

有人敲门，是泰和钱庄的钱小钱，来约黄庆生去茶馆喝茶。黄庆生说我正在喝呢，意思是不想去。钱小钱说，一个人在家空腹喝茶不得味，去茶馆说说啦啦（闲聊，当地方言）又能解闷子，那多有趣呢！好几天没出门了，黄庆生也想散散心，就随钱小钱走了。走到门口又折回来，交代孙大海看好了铺子。孙大海明白师父的意思。说师父你放心去吧，家里还有小姐呢，只要小姐在，我想大茂少爷也不敢胡来。

其实孙大海早就想出门了，雍正帝那幅字还存在亲戚家里，东西一天不出手，心里面总归是块病，也不踏实。他想找萃文阁的掌柜郑云鹤打听一下行情，尽快将那幅字弄出去，免得夜长梦多。因为师父一直在，他又找不到借口出门，现在师父走了，他想，机会来了！

孙大海要给黄晓红去三珍斋买点包子盛碗辣汤，黄晓红说不饿，两顿并一顿，中午一起吃吧。黄晓红想起了什么，就问孙大海头上的伤怎么样了，孙大海就说差不多好利索了，已经快要结痂了。又说谢谢小姐关心。黄晓红说，师哥，我与你说过多少回了，你别小姐少爷地叫，如今是民国了，再说我也不是什么小姐。孙大海笑笑，说，以后我就叫你晓红妹妹行吗？黄晓红说行。半晌，孙大海说，晓红妹妹，黄晓红问，师哥有事？孙大海说，我得去萃文阁一趟，我找郑云鹤郑掌柜说句话，是生意上的事。黄晓红说你放心去吧，我看门。

孙大海进到萃文阁铺子里，正遇上有客人买东西。郑云鹤招呼他一声忙去了，孙大海自顾自看着货架上各种货物，又欣赏着悬挂在墙壁四周的字画。

等客人走了，郑云鹤急忙招呼孙大海坐。说慢待了大海。然后用炉钩子通了通炉子，天真冷啊！

郑云鹤点燃一支香烟问：“大海，你今儿个找我有事？”

孙大海说：“无事不登三宝殿。郑掌柜，有个朋友托我向您打听个事。”

郑云鹤做出洗耳恭听的样子。

孙大海说：“郑掌柜，现在字画行情怎么样？”

郑云鹤说：“现如今兵荒马乱的，哪有生意啊！”

孙大海点点头说："是的。"

"你的朋友是想买还是想卖。"郑云鹤一激动好挤巴眼睛。

孙大海说："卖。"继而说道："我的一个老主顾就想打听一下行情。"

"是字是画？"郑云鹤又挤巴一下眼睛。

"是字。"

"谁的字？"

"雍正皇帝的一副七言斗方联。"

郑云鹤沉思了半晌问道："东西对吗？"

孙大海说："找高手鉴定过了。是真迹。"

"品相怎么样？"郑云鹤又追问了一句。

孙大海竖起大拇指："绝对一流！"

郑云鹤沉思不语："如果东西不假的话，又是皇帝的御笔，从现在行情不济来讲……"说着伸出三个指头，"三百大洋差不多。这个数好出手。"

孙大海逼问一句："委托我的人说，五百才会考虑。"

郑云鹤倒吸了一口凉气："五百的话，我就没有赚头了！"

"我明白了，郑掌柜。"孙大海淡淡一笑。

郑云鹤说："话是这么说，得等见到了实物才能定，现在只不过是纸上谈兵！"

孙大海站起身来，拱手道："郑掌柜，耽误您做生意了。店里没人，当伙计的，我得抓紧回去。"

孙大海正欲转身，忽然又想起了什么，对郑云鹤一拱手："郑掌柜，晚辈我有个不情之请，这件事我不想让外人知晓，特别是我师父那里，还请郑掌柜口风紧点儿！"

郑云鹤说："明白，你放心就是。我不是那种肚子里存不住话的人！"

25

下傍晚的时候，刘春林出门办事情，刚走到自己的店铺门口，发现有个人推门进了东城铜器店，从后影看，有点儿像邓九庵。回到铺子里，师父正准备去澡堂泡澡，刘春林就与师父黄庆山说及此事。黄庆山就让他去隔壁望望，是不是邓九庵回来了。说已经走了个把月了呢！

刘春林到了隔壁，一进门正遇邓九庵要出门。刘春林说邓掌柜回来了？我刚才看见了一个背影，不知是不是您，所以师父让我来看看是不是您回来了。忽然发现了什么，说邓掌柜你怎么瘦这么狠的，像是变了个人！邓九庵长叹一声，说我正要出门去拜见你师父呢！

两人来到黄石斋的铺子里，邓九庵一下跪在了黄庆山的面前，叫了声"山爷"……泪如雨下。

黄庆山一下被邓九庵给弄糊涂了。见他面黄肌瘦骨瘦如柴的样子，就猜到邓九庵此次出门一定遇到了意想不到的麻烦。

"山爷啊，您老差一点儿就见不到我了啊！"邓九庵声泪俱下道。

黄庆山将邓九庵挽扶起来坐下，让刘春林给邓掌柜倒杯热茶，然后问道："到底发生了什么事情？"

邓九庵喝了一杯水，慢慢止住悲痛，然后将这次去山西被骗，以及险些丢了性命的经过讲了一遍。

黄庆山听罢，半晌说道，事情既然出了，就要想得开，钱丢了不要紧，只要人活着。人活着才会有一切。具体怎么办，过两天我们再坐下来细谈。我现在准备去澡堂泡泡澡，你也随我去吧，一是洗洗去去晦气，二来我们也可以继续说说话。邓九庵开始还有顾忌，因为自己现在人不像人，鬼不像鬼的，万一遇见熟人他无法面对人家的询问。黄庆山劝道，俗话讲，好事不出门，坏事传千里。你的事情会在街面上传开是早晚的事。你就昂起头来，坦然面对一切！

天冷，澡堂里人多。见到黄庆山和邓九庵进门，搓背的苏小孬急忙上前给掀着棉布帘子，招呼道，二位爷请。看到邓九庵萎靡不振的样子，苏小孬有些大惊失色，说九爷，您这是怎么啦，精神头怎这么差啊？就像是刚刚下了大烟榻似的！黄庆山一递眼色，说小孬给我们找个僻静的座位，我们俩说说话。苏小孬说，得嘞，然后前头引路。

在热水池子里，邓九庵说山爷，我知道此时此地不是说话的地方，但我还是得说，不然我今夜都睡不着。

黄庆山淡淡一笑：“风来了，雨来了，你怎么躲都躲不过去。但是无论风雨怎么疯狂，它总归会过去。有句话怎么说的？叫作风雨过后见彩虹！”

邓九庵苦笑：“山爷，我知道您是安慰我的。眼前面临着一个大问题，我怎么归还钱庄的钱，一千两呢！山爷，那可是真金白银啊！”

黄庆山说：“这事我刚才也想过了，我瞅机会与钱小钱说说，一是宽限些时日，二来我想和商会的股东们商量一下，商会还有一部分股息存在钱庄里，先借给你还账，至于息不息的，也没有多少，您九爷摊事了，大家总不能见死不救吧？就算是拉你一把吧！”

邓九庵沉思了一会儿说道：“这主意好是好，可是我总觉得这么欠众商家的人情，于心说不过去！”

“那您想怎么办？”黄庆山反问道。

邓九庵说：“我想将铺子押给钱庄，我边挣钱边还账。这样的话，虽然也不怎么光彩，但毕竟不伤颜面。”

黄庆山说：“我考虑一下再答复您。”

邓九庵说：“到时还得请山爷给说和一下。”

“那没问题。”黄庆山满口应允。

已经泡出汗了，黄庆山要上去，邓九庵急忙扶着他出了池子。

黄庆山嘱咐道：“澡堂人多嘴杂，回头正事就不要提了。”

邓九庵说谢谢山爷提醒。

二人到了铺板上躺了下来，苏小孬赶紧送来两条热毛巾给他们擦汗。

苏小孬在澡堂里搓背兼卖萝卜，看到有客人上池子了，急忙吆喝道：“冬吃萝卜夏吃姜，不要医生开药方；吃着萝卜喝热茶，气得大夫直咬牙！”

中医馆的洪先生正好也在澡堂子里洗澡，边穿衣服边就笑骂道：“狗日的小孬，你这不是顶老子的生意吗！”少时又说道：“等你有病看你狗日的找不找我！”

苏小孬“嘻嘻”笑着不言语。

黄庆山问苏小孬：“这萝卜是我们顺河集四草坝姜庄堡的萝卜吗？”

苏小孬回答：“是。”继而说道：“山爷，吃假了包换！别看这萝卜长相不中看，就是好吃，保证个个是里外青，不单辣味轻甜味重，水分还足，一咬保你嘎嘣脆！"

黄庆山要了两个萝卜，苏小孬将萝卜一一划开，送到黄庆山和邓九庵的手中，接着又泡了两杯茉莉花茶端来，放在旁边的茶几上。

黄庆山掀开茶杯盖子，顺杯边溜了一口茶："小孬，你就不能买点儿好茶叶啊！"

苏小孬说："爷，萝卜收钱，这茶是白送的，小本生意，您老就凑合着喝吧！"

黄庆山说："赶明儿你到我那儿拿点儿好叶子来尝尝。"

苏小孬傻笑着："那我有口福了。"

正说着话，刘春林急急慌慌地跑了进来，对黄庆生和邓九庵说道："建文在上门板的时候突然间晕倒了。现在我已经将他送到药房去了。偏偏洪先生不在。"

黄庆山说："刚刚洪先生在这洗澡呢！"

有人搭话，洪先生刚刚穿好衣服出去了。

刘春林说，师父、邓掌柜你们慢慢穿，我先去药房了。

邓九庵慌里慌张穿着衣服，忙乱之中，穿着"呱搭板儿"（一种木质鞋）就跑了出去。

刘春林到了药房，洪先生已经给邓建文把脉了。这时，邓九庵人也到了，问洪先生孩子怎么样，洪先生说，是生活不规律引起的，加之休息不好，又受了点儿惊吓所致。没有什么大碍。

大家伙这才长舒了一口气。

26

吃过早饭，黄晓红与父亲说要到学校里将书箱拿回来。早晚温习一下功课。学校虽然暂时停课了，将来总得要开学的。黄庆生让徒弟孙大海替小姐去取。黄晓红以孙大海拙嘴笨腮摸不着地方为由，非要自己亲自去取。黄庆生就让孙大海陪着去，以免生出其他事情。黄晓红只好点头答应。否则父亲不放心她一个人出门。

渡口挪到了集南头靠近御码头的地方。日本人修桥，已经将新渡口附近拉上了铁丝网。禁止行人靠近。

春天悄没声息地来了，风轻云淡，四处一片春意盎然。

孙大海和黄晓红出了西圩门，刚上河堤，就见渡船靠上了码头，两人紧跑了几步，一点没有耽搁就上了渡船。刚好有个空座，孙大海就让黄晓红坐上去，他则站在旁边像是大哥哥守卫小妹妹一样保护着。船刚开离岸边，恰巧有条拖船顺流而下，摆渡的人将船篙撑在船头，等着拖船过去再前行。黄晓红怕孙大海站着不稳当，就将身子往一边靠靠，让孙大海也坐下来歇歇脚。孙大海本不想坐，一眼看见黄晓红圆圆的屁股，身不由己地坐了过去。就在这时，猛听得一声枪响，吓得黄晓红一下扑在了孙大海的怀里，孙大海趁机揽住了黄晓红的腰。一股香胰子味直扑孙大海的鼻孔。他不由打了个心惊肉跳的冷战。

摆渡的说："大家不要惊慌，这枪是日本鬼子放的，这几天，已经有十好几个人没命了。以后千万别接近铁丝网，看着没有，碉堡上站着日本鬼子呢，见人靠近就开枪！枪法十分了得，一打一个准，据说那个打枪的是个少佐，名字叫加藤武夫。"

黄晓红半晌才想起来推开孙大海抓得很紧的手，感觉有点儿臊得慌。孙大海也装出有点不好意思的样子，说小姐你没事吧？黄晓红摇摇头，半晌气愤地说道，日本鬼子真拿我们中国人不当人！孙大海低声说，小姐，隔墙有耳，少说为佳。

船到了对岸，岸边不远处就是魁星楼，黄晓红说师哥，你去魁星楼四处玩玩，我要辆黄包车去学校取书箱，你在这里等我就行了。孙大海想起师父临来时的嘱托，非要跟着去学校。黄晓红说，我一个女孩子身后跟个大男人，外人看见了还不知道是怎么一回事情呢！你放心，我办完事就回来找你。孙大海说小姐你小心点儿。这时一辆黄包车过来了，黄晓红急忙叫住车。然后坐了上去。孙大海说小姐你快去快回，一会儿咱们不见不散哪！

魁星楼上下就三层，孙大海不知来过多少回了，也没有玩耍的兴致，猛然想起了一件事，急忙叫了一辆黄包车，向城北方向跑了过去。

　　孙大海干什么去？他想趁这会工夫去亲戚家将雍正帝那幅书法取回来，然后送给加藤吉夫，他猜想，这个日本大佐一定喜欢这幅御笔书法。当然他也会给很好的价钱。到了亲戚家拿到那幅字之后，孙大海马不停蹄地赶到了日本皇军司令部，一打听，加藤开车出去了。至于去了哪里，值班的上尉也不知道行踪。当然他明白，即便他们知道也不会告诉他的。孙大海只有等。一等等到了中午，孙大海觉得加藤中午肯定得回来吃饭。日本人吃不惯中国饭菜，一般都会回来吃饭。突然想到了黄晓红，如果找不到他怎么办？现在也顾不得了，将字出手，这是大事！

　　还真叫孙大海猜准了，不一会儿就见一辆吉普车开进了大门，正是加藤吉夫的车。因为来了两趟了，卫兵面前也混了个熟脸，也没阻拦他就让他进了门。

　　加藤吉夫见孙大海不请自到，手里好像还拿了一件书画样东西，心里就明白了七八分，肯定是件宝贝。所以连饭也没有顾上吃，便将孙大海带到了办公室。

　　一见到那幅字，加藤顾不得身份，嘴里一个劲地"吆西吆西"，他是第一次亲眼见到中国皇帝的御笔书法，心里激动得一时无法用语言来表达。说孙桑，谢谢，孙大海说，您不晓得，一些藏家们知道我手里有这件宝贝，拼死拼活都要我给他们。我想到了大佐您，所以我谁都不卖，再给多少钱我都不卖！加藤吉夫问东西没问题吧？我对书法作品不怎么在行。孙大海大包大揽地说大佐，这是真迹，而且是流传有序的东西。您放一百二十个心。加藤吉夫不明白一百二十个心是啥意思，就说一个心就行了！孙大海不想与这个鬼子多啰唆，就想马上拿到钱走人。就说，加藤大佐，我既然上门给您送东西，真假您不要担心，我能卖您假东西吗？我敢卖您假东西吗？即便我有那个心也没那个胆，再说我有几个脑袋敢欺骗您呢！再再说了，我们的店铺在顺和集门口朝哪您都知道，俗话讲，跑了和尚跑不了庙。我这样说，您明白了吗？

　　加藤吉夫问这幅字多少钱？孙大海说，这幅字是我从距离二三百里路一个大户人家收来的，不瞒您说，本钱是五百个大洋，加上盘缠。我不多要，您给八百大洋您看怎么样？加藤吉夫点头说价钱好说。孙大海眉飞色舞地继续说道，大佐，那一家还有一幅雍正皇帝的字，因为当时所带的钱不够，没能一起收来，过几天我再去将那幅字收过来亲手给您送来。加藤吉夫一拍孙大海的肩膀。那一幅如果与这一幅一样的，我一定再给你加钱，这一幅给你一千大洋如何？

加藤吉夫有他自己的盘算，在这个爱钱如命的孙大海身上多花点钱是值得的，以后有用得着的时候。不多给钱，他有好东西能想着你吗！

看到加藤吉夫这么信任自己，孙大海更加相信，牢牢抓住这个鬼子大佐，何求财源不滚滚来？别说盘个铺子当个掌柜了，即便是置个几百亩地那还不是手到擒来的事情！

加藤吉夫非要挽留孙大海吃午饭，固然已经过了饭时。孙大海急等着走，他怕黄晓红在渡口等他着急。想着以后发财还要依靠这个日本人，就答应留下来。

这是孙大海第一次吃地地道道的日本饭菜。他觉得日本饭菜没点儿味道。比顺河集三珍斋的味道相差十万八千里！

临走，孙大海希望卖字之事不要让师父黄庆生知道。加藤吉夫说明白明白，这是商业机密嘛！两人相视一笑。

等到孙大海到了运河渡口，前后左右找了一遍又一遍，也没见黄晓红的踪影。是人没来还是人来了等不及先回顺河集去了？一时无法判断，只有干等。

到了下傍晚，孙大海决定不再等了，打算先回顺河集再说。万一黄晓红没回去，再回来寻找也不迟。刚要转身，只见一个黄包车夫蹬着车子喊住了他，问他是不是顺河集博古轩的伙计孙大海，孙大海说是，这才认出来这个人就是上午拉黄晓红的那个车夫。车夫说，上午那个黄小姐让我给你捎个条子，我来了一趟没遇见你，又拉活去了，所以我又来第二趟。孙大海展开纸条，见上面写着：父亲，我出门散心去了，几天就回，不要担心，也不要找我，我不会走远的。不要难为师哥。女儿，红。

人没了，有了这张条子，师父见了也就不担心了。当然也不会怪罪他的。

有粮食交粮食，无粮食交口袋，孙大海心里一阵轻松。上了渡船，碰到身上那只盛大洋的钱袋子，孙大海想，这钱不能让师父发现，否则说不清楚。那藏在哪里好呢？孙大海突然想到了泰和钱庄，马上有主意了。

27

下午关铺子以后，孙大海来到黄石斋，约刘春林去茶馆喝茶。刘春林平时除了看店，很少出门，尤其在晚上。就一口回绝了。黄庆山说你们师兄弟平常在一起，多切磋切磋，特别是我们古玩这一行，干到老学到老，永远都是学无止境。就劝徒弟和孙大海出门散散心，一天到晚闷在店铺里，哪怕是透透气也是好的。

师父这么说了，刘春林想不出去都不行了。其实，刘春林不愿意与孙大海多接触，心里头一直有个阴影在作祟。他怕孙大海提及那件至今让他蒙羞的欺骗事件。

果不其然，坐下来一壶茶还没有喝完，孙大海便将来意说了。

"那幅字我倒腾出去了。"孙大海认为刘春林会问他东西卖给谁了，起码得问问多少钱出的手，可是刘春林连嗯都没嗯一声。

孙大海说："谢谢你为我保密。"

刘春林从鼻子里"哼"了一声。

孙大海说："无论你怎么看我，那幅字是我俩伙着买的，东西卖了，所得理应分你一半。"少时又说道，师兄，实话告诉你，东西我卖给日本鬼子加藤大佐了，之前我去找过萃文阁的郑云鹤掌柜询过价了，他与你说的一样，五百大洋还是值的，后来他说眼下生意不景气，给不了这个价，所以我去了加藤那儿，他一看到东西，两眼冒绿光，连价也没还。要五百就给五百。之所以与你说这么多话，就是告诉你交个实底，不信的话，你可以去问问加藤。亲兄弟明算账，今天钱我也带来了。说着从怀里掏出钱袋子，放到刘春林的面前，这里有三百大洋，五十是你那天凑的本钱，二百五是卖东西所得，共计是三百个大洋。你过过目。"

刘春林从袋子里取出五十块大洋，然后将钱袋子丢给孙大海，一言不发起身走了。孙大海一愣，想追出去，却被大丫捷足先登了。

大丫追至门口，问刘春林，一壶茶没喝完你怎么就走了？刘春林撒谎说店里有事。大丫又说，我怎么瞧你一脸不高兴的？是不是你与孙大海吵架了？刘春林说，你快回去忙吧，我真的回去有事。大丫说我找你也有事。

刘春林生怕孙大海纠缠，就哄大丫明天找时间再说吧。说罢头也不回地走了。

黄庆山还没有休息，见刘春林这么快就回来了，就觉得有点儿奇怪，又瞧徒弟的脸色不怎么自然，估摸着他心里一定有什么事情。刘春林忙着封炉子，拾掇这拾掇那，自己觉得与往常没什么异样，可是他一肚子心事都写在脸上呢，难道黄庆山瞧不出来？

黄庆山说春林，你是不是有什么事情瞒着师父啊？徒弟在身边五六年了，心性脾气当师父的还能估摸出个七大八。刘春林说没有啊。黄庆山心说不对，回想起上次下雪前出门收东西钱丢了之后，就觉得徒弟心里有事瞒着自己。丢钱之事，他之所以没有过多地责备徒弟，就是怕他心里面有压力，谁想丢钱呢？摊上了就得认倒霉，况且人平安回来了，这就是不幸中的大幸。刘春林说师父，天不早了，您去休息吧，炉子我都压上火了呢！黄庆山说不忙，继而又说道，春林，你心里有什么事情就说出来，别憋在心里，那样会憋出病来的！

自从那次欺骗师父之后，刘春林没有一夜能睡个安稳觉，他觉得自己对不起师父，自从来黄石斋学徒，师徒俩就像父子一样，心心相印，互敬互爱，从没有和师父说过假话，更没有欺骗过师父，就因为孙大海欺瞒，才让自己心灵不安。他为自己对不起师父而深深地懊悔。现在见师父追问，心里面几次想吐露实情，却又张不开口。猛然他想到了一件事情，就撒谎道，师父，对门茶馆大丫，对我一直有那么点意思，我呢，也很喜欢她。这件事情我做不了主，我想请师父帮我拿拿主意。黄庆山长出一口气，这是件好事啊。我早就看出大丫对你不错。大丫人老实，也很能干，知老知少，与你也很般配，你也老大不小了，这件事情师父替你做主了，等哪天抽空，我去茶馆找窦老六说说。你父亲不在了，我就给你当这个家了。等二年，你就将大丫娶进门，一切由师父给你操办，三楼不空着吗，以后拾掇拾掇，就给你当新房！成家以后，就将你母亲接过来一起住，你母亲抚养你成人不容易，你也该尽尽孝心了！……

事情虽然搪塞过去了，可是师父一席掏心窝的话，让刘春林心里五味杂陈，更加地坐立不安。如果再蒙骗师父，那就真的不是人了！

突然，刘春林扑通一下跪在了黄庆山的面前："师父！……"

黄庆山觉得刘春林是被自己的话感动了，就又说道："春林，你来黄石斋也好几年了，这是师父应该考虑的。"说着欲去搀扶徒弟起来。

哪知刘春林却跪在地上不起来，突然抡起手掌，左右开弓狠狠地抽自己几个嘴巴，大声哭喊道："师父，徒弟对不起您啊！……"

黄庆山被刘春林的举动给弄愣住了："春林你这是……你说话啊！"

刘春林便将自己上次出门收东西，怎么与孙大海伙买了一张雍正的字，孙大海见财起意，怎么自己打伤自己，谎称被土匪抢劫，自己一时鬼迷心窍，帮着孙大海隐瞒实情，做出了欺师灭祖的事情和盘托出。

半晌，黄庆山将刘春林搀扶起来："春林，你是个诚实的孩子，人忠厚善良，但做什么事情都要三思而后行，比如这一次，你为孙大海隐瞒实情，表面上这是仗义，兄弟情义，其实你这是，为虎作伥，助纣为虐！"

刘春林说："师父，徒弟知道错了，这段时间我一直寝食不安。可我不知怎么弥补这个过错，所以今天孙大海给我的分成钱我没有要，我只拿回了我伙货的五十块大洋的本钱。"

黄庆山叹一声说："不义之财坚决不能要，你想想，你们骗的是谁啊，是你们的师父师叔啊！"

"现在怎么办呢？"刘春林问道。

黄庆山思忖了一会儿："现在你还不能与你师叔讲实情，万一他知道了真相，肯定要质询孙大海，假如孙大海一撂挑子，你师叔人财两空不说，还不气个半死啊！再说他店里暂时还离不开孙大海。我的那个侄子黄大茂你又不是不知道，牛屎糊不上墙。"

刘春林说："那不便宜了孙大海？"

黄庆山说："外财不富命穷人！只要他有命花就让他花吧！就权当上次你们真的遭土匪抢了！"

刘春林想起了什么，慌忙将身上五十块大洋拿了出来，交给了师父黄庆山。然后说道："师父，我……"

黄庆山说道："啥话也别说了，吃一堑长一智吧！"

第六章

28

昨晚因为家庭琐事，郑云鹤与女人唐桂花吵了一架，所以今早店门就开得有些迟了。萃文阁不像有伙计的店铺，一些杂事都由伙计打理，可郑云鹤一直没有雇伙计，也没有收学徒，主要原因就是为了省钱。所以铺子里什么事他都是事必躬亲。往天，老婆还能搭把手，一吵架，干脆什么也不做了。郑云鹤拿女人没点儿办法。唐桂花是城里人，下嫁到顺河集本就有点儿气不顺，况且郑云鹤又是二婚，唐桂花可是黄花大闺女嫁给他的啊。所以唐桂花经常要耍小性子也是司空见惯。不这样让着不行啊，老婆一生气就回娘家，一住就是十天半个月不说，郑云鹤不去接就不回来，每次接人，除了好话说尽，颇费一番口舌之外，还不能空着手，不是耳环，就是戒指，再不就是镯子，或者是衣服。还都得要顶尖的。不给买就不回来。这也是郑云鹤怕女人的一个主要原因。郑云鹤第一个老婆和南蛮子银匠跑了，还将不到两岁的儿子一起给拐跑了。昨晚吵架的起因就因为此事。

郑云鹤和唐桂花结婚几年了，一直不能生养，唐桂花就想将自己姐姐的一岁多小女孩抱过来抚养。因为她姐姐已经生了两个丫头了。在一起就是三个女儿了。郑云鹤当然是不答应。原因有三，一是自己有儿子。二是抱养的话不亲是一方面，另一方面女孩终究是人家的人，将来谁来赓郑家家业？那不是白养了吗？三是抚养自己亲戚的子女总归不好，知根知底，将来长大了，还是和自己亲生父母亲！当然唐桂花有唐桂花的理由。她一条一条逐一反驳郑云鹤，唐桂花说你说你有儿子，如今在哪里？郑云鹤说，总有一天儿子会回来认祖归宗的。唐桂花说你说养女孩将来会嫁人的，我们为什么招上门女婿呢？至于养亲戚小孩我觉得没有什么关系，亲上加亲那不更好吗！

俗话说，夫妻没有隔夜仇，床头吵罢床尾和。唐桂花早上起来，梳洗打扮好了之后，收拾几件换洗衣裳，说是去城里听戏，连早饭也没吃就走了。郑云鹤本想上前拦住说几句软话，赔个罪，昨晚那件事就被大风给刮跑了。唐桂花没给他这个机会，甩开郑云鹤的手，走得一脸决绝。头也没回。

进城去渡口必须经过御码头，唐桂花就在御码头那儿顶头遇见了小叔子郑三炮郑云鹏。郑云鹏今天休息，就想进城逛一逛，听说城里东大街怡红院新来了几个姑娘，他想去瞧一瞧。郑云鹏说，嫂子又回娘家啊？唐桂花对这个小叔子还是有好感的，想当初他与郑云鹤结合，还是这个小叔子的朋友介绍的呢！唐桂花说老三今天没有活？郑云鹏说今儿休息。唐桂花说你也进城？郑云鹏没有直接回答，反问道，你是不是又与我哥吵架了？唐桂花"嗨"了一声，我哪有那闲工夫！郑云鹏就明白大哥与嫂子又闹不愉快了！他们两口子整天因为一句话或一件小事就闹得不可开交，他也是心知肚明见怪不怪！

渡船正在等客，两人就找了个闲座坐了下来。唐桂花说老三，你现在怎么还一个人单着呢？该找个暖脚的了。郑云鹏说无人管无人问，来去自由，这样挺好！只要遇到喜欢的女人，夜夜都是新郎官！唐桂花望一眼河水，一只水鸟划破水面，飞向了远方。唐桂花触景生情，说你就像这只鸟一样。郑云鹏看见一个打扮时髦的女孩子上船，注意力没有集中，所以没有听清嫂子的话，就问什么鸟，唐桂花说什么什么鸟！半晌问道，你今天进城有什么事情吗？郑云鹏摇摇头，闲逛。唐桂花手搭在小叔子的大腿上，见对方没有反应，手指又不由往上移了移，你能陪嫂子闲逛一会儿吗？虽然郑云鹏喊唐桂花嫂子，论年龄唐桂花比小叔子还小两三岁。过去虽然与嫂子曾经有过眉来眼去的举动，可是真的与嫂子想有点什么，他的确没有这种想法。唐桂花说你不敢去？郑云鹏说陪嫂子逛逛街，这有什么不敢的呢！唐桂花说男子汉大丈夫说话算话！郑云鹏说我有个条件，中午饭你得管。唐桂花说你想去哪家馆子，随你点。

唐桂花带着小叔子转了半个城，没到中午两人都觉得累得不行。然后唐桂花找了一家僻静一点儿的小酒馆，还特地买了一瓶白酒。点了几个菜，两人便推杯换盏喝了起来。郑云鹏平时喜欢喝，但不是盛酒的家伙，三两酒下肚，舌头就短了，等到一瓶酒喝光了，他几乎是烂醉如泥，不会讲中国话了。可唐桂花却是面不改色心不跳。唐桂花让酒馆伙计帮忙，将郑云鹏弄到附近一个小旅馆里歇息。

到了旅馆之后，郑云鹏开始吐酒，吐得一塌糊涂。过了一阵之后，人这才舒服了。跑了一上午，又被小叔子折腾多半天，加之喝了酒，唐桂花确实有些累了，就在郑云鹏身旁躺了下来。躺在那里，却又睡不着，一个陌生的男人在身边，她怎么能睡得着呢？睡不着就想心事。他与郑云鹤多年没有一男半女，到底是谁的原因也不清楚，如果和他弟弟有一次的话，一切都会迎刃而解了。再说又不是外人，都是郑家血脉，闹出来也不算是太丢人的事情。我要给郑家留个种，要不下半辈子我靠谁呢？靠谁都是假的，唯独靠自己的儿子才是真的，想到此，她将小叔子的衣服扒光，又将自己的衣服脱干净……

郑三炮恍恍惚惚地就来到了怡红院，怡红院的确新来了两个女孩，一个叫春桃，一个叫秋杏，两人长得如花似玉，衣服穿得很少，围着他嬉笑着。郑云鹏伸手去逮，却怎么也逮不着，后来终于让他给逮着一个了，却看不清人脸，当然也就不知道是春桃还是秋杏了。他紧紧地抱着，抱着；什么秦砖汉瓦，什么青花五彩，什么杨贵妃的金钗，什么慈禧太后的翡翠镯子，一切的一切全都是身外之物。猛然间，大运河水便漫过了河堤，糊里糊涂地就决口子了，然后就一泻千里了……

太阳从窗子上滑落下去了，房子里光线开始暗淡起来。这时候，郑云鹏猛然一下坐了起来，看见自己赤条条的身子，还有搂着自己脖子的女人手臂，脑子里迅速搜寻着残存的记忆……突然，像一头挨了一闷棍的叫驴似的，歇斯底里地喊道："我的天哪！"

29

这一日午后，黄庆山小寐之后，正喝着茶，忽然想起来一件事情，问刘春林道，上次你去窑湾镇买回来那面铜镜呢？拿来我瞧瞧。刘春林随即从柜子里翻了出来，不好意思地说道，那天我瞧您老人家生气，也没有敢请您细看，我就收起来了。

黄庆山将镜子拿到亮处看了一会儿，又拿过来放大镜仔细地看了看。而后问道："你知道这是什么年代的东西吗？"

刘春林心里正忐忑着呢，东西是老的不会错，红斑绿锈也没问题，至于什么年代他却说不太准，就试探地问道："能到唐吗？"

黄庆山点点头。继而说道："是件好东西。"

刘春林心里有底了，少时问道："师父，我过去听您讲过，铜镜上有人物价钱就高，所以当时我花了四十块大洋买了之后，心里又有点后悔。"

黄庆山"哈哈"一笑："如果有识货的主，一二百个大洋会有人争抢着买！"

"真的吗！"刘春林心里自是高兴。

黄庆山点燃一袋烟，问刘春林："你可知道这面镜子上的图案是什么意思吗？"

刘春林老实回答："不知道。请师父点拨。"

黄庆山将水烟袋放了下来，又拿起来那面铜镜。慢慢说道："这是一面道教题材的镜子，镜缘为八瓣葵花形，镜背面图案下方是一汪碧波荡漾的莲花池，池中有一片荷叶，上面还托起来一只乌龟，荷叶作铜镜的纽座，乌龟作镜纽，搭配巧妙而自然。在镜纽的右侧有一个头戴华冠、褒衣博带、端坐抚琴的贤人，在他身后，是一片茂密的竹林与新生的春笋，面前摆放一张长条几案，上面摆着书卷、砚台、香炉，清雅闲适。在镜纽左侧，有一只振翅欲飞、回首顾盼的凤凰立于山石之上，其身后还有两株茂盛的花树。镜纽的最上方绘有一片云海，红日正从云中慢慢升起，在云海下方有一田字格，格中写有'真子飞霜'四个字。真子当指玄真子，是古代传说的神仙，飞霜取自'梦入仙楼戛残曲，飞霜棱棱上秋玉'，表达了人们对超越尘世的追求。无论是清新雅致的荷塘，振翅欲飞、回首顾盼的凤凰，还是流转飘荡的祥云，以及寿长千年的神龟，无疑都是道教追求成仙长生不老思想的生动体现而已！"

刘春林又将镜子拿在手中，沾沾自喜地看着："没想到，就这一面小小的镜子，竟有这么多的学问！"

黄庆山接着吸烟，边吸边说道："古玩这一行，吃的是眼力饭，更重要的吃的是文化，来不得半点儿虚假，你卖东西，就得给客人讲清楚宝贝的来龙去脉以及作品的含义，即便客人没买你的东西，背地里他得给你竖个大拇指。说你是行家！"

刘春林连连点头，对师父佩服得五体投地！

黄庆山忽然想起了徒弟和大丫的事情，趁现在铺子里没生意，他欲去茶馆找窦老六拉拉。

黄庆山说我出去一趟，有啥事情去茶馆找我。刘春林就估摸着是说他和大丫的事情。

茶馆现在客人不多，窦老六见黄庆山来茶馆，先是一怔，急忙上前招呼。虽然对门做生意，黄庆山却很少来茶馆坐坐，何况是单身一个人。所以说是稀客。

窦老六亲自动手，泡了一壶上好的龙井，找一个僻静的小屋子，请黄庆山到里面叙话。客套话说了一阵子之后，黄庆山就来个开门见山，大家伙都忙嘛！

黄庆山说："老六，今儿个来找你为的是我的徒弟刘春林的事情。"

窦老六说："好好。"

黄庆山说："刘春林父亲去世得早，他到我的铺子学徒已经将近五六年了，人品怎么样，你是看得最清楚不过了，老实本分，爱学习能吃苦，再过二年，有点儿积蓄，我再帮衬他一把，盘间铺子没有问题。"

窦老六半晌没听出个头绪来，说，山爷，你的意思？

黄庆山说："我也不绕弯了，就直说了吧。春林对你家大丫很喜欢，大丫对春林也有意，虽不能说是郎才女貌吧，两人也算是情投意合比较般配的一对儿。我看不如我们两家做个亲吧，修秦晋之好行不行？"

窦老六这下听明白了。心里话，这不是来提媒的吗？不过，窦老六心里面也特别喜欢刘春林，但是考虑他的家境，毕竟他是给人家当伙计的，将来出息不会太大。自己也明知自己的闺女喜欢刘春林，之所以答应邓九庵，就是考虑邓家儿子建文虽然腿有残疾，但是人家在集上毕竟有间铺子，将来建文肯定是子承父业当掌柜。可刘春林就与人家没法比了。上没瓦一片，下没地一垄。天壤之别哪！不过呢，刚听说邓九庵出门买货破了财，连铺子都抵押给钱庄了。这门亲做不得，好在上次邓九庵只不过是顺嘴说说而已，真要是想做亲，还得请三姑六婆正式提媒呢！现在黄庆山来替徒弟提亲，我该怎么回复人家呢？

黄庆山说："你好好考虑一下，晚上再给你家弟妹商议商议！"

窦老六说："妇道人家，与她有什么好商议的。"少时又说道："春林这孩子，的确不错，勤快，仁义，时常来茶馆帮忙，不过……"

"不过什么？"黄庆山追问道。

窦老六说话喜欢打顿，其实他也说不出来不过什么。猛然想起了什么，就说道："山爷，您知道的，我家属没用，一连生了四个丫头，以后连个捧哀棍的都没有，所以我就想让大丫招个上门女婿，不知刘春林能不能答应入赘？"

一句话将黄庆山给说蒙了，半天没有话。喝了一口茶水才又说道："这件事我得回去当面问问我徒弟，虽然说师徒如父子，有些事情我还是做不了主的。"

窦老六说："我恭候山爷的佳音！"

黄庆山站起身来。走到门口突然向窦老六招招手。窦老六认为黄庆山有什么私密话说，忙将耳朵伸了过来。

黄庆山说："老六，茶不错。"

弄得窦老六一头雾水，一打手势："山爷好走啊！"

黄庆山一进自己的铺子，没头没脑地来了一句："春林，上门女婿你当不当？"

刘春林正在将师父先前讲的那枚铜镜的内容和知识做一下笔记，他怕过时忘记了，所以半晌没回过神来。

黄庆山也被自己的糊涂话给弄笑了，又重复了一遍："我是说，窦老六想让你到他家当上门女婿，你答不答应？"

刘春林这才听明白，淡淡一笑说道："师父，一切我听您的，我早就拿您当我的父亲一样了！"

黄庆山为难了，半晌说道，容我想想再说吧。

刘春林说："师父，无论是入赘还是迎娶，我都不会离开您，因为我深爱古玩这一行。"

一句话将黄庆山说得泪眼婆娑。

30

早饭后，黄庆生将孙大海叫到跟前，让他别收拾了，到城里女子学校喳听喳听（喳听意即打听）小姐的消息，是在同学家玩了还是怎么的，总得有个音讯，眼看着都走了七八天了呢。在这兵荒马乱的年代，又是个女孩子，怎不叫人挂念呢！

孙大海脑子反应多快啊，说师父我正想和您告假呢，昨下午老家来人说是我母亲身体不好，我想回家看看。今儿走，明天下午就回来。黄庆生心想人家老人生病了，不让人回家看看不近情理，忽然想到，孙大海的老家不就在县西十多里路吗，反正总得要路过县城的，就说，你过了运河，拐个弯，顺便到学校喳听一下再回老家也不迟。孙大海忙说，我怎么没这个心眼呢？一举两得，正合适。

猛听得外面一阵鞭炮炸响，虽然是隐隐约约，因为响得持久，黄庆生就觉得这不是一般人家放的。

谁家喜事这么排场？黄庆生问徒弟。

孙大海正在整理多宝阁上的东西，就回答道："这事我知道，是小日本庆贺大木桥起工放的。"少时又说道："街上昨天贴出布告来了，我忘记与您说了。"

黄庆生抿了一口茶水，说道："你今天可以先尝尝鲜了，过河不要搭摆渡了！"

孙大海说："哪有那好事？布告上说了，十天之后，老百姓才能通行！"想起了什么又说道："今天凡去大木桥打旗庆祝的人，每人奖给一张五元日伪的票子。"

黄庆生说："五元日伪票子够干什么的？"

孙大海说："能买一斤糙米！"

黄庆生点燃一支烟，让孙大海抓紧进城，假如小姐有什么消息，有顺便的人就捎个口信回来。孙大海答应一声，刚欲走，黄庆生从柜台上取出两块大洋，让孙大海带在身上留给母亲看病，并强调，这是他的一点意思，不从工钱里扣。孙大海没有料到黄庆生这次这么慷慨。

其实，孙大海说是看母亲纯粹是说鬼话，他母亲已过世多年，他撒谎的目的就是想抓紧将骆马湖湖中岛上丁家那幅雍正的字给收回来，免得夜长梦多。昨晚上他已经将存在钱庄里的钱取了出来，所以才编出这个瞎话来。

过了河，孙大海没有去女子中学打听黄晓红的下落，他哪有那个闲工夫去找什么黄晓红呢！除非黄晓红是他的未婚妻。当然孙大海也是有自知之明的，即便是自己有间铺子，当上了掌柜，黄晓红这么高的眼眶子，她能相中他吗，何况黄晓红根本不是那种爱钱的女人。

孙大海到了车马市场，租了一辆驴车去窑湾镇。一是想尽快拿到东西心切，另外他也不想太吃苦受罪，眼瞅着就要当掌柜了，不能不讲究一点儿身份。幸好，车主来回只要两块大洋，孙大海也没有讲价，师父给的钱，正好够路费。不过，车主有言在先，牲口的草料钱，以及他本人的吃住都由雇主统包。孙大海眉毛也没皱一下就一口答应了。

阳春三月，路边的野花姹紫嫣红，孙大海满面春风地上路了。

当天晚上，车到了窑湾镇，孙大海住了下来之后，又找到他的那个朋友小满，请小满喝了一顿酒，因为，孙大海想，日后他开店铺，总得有人给他提供货源。他一个掌柜的，总不能夹个包袱去乡下收货吧？第二天一早，小满陪着孙大海上了岛，一点儿也没费周折就到丁家将那幅字收了，丁东家是个讲信誉的人，他告诉孙大海，说你们走后多少人上门要收这幅字而且出高价我都没有出手，原因就是要讲信誉。临走，丁东家问起来上回来的那个姓刘的伙计这次怎么没来。说那个人眼力好，也很实诚。孙大海谎称姓刘的生病了搪塞了过去。然后回到小旅馆，一刻也没停，紧接着往县城赶，他想尽快见到加藤，将画换成钱，并计划好了，钱到手之后，就在县城东大街盘间铺子，铺点货，尽快将店开起来。

到了县城，孙大海立即带着东西直奔日军司令部，真是巧了，加藤吉夫就在办公室里，似乎是约好了似的。看过字之后，加藤吉夫没有食言，将一千大洋折合成日伪票子一分不少给了孙大海，整整一大提包。怕路上不安全，加藤吉夫派摩托车将孙大海送到了渡口。孙大海本不想要日伪票子，想要现大洋，可又不敢提出来，当时日本鬼子出了告示，无论商家，还是老百姓，如果哪个敢抵制日伪票子，轻则处罚，重则坐牢或是枪毙。话到嘴边，孙大海又没敢出口。

回到顺河集，身上带着这么多的钱，又不能回店里去，孙大海真有点儿犯难，思前想后，还是决定将钱存到钱庄里保险。他到渡口边一个小酒馆要了个小包间，让伙计去请钱庄掌柜钱小钱来喝酒。

钱小钱只知有人请喝酒，并不知道是孙大海。一般他不与伙计一起喝酒，他怕集上人知道了丢颜面。见到孙大海点好了菜，酒也温上了，想退也退不出去了。好在孙大海今天也是下了血本，四凉四热，河鲜占了一半。钱小钱在顺合集也是有名的馋酒的人，见到酒俩腿就迈不动步了。这种阵势他哪还走得了呢！

三杯酒下肚，孙大海就将来意说了出来。钱小钱非常高兴。有人向钱庄存钱，那不是天大好事吗，他应该请存钱人喝酒才对呢！哪知一听说是日伪票子，脑袋却连连晃着就是不点头。孙大海知道，日伪票子别说是出门不认，即便是在本地，一般也是没有人肯要。孙大海施展浑身解数，又是敬酒，又是说好话，最后答应不要利息，钱小钱才勉强答应，而且是一旦这种票子没了市场，或者是有了什么风吹草动，风险由孙大海自己承担。固然条件有点儿苛刻，可是孙大海也没有办法。早知加藤吉夫给的是日伪票子，说什么也不会将东西卖给他的。何况这种宝贝十分难得，越放越值钱！啥时候出手都没有问题。孙大海愈想愈生气。这个加藤吉夫真他妈的狡猾！

孙大海有苦说不出。不过，只要日本人一天不走，这钱还是能花出去的。孙大海现在只能向好处想。

31

邓九庵憋在家里十几天几乎没有出过门，一趟山西，让他痛失一千两银子，别说是他一个铜器店的小掌柜，即便是做大买卖的商铺，也承受不起这种打击。店里每天由儿子邓建文支应着门面。世道不好，生意萧条，门可罗雀，几乎每天都是分文不进。

前天晚上，茶馆的窦老六来告知，说是女儿大丫不答应和建文做亲，要死要活的，况且家属也不怎么赞成这门亲事，想让大丫招上门女婿。他也没有办法等等，希望邓家能理解。窦老六没有空手，是买东西来的，理由是看望卧病在床的邓九庵。上次去茶馆提亲，邓九庵是买了东西去的，这次等于人情也还清了！

窦老六前脚刚离开，邓九庵就失声痛哭起来。因为自己生意上失败，让儿子也受到了牵连，怎么对得起在九泉之下的他的母亲呢！妻子临咽气前，他可是亲口答应妻子将儿子抚养成人，然后给他说一门亲事，让他结婚生子的。可是现在他怎么与儿子建文交代呢？想到世态炎凉，真是悲上心头。

早上，儿子冒着小雨盛来一碗辣汤，又买来热烧饼，希望父亲能起来吃一口。看到儿子一瘸一拐的身影，邓九庵一下想明白了。他不能这样自暴自弃，一定要坚强起来，从哪儿跌倒从哪儿爬起来！给自己一个赎罪的机会，也给儿子建文一个生活下去的希望！想到此，邓九庵穿衣起床，洗漱一番，一口气将儿子买来的东西全都吃了下去。这是半个多月以来第一次饱饭，也是吃得最香的一顿饭。

吃完他本想将店里拾掇拾掇，打扫打扫卫生，振作精神，重新打理生意。仔细一看，货架上的铜器摆放得整齐且洁净，屋里一尘不染，心里不由一阵高兴与慰藉，他疼爱地看了正在看书的儿子一眼，心说，通过这件事情，儿子一下长大了！他一把抱住儿子，说父亲不能就此沉沦下去，我一定要振作起来，我们爷儿俩共同努力，将生意做好，也将这个家操持好。不能让街坊邻居们看不起！

邓建文好久没见父亲这么高兴了，一颗悬着的心终于放了下来。父亲一番话何尝不是自己想说而没有说出来的话呢！泪光在邓建文眼睛里闪烁，他强忍着，不让泪流出来，他要让父亲看到自己坚强的一面。

半晌，邓建文倒一杯茶，递到父亲手中："爸，茶泡好了，您试试烫不烫？"

邓九庵激动万分，他从来没有这么动情过，脸上漫上一阵红晕，在儿子面前他觉得有点儿羞得慌。

邓建文想起了什么，急忙将账本递到父亲手中，说道："这是您走后，货物进出的流水账，请您过目，看看有没有哪儿出错。"

邓九庵看到账目清楚且没有一点儿遗漏，从心眼里高兴，父子同心，其利断金，以后还愁生意不红火吗？

邓九庵又喝了一杯茶，告诉儿子去隔壁黄大伯那儿说说话，有事情叫他，就出门去了。

邓建文正低头看书，忽听门响，误认为父亲没有见到人回来了，就问黄伯伯没在？见半天没有回声，抬头一看却原来是陈翠萍到了近前。

"姐、姐，您怎么来了？"邓建文激动得结巴起来。

陈翠萍说："姐这几天见你没有去豆腐坊，知道你父亲身体不太好。俺也不便过来。刚才看见你家邓叔出门了，俺这才来的。"说着将夹在胳肢窝下的一个布包解开，又说道："俺给你做了一双布鞋，估摸着做的，也不知合不合你的脚，你穿上试试吧。"

邓建文将鞋拿在手里仔细看着："姐，你的手真巧。比我娘做得漂亮，就像一件精美的物件！"

陈翠萍含羞笑道："你先穿上试试合不合脚。不合脚俺再重新给你做。"

邓建文将新鞋穿上，跺着脚："合脚，太合脚了！"

陈翠萍说："兄弟你下地试试怎么样？"

邓建文说："我有点儿舍不得。"

陈翠萍说："你试试如果合适，以后有工夫姐再给你做一双留着替换着穿。"

邓建文穿着新鞋在地面上来回走着，激动得了不得，也喜爱得了不得，连声道谢，然后将那双新鞋脱下来，用纸包好收了起来。

陈翠萍说兄弟你穿上呗，空闲下来，姐再给你做一双。邓建文说，这已经够麻烦姐了。千万千万不能再麻烦你了！

陈翠萍推说豆腐坊还没收拾清楚，站起身来要回去。邓建文想挽留却没有留住。正巧三珍斋的掌柜杜学胜来店里看东西。邓建文连人都没有送就跟着杜掌柜回来了。难得来单生意嘛！

杜学胜在店里转了转，问邓建文道，你父亲呢？邓建文说杜叔您稍候，家父在隔壁黄石斋呢。我过去给您叫去。

不一会儿，邓九庵跟着儿子一前一后进门了。与杜学胜寒暄几句，急忙让建文重新泡茶。

杜学胜说三珍斋前些时内部重新做了装修，新做了一座佛楼，想请一尊佛像供上，并且说出了尺寸。

邓九庵自然高兴，就问杜学胜想供什么佛像。

杜学胜真的不知道自己想供什么佛为好。因为他前不久听黄庆山说邓九庵铜器店遭了难，让大家力所能及地帮一帮，怎么帮？邓九庵死要面子，给他捐钱怕是他不会接受，后来就想到了在生意上帮他一把，所以就借故来了。

邓九庵见杜学胜自己拿不定主意就说道："生意人，一般都是供财神，我劝您不如请一尊财神回去，招财进宝嘛！"

杜学胜就坡下驴，说自己光懂怎么做生意，对这种事情不太懂得。让邓九庵给他拿主意。

邓九庵说："我们汉人敬的佛像无非是四大财神，文财神比干和范蠡，武财神分别是关羽和钟馗。之前有一尊关公关二爷铜造像，被人请走了，目前店里还没有文武四大财神铜像，我以后留意，遇到合适的我一定给你想着。"

杜学胜笑道："邓掌柜，你说了半天讲了半会儿，竟然没有造像啊！"

邓九庵赔着笑脸说："是。"少时说道："不过我手里有一尊藏传佛教的铜像，叫大白伞盖佛母，尺寸与您说的挺合适。"

做古玩这一行，对买家讲究的是欲擒故纵，表现手法就是将宝贝说得天花乱坠，然后找个理由说宝贝暂且断货或说以后给您留意等等。让买家从希望到失望，然后再看见曙光。今天邓九庵没有这个意思，通过山西失败的经历，他似乎也成熟了许多。特别是对于本集的邻居来买东西，他更不会云里雾里瞒天过海。

杜学胜就想与邓九庵做成一宗生意，完成黄庆山交给他的"任务"，便打断邓的话："邓掌柜，您别费口舌了，您快将您说的那尊佛像拿出来我瞧瞧吧。"

邓九庵说："这件东西太稀罕了，上天小日本来顺河集，我将此铜像藏在了地窖里，您稍候，我去给您拿来。"

不一会儿，邓九庵将那尊铜像搬了出来："杜掌柜，您瞧这包浆！还有熟旧的程度，绝对是流传有序的宝贝！"

杜学胜虽不懂佛造像，也被那尊佛像的精致以及成色给震撼了。

邓九庵说："这尊大白伞盖佛母，藏文名叫'杜甘姆'，这是一尊女佛，身白色，三头，头上有小头，你看这里，身体四周有无数手臂，每只手臂上又生一眼，手中持有钢钩、剑、弓、莲花、杵等等不一，最外缘是一圈火焰；主臂的左手持有一柄白盖伞，脚下各种人物、动物是受其大白伞盖庇护的众生。"

站在一旁的邓建文插话道："大白伞盖佛母形象，又分寂静和愤怒两种，寂静的形象是一面二臂三目，大白伞盖佛母金刚跏趺而坐，右手持白雍仲，左手结无畏印，身色洁白，浑身严施各种璎珞。愤怒形复杂得多。还有一面二臂大白伞盖佛母，三面六臂大白伞盖佛母，五面六臂大白伞盖佛母，二十一面大白伞盖佛母，四十一面大白伞盖佛母，千眼千手大白伞盖佛母。"少时又说道："家父手里这尊佛母是寂静形的大白伞盖佛母。"

邓建文这番话不光令杜学胜吃惊不小，也令与儿子朝夕相伴的邓九庵惊诧不已。

杜学胜说："没想到，令侄小小年纪也有这么大的学问。"

邓九庵说道："我也没有想到。我始终认为他还是个孩子呢！"

杜学胜说道："就凭你们爷儿俩这番夸赞，当然这尊佛也着实令我喜欢，这样吧邓掌柜，您说个价吧？"

邓九庵考虑半晌说道："这是我十多年以前收的东西，当时收得很便宜，是八十块大洋。现在行情不好，您还给我原价吧。就是八十块大洋就行了。"

杜学胜说："那不行，萝卜白菜，放十年也该翻十番了，我们都是做生意的您别客气，您到我店里吃饭我也得挣您的钱，不挣钱我不是憨熊嘛！这样吧邓掌柜，我也不多给您，就八百个大洋，这尊叫大什么佛来着？"

邓建文说："大白伞盖佛母。"

杜学胜说："对，就是大什么佛母，我请走了。明天大侄子你就去我店里柜上取钱。"说罢抱起那尊佛像便跑出了门。

邓九庵像是在梦里一般，做了半辈子生意了，哪有这样买东西不抹价还涨价的，即便是请佛像不兴讲价的，也没有杜学胜这样做的啊！

杜学胜前脚刚走，山西会馆的陈明远就进门了，一落座就点名要请一尊大一点的如来佛祖像。邓九庵说暂时没有合适的。以后给留意着。送陈明远出门的时候，邓九庵不由暗想，今儿个怎这么巧，扎堆来请佛造像！难道这里面有什么原因吗？……

32

百宝箱今天开门特别早，伙计余六斤昨天回老家奔丧去了。这一段时间就金德银一人看铺子，哪儿也去不了，连去茅房都得带小跑。躁得他两眼发绿。十多天前，伙计余六斤的父亲过世，告假回家办丧事去了，哪知他老父下地才三天，母亲因为伤心过度，也一命归了西。余六斤接着出老殡，一来二去的，日子就拖久了。金德银干急不淌汗，还不好说什么，人都是父母养的，谁家都有这么一回对不对。

就因为余六斤回老家去了，金德银好久没有光顾陈翠萍的豆腐坊了，其实金德银从小就不喜爱喝豆腐脑，闻着那味儿就想吐。因为小时候看见一只被轧碎头颅的狗，狗脑浆在他的脑海里挥之不去，所以一见豆腐脑就想起狗的脑浆。那豆腐脑还怎么喝得下去呢？甚至于有人提起豆腐脑他都干哕！陈翠萍的男人程五是做豆腐的。逢集在集上卖，闭集挑着挑儿遛乡卖。但是程五一死，寡妇陈翠萍就在自家房子开了门脸，卖起了豆腐脑。按说，金德银与陈翠萍没有多少瓜葛。金德银虽说与程五一条街做生意，几乎是老死不相往来。一个做豆腐的与一个开古董店的，尿不到一壶去。可是程五一死，陈翠萍成了寡妇，金德银就与陈翠萍有了密切联系。金德银一直未娶，一直想找个暖脚的，然而却一直没有遇到合适的。当初程五在顺河集办喜事那会儿，当他发现新娘子陈翠萍那张漂亮的脸蛋，金德银暗暗发誓今后就找陈翠萍这样的女人！当时他真的有点儿嫉妒程五，心说一个熊卖豆腐的，怎么找一个这么招人疼的媳妇呢！他怨老天不眷顾自己！然而天有不测风云，程五还没有好好地享受貌美媳妇的滋味，人却突然一下子没了。这给金德银一个千载难逢的机会。

为了接近陈翠萍，从那时金德银开始捏着鼻子喝豆腐脑，一天三顿，顿顿是豆腐脑，吐了喝，喝了吐，就这样，一直坚持了两个多月，还真叫他喝服了！

昨晚，余六斤回店了，金德银如释重负。

早上，当金德银突然出现在豆腐坊的时候，陈翠萍不由一愣，因为金掌柜已经好多天没来光顾了。有时想起来，心里不免想是不是哪儿怠慢而得罪了金掌柜了呢？要不怎么总不见他人影了呢！听金德银说明原委，她心里这才踏实了。

金德银在陈翠萍面前一直是文质彬彬的形象，每次来店里喝豆腐脑，不紧不慢坐下来，不紧不慢地喝着豆腐脑，不紧不慢地起身离去，一切都是轻盈的，慢条斯理的。在陈翠萍心目中，金德银就是一个难得的好男人！有时闲下来，难免会想，这个金掌柜为什么至今还是单身一人呢？

见食客少了，金德银问陈翠萍："今天怎没见朱大个子呢？"

陈翠萍说："吃过走了。"

金德银"哦"了一声。

出了豆腐坊，金德银心想既然伙计余六斤回来了，他也就不急着回店了，他想去国玉堂转转，看看朱大个子在没在那里。他俩整天混在一起。

前些时收他那个憨表叔的东西已经出手了，金德银就想将朱大个子该拿的那一份给他送去。

还没有走到国玉堂的店门口，突然见店里伙计余六斤追了过来，大声喊道："掌柜哪您快回去看看，店里有人闹事呢！"

金德银一听说，也没来得及问个清楚明白，撒腿就向自己店铺跑去。

门口有两个穿着黄皮的扛枪的军人把着门，金德银心里不由咯噔一下，马上明白是怎么回事了。

进到店里，就看见项龙河满脸怒气地坐在椅子里，一边一个持枪的军人护在左右。

金德银就知不好，给跟在身后的余六斤递个眼色，低声吩咐他去找朱大个子来，然后一抱拳："呦，这不是项团长吗，今天怎么有空来的啊！"

项龙河没好气地说道："走着来的，你说我怎么来的！"

金德银假装没听懂："项团长，不知今天想看点什么东西？"

"看你姥姥个屄！"说着项龙河一把丢过来一包东西。"咣当"一声，吓了金德银一跳。

金德银蹲下来仔细一看，是一包碎瓷片。就问道："项团长，这是什么意思啊？"

项龙河说："你还装蒜，上天你卖给我的瓷瓶是个假的，害得我被上司一通臭骂！"

金德银觉着是在本街上，量他姓项的也不敢太放肆，所以一点儿也不惧怕项龙河，正色道："项团长，咱们话得说清楚，首先说，你拿走那只青花瓶是真是假咱暂且放在一边，当时是货换货、你情我愿的事情，再说，当时我还没有同意，你就抱着东西跑了，拐回头，你说东西是假的，假的也行啊，你原封不动地给我瓶子，我退东西给你，没东西我打钱给你都行，你给我一堆碎瓷片算是怎么回事呢？难不成你想大白天在顺河集吃霸王餐吗！"

伙计余六斤回来了，轻声告诉金德银，说没有找到朱大个子。

项龙河本就不善言辞，被说得哑口无言。半晌憋出一句话："那天你们欺负我外行，你和我那狗日的表侄朱大合伙骗我，我今天要给我自己讨回公道！"

金德银毫无惧色："你想怎样？"

项龙河一挥手，招呼门外站岗的："给我将铺子砸了！"

金德银吩咐余六斤，让他去到黄石斋找黄掌柜敲锣喊人就说是土匪抢劫了！余六斤答应一声跑出门去。

几个当兵的，抡起枪托子，专砸摆在多宝阁上的瓷器，只听得"稀里哗啦"一阵响亮。金德银毫不示弱，搬起椅子砸向项龙河，没有砸到，头部反而挨了当兵的一枪托子，一下昏了过去……

这时，街上响起阵阵锣声。项龙河怕事情闹大了不好收场，摸起柜台上两件玉器揣在身上，领着几个随从夺门而逃。

第七章

33

清明过后，天气忽冷忽热，早上冷得穿棉坎肩，中午热得都能光膀子吃西瓜了。

午后，难得媳妇唐桂花答应看一会儿铺子，郑云鹤就想出门找人说说话。一下溜到了黄石斋的店门口，便走了进去。

黄庆山招呼郑云鹤坐，让刘春林重新沏茶。

"今儿个郑爷这么清闲？"黄庆山往水烟袋里装着烟。

郑云鹤说："天天都这样。从早到晚店里连个鬼影都没有！可不是清闲！"

两人说了会儿闲话，郑云鹤想起了什么，问道："山爷，金德银的事情怎么说的？"

黄庆山说："还能怎么说？秀才遇见兵，有理说不清。更何况金德银也是起贪念在先。"

郑云鹤说："听说金德银从那个姓项的手里接了不少货，也捞了不少昧心钱！"

黄庆山说："我之前已经告诫过金德银，来路不明的东西少碰，他不听，果不其然出了事！"

刘春林将新泡的茶斟一杯端给郑云鹤，又给师父的杯子里续满水。

郑云鹤说："听说这次百宝箱损失不少吧？"

黄庆山说："咎由自取，怨得了谁呢？"

郑云鹤端起茶杯抿了一口茶，轻叹了一声："山爷，生意整天不死不活的，您说咋办呢？"

黄庆山叹道："兵荒马乱的，有什么办法，除非不打仗了！盛世收古董，乱世藏金银，自古就是这个道理！"

郑云鹤说："我看您店还是有生意的。哪天有时间，您老得教我学看瓷器。"

黄庆山说："我这里也是三五天开一次张，十天八天也未可知，好不到哪里去。"

郑云鹤笑道："有句行话，不是说古玩店三年不开张，开张吃三年吗！"

黄庆山说："那是过去，现在都是低价收低价走。何谈吃三年呢！"

正说着，一个六十多岁的长者进了铺子，刘春林急忙迎上前去，招呼生意。长者自称姓梁，是来苏县南关朋友家避难的。因为朋友一生喜爱瓷器，所以他投其所好，想寻觅一件东西蒙蒙人情。说罢走到货架上看了起来。不一会儿，他看中了一件洒蓝釉的蟋蟀罐，就让刘春林拿下来让他上上手。

黄庆山见姓梁的买家拿瓷器的手法以及看东西的眼神就知道此人一定是位行家，所以给刘春林使了个眼色，意思让他倍加小心，不要多言。果不其然，买家看罢东西之后，反问站在一旁的刘春林，伙计，你知道这只蟋蟀罐是什么釉吗？刘春林说，应该是叫洒蓝釉吧。买家点点头说不错。它还有个学名，又叫雪花蓝。少时又说道，"洒蓝釉"，明宣德时景德镇窑所创。因它的釉面犹如洒落的蓝水滴，故称"洒蓝"。又因透出的白釉地斑像雪花飘洒在蓝色的水面，故而又称"雪花蓝"。其工艺上，洒蓝釉不是简单的蘸釉，而是采用管子吹上去的。在烧成的白釉器上，以竹管蘸蓝釉汁水，吹于器表，形成厚薄不均、深浅不同的斑点，再上一层薄釉高温烧制而成的。所余白釉地仿佛是飘落的雪花，隐露于蓝釉之中。

黄庆山在一旁暗忖，今天算是碰见行家里手了。随口说道："这位梁先生所言极是，洒蓝釉瓷器制瓷方法的确如先生所说。有首诗曰：'看他吹釉似吹箫，小管蒙纱蘸不浇。坯上周遮无渗漏，此中元气要人调。'"

梁鼓掌道："掌柜的说得妙！"

黄庆山笑道："过奖了！这都是书本上东西。我只不过是照搬过来罢了！"

梁又道："黄掌柜，我想请教一下，这件宝贝年代看在什么时候？"

黄庆山说道："清中期应该没问题。"

梁对刘春林说："给我包起来吧。又向黄庆山说道，黄掌柜，你说个价吧。"

黄庆山想了想说道："现在世道不好，这件东西是几年前三十块大洋收的，您看着给吧。"

梁说："黄掌柜客气了。我出五十块大洋，您看行否？"

黄庆山一拱手："货卖识家，多谢，多谢！"

事后才知道，这个梁先生原来在南京也是做古董生意的，跑反来此。因为所送的朋友不但喜爱瓷器，还是个玩蟋蟀的高手，能得到这件宝贝，也算是朋友与这件宝贝有这个缘分，所以临走一再感谢黄庆山。

郑云鹤叹道："山爷，您看您这个生意做的，犹如谈情说爱一般。真爽！"

黄庆山说："与高人过招，不挣钱心气都酣畅！"

郑云鹤忽然想起了什么："对了山爷，有句话不知当讲不当讲？"见黄庆山点头应允又说道："您家生爷的徒弟孙大海您得让您家老二留点儿心。"

黄庆山问："怎么了？"

郑云鹤说："前些时他去我那儿鬼鬼祟祟打听字画的行情，还让我给他保密，您说这是不是有点儿蹊跷？"

黄庆山点点头："我明白您的意思。"

郑云鹤告辞走了之后，黄庆山沉默了半晌，然后问刘春林道："你知不知道，孙大海将雍正帝那幅墨宝卖给谁了？"

刘春林说："他告诉我是卖给曾经到我们店来几回的那个日本大佐加藤吉夫了。"

黄庆山"哦"一声，自言自语道："这个加藤吉夫不单单是喜爱瓷器这么简单了！"说着将手里的水烟袋使劲地往茶几上一顿，"他是想将我们的国宝全都倒腾到他们日本国去啊！狼子野心，不打自招！多次与他打交道，我怎么就没有想到呢！"

刘春林说："我们这条街，哪家他没有光顾过？据我粗略估计，他买的古玩起码有百十件了。"

黄庆山哀叹一声："我们不是在卖古玩，我们是在卖国啊！"

"那我们怎么办？"半晌刘春林问道。

黄庆山说："我们要倡导所有古玩店铺，团结起来，大家齐心，绝不将手里的古董卖给日本人！"

刘春林说："师父说得对。不过，怎么才能阻止大家不将东西出售给日本人呢？"

黄庆山说："马上商会该召开半年会了，到时大家在一起议议再做决定吧！"

贺氏从外面买菜回来了，刘春林急忙将师母菜篮子接过来，送到楼上去了。回来之后，将师父的茶杯中的茶水泼掉了一半，又拎起水瓶给续上热水。

黄庆山忽然想起了什么，问道："春林，你与孙大海伙买的那幅雍正帝的墨宝是什么内容你还能记起来吗？"

刘春林回忆了一下，然后说道："是一首七言诗，题目叫《夏日泛舟》。"说着朗诵起来："'殿阁风生波面凉，溯洄徐泛芰荷香。柳阴深处停桡看，可爱纤儵戏碧塘。'"

"你觉得墨宝是真迹吧？"少时黄庆山问。

刘春林有点儿吃不住劲儿了："师父，我学艺不精，没有学到您老人家的真谛，不过，这幅雍正帝的字，我觉得我的眼力不会错，无论从墨迹、纸张、印鉴还是装裱，都是真迹无疑！"

黄庆山便想考考徒弟的真功夫："你觉得那幅书法好在什么地方，你给评评。"

刘春林笑道："师父，凭我一点有限的知识，我谈谈我个人的一点感受吧。雍正帝深受康熙皇帝的影响，远师二王及晋唐百家，近法董其昌及馆阁体，真心二体颇入规矩，是清代皇帝中书法造诣较高者，他擅长楷书、行书、草书，晚年行书作品行笔稳健流畅，文雅遒劲，骨骼清秀，给人一种节奏感和韵律美。这幅《夏日泛舟》，作品草行相间，笔墨饱满苍劲，气韵贯通，其圆熟之体可与馆阁体高手相媲美。"

黄庆山内心为徒弟叫好，脸上不免流露出得意之色："你讲得很好，也很在行，我看雍正帝的墨宝也不多，不过从你的表述里，我的眼前仿佛有一幅雍正帝的字摆在了我的眼前……"

刘春林垂手侍立："这都是师父教诲得好，徒弟也不过是领会师父的一点儿皮毛而已！"

黄庆山看到徒弟长进，心里甚是高兴。猛然想起了什么，问刘春林道："另外一幅雍正帝的墨宝孙大海说没说啥时候去取？"

刘春林摇摇头："孙大海没有说，以孙大海性格，他一定瞒着我很快就会返回窑湾镇将那幅字弄到手的。而且还会出售给加藤吉夫，因为现在四处打仗，谁还会收字画呢，只有加藤吉夫收。也只有他能出得起大价钱！"

黄庆山点点头，然后让刘春林准备一些干粮，现在就动身去大兴八路军根据地，让黄翠想办法，尽可能将雍正的墨宝从加藤吉夫的手上夺回来，决不能让国宝流到国外去。

34

昨夜城里响起了密集的枪声，直到天快明才停，黄庆生几乎整夜没有合眼。他担心女儿安全，生怕出什么乱子。屈指算来，女儿离家已经半个多月了，实在是令人担惊受怕，每天都如惊弓之鸟，一点儿风吹草动都会让他心惊肉跳。

早饭像是少油无盐，喝茶更是无滋无味，香烟不离手，心里苦哇！

饭后，黄庆生决定亲自去城里找找女儿，哪怕是能知道一点她的下落也行啊！孙大海听说师父要进城寻人，他正想着去城里东大街转转，看看有没有闲置的门面，所以他就说，师父，您老人家腿脚不灵便，您在家看店，还是我去吧。难得徒弟这么有孝心，黄庆生心里多多少少有些慰藉。就交代孙大海除了学校，想办法去同学家打听一下，怎么一个大活人说没影就没影了呢！孙大海答应一声欲走，黄庆生又喊住了他，从柜台里拿出一块大洋，让他中午买点好吃的，别克扣自己的身体。孙大海被师父这句话给感动了。毕竟父亲去世早，他对父爱有着深深的眷恋。那一刻，孙大海真想诚心诚意地帮着师父找女儿，他计划到东大街办完事情就去县女中打听黄晓红的下落，也许将来混出个名堂出来，黄晓红能与自己结成百年之好，也不是不可能的事情。

　　孙大海走后，黄庆生一人坐在那里，喝着茶，有一眼没一眼地望着街景出神。忽然间他想起了逆子黄大茂，好像是许久没有回家了，具体多长时间，他也记不起来了。往日，大茂三天两头在眼前晃，他烦都烦死了！只希望他不在家能让自己清静清静。即便是十天不归家他也从没有担过心。黄庆生就觉得这一次不比寻常，心里面不知怎的有一种牵挂。而这种牵挂是他从来没有过的！隐隐约约之中感觉到会出什么事情。转念一想，男孩子又不是女孩子，尤其像大茂这种放荡不羁的孩子，不知什么时候突然间就回来了也有可能。黄庆生现在心里面担心最多的还是女儿黄晓红。

　　门口有人影晃动，黄庆生以为是有客人来看东西，正要起身招呼人，客人却抬脚进来了。此人年纪不大，戴一顶蓝直贡尼帽子，帽檐压得很低，使人看不清他的面目。那人径直向里面走。黄庆生有些纳闷，正待要问，那人却丢下手里一样东西，一转身走了，腿脚飞快。黄庆生拾起那样东西，原来是一封没有封口的信。黄庆生疑疑惑惑打开信，见上面写道，你的儿子黄大茂在我手里，速速拿五千大洋来赎人，五天期限，否则我们就撕票！县西曹豁子……信没有看完，黄庆生便一下晕倒了……

　　黄庆山正在与刘春林说着什么，见黄庆生突然进门，两人都不由一下愣住了。前天刘春林去大兴找黄翠，没想到给他开门的竟是师妹黄晓红。两人一见惊了一下，连招呼都忘记了打。黄翠就将黄晓红死活要参加八路军的事情说了出来。并让刘春林回到顺河集告诉师叔黄庆生实情，免得家里担心。刚才师徒俩谈论的就是这件事情，黄庆山正犯愁怎么与老二说这件事情，正说着话没想到黄庆生就进门了。黄庆山便决定不瞒着了，反正早晚都得讲，晚讲不如早讲。便将儿子黄翠几年来不是出门做生意而是参加了八路军，如今是八路军独立团的团长，以及黄晓红不辞而别也去了大兴参加八路军等等一切告诉了二弟黄庆生。

黄庆生虽然又惊又喜，可还是疑窦丛生："晓红是怎么知道她哥哥黄翚在大兴参加八路军的呢？"

黄庆山说："我也正纳闷这件事情呢？不过，前些时候，晓红这孩子来我这里，曾经打听哥哥黄翚的消息，并说哥哥黄翚是八路军独立团团长，挨了我一通训斥，不知她怎么得到的消息。又怎么偷偷跑去了大兴。"

黄庆生顾不上刨根问底了，只要女儿平安比什么都强。他猛然想到了来这儿的目的，便将陌生人留下的那封信递到黄庆山的手里。

黄庆山看了信之后，也不由大惊失色："怎么会这样呢！半晌叹一口气，手指着黄庆生，老二啊，不是大哥我说你，你太惯孩子了！俗话讲，子不教，父之过啊！"

黄庆生捶胸顿足："这个死孩子，我砸死他的心都有啊！……现在怎么办哪！一时我去哪里找五千大洋啊！即便是将铺子卖了也实难凑齐啊！"

黄庆山说："你先别急，事情既然出了，你急也是无用。至于钱的问题，我们再想办法，眼下要紧是必须知道黄大茂到底被土匪藏在什么地方，再确认一下，人是否安全？土匪不是留下电话了吗，你马上去电话局，将这些一一落实了，然后我们再来一同商议下一步该怎么办。"

黄庆生站起身欲走。黄庆山让徒弟刘春林陪师叔去打电话。

他们出去之后，黄庆山有些生疑，绑架侄儿黄大茂的土匪曹豁子一直在县西一带活动，怎么绑架绑到县东地盘来了呢！土匪一般不会越界抢劫绑票，这是帮内的规矩。

黄庆山考虑，这几年黄大茂毁坏家里不少钱，他妹妹又在县城读书，也花费不少。老二家里有多少家底子，他是心知肚明的。他吸了一袋烟，将店门关了，然后到了后院，将藏在柴火堆里的钱袋子掏出来，二番回到了铺子里，将大洋一摞一摞码起来，看看有多少，还差多少。他得凑够钱准备着，至于绑匪能不能抹钱，那就看谈判了。但有一条，无论花多大代价，人一定是要救的！

不一会儿，刘春林扶着黄庆生进门了，刘春林告诉师父，说是电话打通了，并且与土匪曹豁子也联系上了，也听到黄大茂说话了。他在那儿有吃有喝的，逍遥自在着呢！曹豁子讲，他们图钱，不会害命！绝对保证黄大茂的人身安全！但是他们咬死口，五千大洋一个子儿都不能少！

黄庆山对黄庆生说道："我刚才数了一下，我这里只有三千多块，你再去凑一点儿就差不多够了。"

黄庆生喊了一声"大哥……"早已泣不成声。

黄庆山问刘春林："土匪说赎人的时间和地点了吗？"

刘春林说没有，土匪让我们先准备好钱，具体时间地点他们会给我们信。

黄庆山骂了一声："这个狗日的曹豁子！"

35

上午，加藤大佐在司令部召开小队长以上干部军事会议，昨夜八路军袭击粮库事件，烧毁不少粮食，加藤吉夫就如何加强防范措施进行了一系列军事部署，然后传达了师团司令龟田的指令。徐州乃军事战略要地，苏县是徐州东区军用物资补给线，为了保证这条补给线畅通无阻，加藤吉夫要求，下一步，除了保证粮食安全之外，还要加强药品的监管力度，以及保证弹药库的安全，运河新大桥的安全，时刻提防八路伺机搞破坏。最后，为了报复八路军这次烧粮行动，加藤吉夫部署了夏季全面大扫荡的计划，目的是乘农民夏收抢劫粮食……

散会之后，浦田一郎没有立即回军火库去，他开着摩托车去了顺河集找刘春林。前些时，他在军火库附近的一个集市上收到一只青瓷碗，他想找刘春林帮他看一看东西对不对，这是他第一次下手买东西，他想试试自己的眼力。他负责后勤，不是作战部队，自由清闲，所以就自作主张了。因为身上穿着军服，他不便直接到黄石斋，他将摩托车停在集北头，找了一个小孩，给了他一张五元日伪票子，让他去喊刘春林出来。

刘春林当时一猜就知道是浦田一郎，穿日本军服的他只认识浦田一郎，不是他是谁呢！浦田一郎一见刘春林，便将来意说了。刘春林想起师哥黄翠交给他的任务，正犯愁找不着浦田一郎的人呢，所以就爽快地答应了。

刘春林回店铺与师父打了个招呼，回来之后上了浦田一郎的摩托车。

一到军火库浦田一郎的住处，他就将那只新买的碗拿了出来给刘春林看。刘春林没上手就看明白了。告诉浦田一郎，东西是对的，大开门的东西。浦田一郎很兴奋，就问什么是大开门。刘春林告诉他，大开门就是指古董是典型的，毋庸置疑的真品。浦田一郎连珠炮似的问，这叫什么碗，什么窑口的，是什么年代的。刘春林说，这是只龙泉窑的莲瓣碗，上面的莲瓣是剔花工艺，年代看在南宋。浦田一郎一听南宋的东西，手掌都拍红了。中午非留刘春林喝酒不可，因为来的任务还没有完成，刘春林推让了几句就答应了。

军火库里不允许喝酒，尤其是在大白天，这是禁忌。浦田一郎就带刘春林到外面一个名叫天外天的小酒馆要了个单间，点了几个菜，二人开怀畅饮起来。饮酒之中二人谈论的自然是古玩话题。

刘春林想到自己来的目的突然话锋一转："一郎，我有件事情想拜托你给帮个忙。"

浦田一郎说："刘桑，你是我中国最好的朋友，有什么事，您尽管说。"

刘春林说："我有个表哥，想出来找点事做，不知您那儿能不能安插个人？"

浦田一郎说："好像你曾经与我说过这个事，军火库是军事要地，一般人是不能随便进的，即便需要工人，也要有人担保才行。不过，我们食堂做饭的老戚要回家婆媳妇，你那个表哥愿不愿意去做饭？"

刘春林顺杆子爬："真是无巧不成书，我那个表哥就是个厨子呢！烧得一手好菜。"

浦田一郎比刘春林还高兴："刘桑，这几天我正发愁找不到合适的人呢，你这下可算是帮了我大忙了，给我解决了难题！百把号人吃饭呢！老戚万一走了，我怎么收拾残局呢？"

"那担保的事情……"刘春林故意这么说。

浦田一郎连连摆手："你是我最好的朋友，您的亲戚就是我的亲戚，还要什么担保呢！"

正说着话，外面突然传来嘈杂之声，似乎在打架，摔盘子砸桌子的，闹得动静很大。吵嚷之声影响浦田一郎和刘春林说话。浦田一郎愤怒地从腰间掏出枪就出去了。

外头是谁在闹腾呢？是黄大茂与绑匪曹豁子，还有曹豁子的小情人兰香。

黄大茂认识曹豁子纯属偶然。那日，黄大茂在赌场又输了个精光，找老板借钱，不但没借到，还被打了一顿。正好那天曹豁子也去赌钱，他见黄大茂是赌场熟客，穿着打扮也不像是一般人家，就主动借钱给黄大茂翻本。哪知黄大茂走了狗屎运，还真叫他赢了，除去还曹豁子的，还落了一百多块大洋。黄大茂就请曹豁子喝酒。曹豁子就带着身边小情人兰香去赴会。兰香父亲借了高利贷还不上，曹豁子不光替他还了高利贷，还给他一笔钱做生意。因为曹豁子早就看中了他家女儿兰香美貌。要不他哪有那个好心肠呢！黄大茂在酒桌上和兰香眉目传情。双方一来二去的就有了感觉。可黄大茂知道自己几斤几两，自己就是个赌鬼。连自己都养活不了自己，还怎么能养个情人呢！兰香就给他出主意，你父亲不是开古玩店的吗，你完全可以想办法搞到钱，而且还没有人干涉你。所以，黄大茂自己绑自己的票便是兰香给他出的招。黄大茂就找曹豁子帮忙，答应事成之后分给他一半好处。事情还没有结果，今天乘曹豁子出门办事的机会，黄大茂就将兰香带到天外天寻欢作乐，哪知被曹豁子知道了，找到这里，话不投机，双方就吵了起来，继而大打出手。

浦田一郎朝天放了两枪，骂道："八嘎呀路，一群中国猪，在这里闹腾什么！"

虽说浦田一郎是日本鬼子，却只是单身一个人，曹豁子便挺直了腰杆："老子闹腾怎么了！碍你小鬼子什么事！"

听见枪响，酒馆里面吃饭的人都吓得跑走了。刘春林也跑了出来。猛然发现黄大茂也在人群中，不由一惊，心说，这个黄大茂不是被绑票了吗，怎么会在这个小酒馆里呢！

浦田一郎上去左右开弓就给曹豁子几个耳光，曹豁子哪吃过这个亏呢，从腰间掏出盒子炮，想与浦田一郎拼命。哪知被浦田一郎一个大背跨，摔了个狗吃屎。跟曹豁子来的两个土匪欲上前帮忙，被浦田一郎用枪指着不敢近前。

刘春林虽然不知这之中有没有黄大茂的事情，但万一闹出人命来，总归不好，况且他还怕伤着黄大茂。就上前劝浦田一郎算了。

曹豁子乘浦田一郎分神的机会，一个鲤鱼打挺爬起来，伸手去捡被打丢的盒子炮，哪知浦田一郎手疾眼快，连开两枪，曹豁子挺了几下就不动弹了。

两个土匪见状，吓得撒腿就跑。这时，黄大茂跑到刘春林面前，随手塞给他一张纸条，然后拉着兰香趁乱跑走了。

刘春林急忙展开纸条，见上面写着：告诉父亲我没事。

刘春林追出门去，想将黄大茂劝回家，可哪里还有黄大茂的踪影呢！

酒店的胖掌柜急忙给警察局打电话，让他们快来将尸体处理走，嘴里嘟哝着："这人命出的，酒店怕是好长一段时间开不了业了！说着长叹一声：善有善报恶有恶报啊！"

"死的这个人您认识吗？"刘春林问胖掌柜。

胖掌柜说："县西有名的土匪曹豁子，谁不认得？这下好了，他今后再不会来赊账了！"

36

午后，天空飘起了淅淅沥沥的小雨。近期天干，人心燥热，田里也干燥，都需要水。这场雨来的就比较及时。

运河大木桥因昨夜八路夜袭粮库事件，戒严到现在还没有开禁。即便是有良民证，也不允许过桥。刘春林后悔没有让浦田一郎开车送回顺河集而感到后悔。浦田一郎如果来送他的话，这些烦恼就不存在了。

渡口摆船的因大木桥通行而停止营运。刘春林就在河边转悠，干急没法过河。天气虽然到了初夏，河水还是比较凉的。要是下河游过去，怕是身体经受不住。真是巧了，刘春林看到有个打鱼的熟人就让人家帮帮忙，给他捎过河去了。

一回到店铺，刘春林便将在酒店怎么见到黄大茂，浦田一郎怎么将土匪曹豁子打死了等等一切讲给师父黄庆山听。黄庆山一听吃了一惊，问，死的真是曹豁子？刘春林说酒店的掌柜亲口说的，应该不会有错。黄庆山又问黄大茂这个死孩子呢？刘春林说跟一个年轻的女孩子跑走了。不过人是安全的，土匪绑票一说，怕是黄大茂自己编造的瞎话！即便确有此事，曹豁子已经死了，黄大茂当然也就没事了！黄庆山激动得了不得，刘春林要喝杯茶都没让，叫他赶快去博古轩通知老二黄庆生，恐怕你师叔这时早已急得是热锅上的蚂蚁了呢！

刘春林正欲走，猛然想起了什么又折回身，对黄庆山说道，听浦田一郎讲，日本鬼子准备进行夏季全面大扫荡，破坏夏收，抢劫农民粮食，这事要不要告诉师哥知道？黄庆山说，肯定要通知根据地，让他们做好应对准备，只是这天气？刘春林明白师父的意思，他是担心下雨天，自己不能去送信，就说道，我现在就去师叔那里禀告一声，回来我换件干衣服就去大兴。

刘春林走了之后，黄庆山几天来一颗悬着的心总算是放了下来。他摸起水烟袋，正欲吸，萃文阁的郑云鹤推门进来了。

黄庆山急忙让座，又亲自给客人泡茶。

郑云鹤带来一幅画想请黄庆山给掌掌眼，看看是不是真迹。黄庆山就问谁的墨宝，郑云鹤说是晚清宫廷女画家缪嘉惠的《松鹰图》。正在泡茶的黄庆山一听，急忙放下茶壶，一边将画展开，一边说道，缪嘉惠主要是画花卉，画松鹰我还是头一回见。郑云鹤说就是啊，所以我也吃不准，特来请山爷您给指点指点。黄庆山看画看得很仔细，他说，这棵松树的树干那种挺拔劲儿，不像一个出自画花草的、孱弱的女子之笔，再看松针是团松，一根一根画得很用心也很有力道；山石采取的是披麻皴的笔法，凸凹感极强。你再看那只鹰，眼神犀利，羽毛是那么的灵动传神，我觉得这幅画作应该是大师级的作品。郑云鹤长出一口气，这是我今天一早收的货。东西虽然不错，但是不是缪嘉惠的真迹，我有些吃不准。再说，我对缪先生的东西看的不多，也不太熟悉她的情况。山爷您博览群书，知识渊博，您给我点拨一二。

黄庆山有点不好意思地说，刚才光顾看画了，连茶都忘记给您沏了。

说着去将茶泡上，然后坐下来说道，缪嘉惠是云南人，字素筠，出生在官宦之家，温柔贤淑，知书谙理，会弹古琴，擅长书画。丈夫在四川做官，把她当作秘书使用，经常从任上带些文稿回家让她抄写，有时，还让她起草文章公案。后来丈夫病死，她成了一个寡妇。她是怎么入宫的呢？这得从慈禧太后说起。民国有个叫喻血轮的人写过一篇文章，他在《绮情楼杂记·女画家缪太太》一文中说，慈禧太后是个颇好风雅的人，闲时喜欢练字习画，"怡情翰墨，学绘花卉，尝以所作，赐婢倖大臣，久之，思得一二代笔妇人，乃令全省督抚觅之"，后来云南督抚举荐了缪嘉惠。于是被选送入宫，为慈禧太后代笔。"慈禧太后召见，面试之，大喜，置诸左右，朝夕不离，并免其跪拜，月俸二百金，即二百两白银。于是缪嘉惠遂受到慈禧的青睐。外间多以缪太太称之。"

黄庆山抿了一口茶继续说道，值得一提的是，与缪嘉惠一同入宫的还有一位女画家王韶，号冬青，浙江人。因为王韶是艺术家气质，教画就教画，真把老佛爷当作她的学生了，每天布置几张作业，还打分写评语，弄得慈禧很不高兴。王韶也觉得兴味索然，两年后请求放归。老佛爷自然首肯。以清高自诩的王韶，出宫后过得穷困潦倒，得了抑郁症，后自杀，死前把画的画一把火全烧光了。后人评价，慈禧太后，除善弄权术、热衷政治外，生活中喜爱书画，尤其爱以"自己所作的"书画赏赐群臣，以示恩宠，笼络人心。

"听君一席话，胜读十年书啊！"对于黄庆山渊博的知识郑云鹤佩服得五体投地。

郑云鹤走后，黄庆山将油布雨伞找出来，又让老伴烙了几个油饼，留徒弟路上吃，就在那儿吸着水烟等刘春林回来。两个时辰过去了，刘春林还是没有回来。天阴黑得快，黄庆山就有些着急。

原来黄庆生去城里打听儿子的消息去了。刘春林怕孙大海学话学不清楚，所以一直在那儿等师叔回来。幸好大木桥解除戒严，要不然刘春林还不知等到什么时候呢！

刘春林回到店里，本想换身干衣服的，身上的衣服已经差不多焐干了，再说雨一直在下，即便换了干衣服，一会儿也淋湿了。所以没有换。刘春林喝足了水，将油饼揣在怀里，拿起雨伞出了门。

大丫来找刘春林，在门口不期而遇。大丫不知道刘春林要出门，她本想去黄石斋找刘春林说说话的。见刘春林急急慌慌的样子，就问他干啥去，刘春林只好撒谎说老母亲身体又不好了。大丫一听，估计刘春林母亲病得不轻，要不然，他不会这么晚了又冒着雨回老家去的。所以说什么要刘春林等她一下。说罢头也不回就跑走了。不一会回来了，手里提了几瓶罐头，还有两盒点心。刘春林说什么不带，这么远的路，天又下着雨，怎么带这么重的东西呢！大丫说，这是我一点儿心意，你母亲有病，我又不能去看她，我心能安吗？你替我考虑考虑。她是我未来的婆婆呢！刘春林又不能将此事说明白。刘春林有些无奈地说道，这雨下的，我实在是不好带这些东西，一路上怕是淋坏了呢！大丫就说，也许这雨马上就不下了呢！话音刚落，雨真的停了。一夜也没有下。后来刘春林想起这事就说大丫嘴真灵验！大丫说，真的吗？继而说道，小日本快完蛋了。大丫说，我试试灵不灵验！

37

初夏天亮得早，星星还未走远，太阳就急急慌慌地跑出来了。

朱大个子踩着早露，第一个进了陈翠萍的豆腐坊。进门就喊快点个快点个（当地方言，快一点儿的意思），我今儿急等着有事！陈翠萍开玩笑道，是去城里相亲的吗，急得像鸡唤蛋（苏北土语，鸡下蛋）似的！朱大个子说，我哪有那熊心思！等陈翠萍将豆腐脑端上来，朱大个子又说道，今天吃这一回豆腐脑也许是最后一回了，不知明天能不能吃到呢！陈翠萍开玩笑道，你准备去寺庙出家吗！朱大个子说，出家还有家！此一去就怕没家了！平常朱大个子就会说一些没头没脑的话，所以陈翠萍也没往心里去。有熟客来了，陈翠萍招呼客人去了。

从豆腐坊出来，迎头碰见邓建文。朱大个子说建文，你今天是老末了！建文就说朱爷今儿吃这么早？朱大个子说，以后朱爷不与你争了，你永远都是第一了！邓建文笑笑，他对朱大个子的话从来都不走心。

朱大个子来到百杂行，掌柜皮奎章刚刚往下卸门板。皮奎章看朱大个子硬往店里挤，没好气地说，大早上的，你家杀猪还是宰羊吗？等着买刀啊！朱大个子一愣，说皮爷，你怎么知道我要买刀的呢？你能掐会算啊！我真的要买一把刀。皮奎章说，我说着玩的，你真要买刀？朱大个子说，就是买刀。皮奎章问，你要买什么样的刀？朱大个子说，能将人的脖子刺开就行！皮奎章说要死了朱大个子，大清早的，说什么混账话呢！朱大个子忙赔笑脸，说皮爷我闹着玩的，昨晚我逮着一条野狗，我买刀剥皮煮狗肉吃呢！皮奎章从里面拿出一把尺把长牛耳尖刀递给朱大个子。朱大个子问快不快？皮奎章又摸出一块磨刀石，不快你就磨磨。磨刀石送你，感谢你一早帮我开了张，刀却不能送。朱大个子付了钱。皮奎章在身后又说道，朱大个子你确定你逮的那条狗是野狗吗，别是有主的狗，人家找上门来你就吃官司了！朱大个子说皮爷你放心吧，下傍晚，等狗肉煮好了，我给你留一块脖子肉来下酒！

朱大个子将那把刀揣在怀里，直奔大木桥而去。

大木桥上有皇协军把守查良民证，没有良民证不能过桥。朱大个子与把守的皇协军说道，我找你们副大队长项龙河。把守的皇协军是个斜眼子，他瞥一眼朱大个子，见朱大个子端着架势，又直呼自己头头的大名，知道有点来头，不敢得罪，没敢多问就领着朱大个子到了桥头皇协军办公室门口，斜眼子这才想起来问朱大个子是项队副什么人。朱大个子说，我是你们项大队长的表叔，家就住在附近顺河集。斜眼子让朱大个子在门口等着，然后进门禀报去了。不一会儿出来了，说朱表叔，大队长让我请您进去呢！

项龙河正在摆弄茶，前不久刚买了一套茶具，还没有摆活明白，见朱大个子进门，忙让朱大个子过来帮帮忙。

朱大个子说表侄，你活得怪舒坦啊。项龙河说朱大，我知道你心里有气，也不能将辈份弄混了啊！朱大个子两眼一瞪，从今往后，我是表叔，你是表侄！少时又说道，你是龟孙！项龙河端一杯茶放在朱大个子面前的茶几上，赔着笑脸，行行行行，你是表叔，我是表侄行了吧！朱大个子说，姓项的，你知道我今天来找你干什么的吗？项龙河点燃一支烟，知道知道，你不就是为了我砸了百宝箱的店铺那件事嘛！朱大个子说，你知道就好，你说，这笔账咱们怎么算！项龙河不是往天的项龙河，他毕竟是皇协军的副大队长，要枪有枪，要人有人，他本来还想息事宁人，看朱大个子步步紧逼，就没有耐心了，他没好气地说道，朱大，你想怎么算？当初是你与那个姓金的掌柜合起伙来骗我的，我还没找你算账呢！你反倒来找我的麻烦！我告诉你，我是不懂瓷器，可是有人懂啊，你知道吗，就因为你们给了我只假瓶子，我差一点儿连官都丢了！要说算账，我应该找你算才对！朱大个子冷笑道，姓项的，你要是识相的话，将上次百宝箱的损失给赔了我啥话也不讲，不然的话，别怪我对你不客气！项龙河不气反"哈哈"大笑起来，说朱大，你说你一个街混子，我今儿个倒要瞧瞧你能怎么样对我不客气！说着将手中茶壶摔在了地上，立马进来几个荷枪实弹的皇协军，枪口一齐对准了朱大个子。

朱大个子慢慢站起身来，说项龙河，你占着你手里有枪，想要耍混是吧？你去顺河集喳听喳听（当地方言），我朱大个子怕过谁？说着向项龙河逼去，我朱大个子今天既然敢来找你，就不怕你耍无赖，你有种就让人开枪打死我，说着指指自己胸口，往这儿打，你不敢开枪你就是孬种！因为有好几只枪口对着朱大个子，所以项龙河并不把朱大个子步步紧逼放在眼里。没等他反应过来，朱大个子的牛耳尖刀已经架在了他的脖子上。项龙河一下傻眼了，他知道朱大个子小时练过几天拳脚，所以之前他交代手下在门外候着，听到摔杯子声音就进来抓人，没想到朱大个子手脚这么快，更没看清人家刀是怎么架在自己的脖子上的！项龙河胆小如鼠，更怕死，好日子还没有好好地享受呢，他不想性命就这么完了！腿一软就跪下来了，他说表侄……朱大个子说，你记性真差，我是你表叔！项龙河连说表叔表叔，你是表叔行了吧，你可小心点儿，这刀凉飕飕的可不是闹着玩的。我赔偿百宝箱一切损失，你说个数，我立马给你钱，全是现大洋！朱大个子说，让你们的人都给我滚出去。项龙河立马喝退了那几个手下，继而说道，表侄，不，表叔，你说赔多少钱？朱大个子说粗略估算了一下，打碎的瓷器还有丢失的玉器，你拿两千大洋吧！项龙河说表叔你将刀子拿开，我好去给你拿钱啊！朱大个子将手中的刀子拿开，说项龙河，你别给我耍花样，你胆敢动歪脑筋，我认得你，我的刀可不认得你！项龙河连声说道，不敢，绝不敢！说着将茶几上的茶杯递给朱大个子，说表叔您喝茶，我到后面给你取钱。朱大个子大意了，觉得自己有两下子，没把脱坯烧窑项龙河放在眼里，他正低头喝着茶呢，一抬头，一支枪口已经指在了他的脑门上。

项龙河说朱大，你个狗日的，还想与老子斗心眼，两千大洋没有，我给你两颗子弹吧，说着扣动了手枪扳机。

随着两声沉闷的枪声，朱大个子倒在了血泊之中……

38

天空阴霾。顺河集一派死寂。

昨天傍晚，当朱大个子的尸体运到顺河集的时候，一片惊呼。全街上的店铺都关了门，大家自发联合起来，拿着趁手家伙，要去找皇协军项龙河拼命，给朱大个子报仇。后被黄庆山给拦下了。朱大个子死得冤枉，不能平白无故地就这么算了，肯定得有个说法！

顺河集商会连夜召开紧急会议，专题讨论朱大个子身后事宜。最后决定，由商会出钱，买一口上好的棺木，明天一大早抬着朱大个子的棺材去到日军司全部，要求加藤吉夫严惩杀人凶手，给死者讨回公道。没有说法决不罢休！

第二天一早，顺河集老老少少几百口子人，天一亮就赶到了日军司令部门口，高呼口号，要求加藤严惩凶手！否则，绝食绝水！日本鬼子自从到苏县以来，遇到聚众请愿还是第一次。沿途有的群众听说此事，纷纷加入游行示威队伍，加上附近前来看热闹的，请愿队伍达到一两千人之众。日军临时调派部队加强司令部安全，严阵以待，连机关枪都支上了，大有一触即发之势。

皇协军大队长项龙河枪杀无辜事件，昨晚加藤吉夫就晓得了。项龙河杀了朱大个子之后，也很后悔，他生怕顺河集的人来找他算账，就主动跑到日军司令部报告了加藤吉夫，当然他编了一套说辞，说朱大个子持刀行凶，他是自卫误伤。加藤吉夫心里明白，当初他要不是激将项龙河，项龙河也不会去顺河集闹事，当然，也就不会发生以后的这些事。本来加藤还想保护项龙河的，因为以后可能还要用到他。现在怕是不行了，如果不杀项龙河，今天怕是平息不了外面的事态，况且，顺河集的人他现在还不想得罪，因为他还要靠顺河集给自己提供更多更精美的瓷器与古玩，来完成他宏大的规划呢。

加藤武夫则不赞成兄长的做法，他认为，无论项龙河有没有罪，都要偏向自己的人，对于想造反的人，只有靠武力才能解决问题。站在二楼平台上的他早已端枪在手，而且他已通知下去，只要他的枪声一响，机枪便开始扫射。一个都不留。只要兄长大佐一声令下，他就大开杀戒。杀一儆百，这是他的一贯作风。加藤吉夫知道弟弟的脾气，他命人将加藤武夫叫到自己办公室，让他收起武器，不要滥杀无辜。以免扩大事态，不好收拾局面。加藤武夫不服，说，对于这些暴民，只有采取镇压的手段。并批评兄长做事太仁慈，前怕狼后怕虎的，做不成大事！加藤吉夫心中冷笑，燕雀哪知鸿鹄之志呢！退一步则是海阔天空！牺牲一个小小的皇协军大队长项龙河，还会有更多的项龙河争先恐后为帝国效力的。这么做，既平了民愤，又没有多大的损失，还有人等着送钱来补皇协大队副这个空缺呢。何乐而不为呢！加藤武夫只不过是一介武夫，哪知道这些高深的道理呢！

加藤吉夫从容走到司令部门口，向众人打了声招呼，然后说道："顺河集的父老乡亲们，你们的事情我都知道了，你们之中有许多人我都认识，还有不少朋友，我与你们也打过不少次交道。对于昨天发生的事件，我深表歉意。我既有管教不严的错误，还有失察之过。我现在表明我的观点，我绝不祖护我的下级。你们中国人有句俗话说得好，叫做'杀人偿命，欠债还钱'。今天我一定给你们这个说法！"

说罢吩咐宪兵队将项龙河带上来，然后问道："项龙河，你知不知罪？"

项龙河说："加藤大佐，我知罪！"

加藤吉夫说："一命抵一命这道理你明白吧？"

项龙河点点头："明白明白！"

加藤吉夫说："杀你不冤吧？"

项龙河说："不冤！"接着又摇摇头，"我冤！我冤！"

加藤吉夫问："你冤在何处？"

项龙河哭喊道："我是误伤，朱大若不是拿刀架在我的脖子上，我绝不会开枪的。大佐你得给我做主啊！"

　　加藤吉夫冷笑："我给你做主，就不能给你面前这些百姓们做主！"少时又说道："早死早托生，认命吧！"

　　项龙河大喊："加藤大佐，你说过给我留一条狗命的啊！你不能说话不算话啊！……"

　　加藤吉夫吩咐卫兵将项龙河拉上了汽车押到西门枪毙。

　　项龙河一听，立马尿湿了裤子。

　　加藤吉夫鄙夷地望一眼瘫倒在地上的项龙河，像是自言自语：你托生错了，你真不配当项羽的后人！

　　当天，在黄庆山的主持下，顺河集为朱大个子实行了最高规格的葬礼——集葬。全街人家家贴白纸对子，人人戴孝布，朱家没有子嗣，商会指派一个满十岁男童给其摔老盆。

　　当棺材下地的时候，哭成泪人的金德银乘人不注意，一头撞向棺头，当场就昏了过去。众人忙将他抬上来，盘起他的双腿，又掐他的人中，他这才苏醒过来。继而号啕大哭："朱大兄弟是为我死的啊！我也不活了啊，朱大兄弟啊，黄泉路上你等等我！老哥陪着你你就不孤独了啊！……"

　　扶着金德银的皮奎章也哭诉道："我混账啊，昨早上我要是不卖朱大那把刀，他怎么会出事呢！都怨我啊！他说他是剥狗的，没承想……我要知他是去杀人的，我死了也不会卖给他刀啊！老天爷啊！"

　　两人哭作一团。众人劝这个又劝那个，结果都哭了起来。

　　傍晚，天空飘起了细雨，街上人说，是老天爷在哭朱大，给他送行呢！

　　朱大无牵无挂地走了！无遗无憾地走了！死如鸿毛却重如泰山，多少年之后这种风光被世人提及，还令人羡慕不已……

第八章

39

初夏天亮得早，阳光哧喽一下就上了三竿。集上的人还沉浸在朱大个子去世的悲哀之中，所以这几日各家店铺的门板都下得比较晚。

邓建文几乎是一夜未眠，他在琢磨自己与陈翠萍的感情问题。他本想让父亲托媒人去与陈翠萍说开这件事，一是担心父亲绝不会同意这门亲事，二来又怕传了出去，万一陈翠萍不答应，自己丢人不要紧，陈翠萍毕竟是个寡妇，让她今后怎么做人呢！邓建文这么想那么想，那觉便没办法睡了。所以今儿个起得就有些迟了。穿好衣服，一推开窗户，就听见窗外有只黄颜色的鸟在树上不停地鸣叫。邓建文心中不由一喜。鸟儿给他传递的信息是什么呢？他无从得知，但毕竟是好兆头。

父亲早已将店门开开了。邓建文简单梳洗了一番，将早已准备好的翡翠镯子装在了口袋里，与父亲打了声招呼，这才向豆腐坊走去。

陈翠萍远远地就望见了邓建文的身影，人还没到，豆腐脑就盛好了，放在了桌子上。连辣椒葱姜蒜香菜料碗都给准备齐全了。邓建文想到今天来的目的，就想等客人走走再吃，就说今天不知怎么的，到现在肚子还没饿呢？陈翠萍就说那就等一下再吃吧，反正豆腐脑多得是。说话间，澡堂搓背的苏小孬赶到了，就对陈翠萍说，这碗给我吃吧，免得放在那里凉了。邓建文有些不好意思，说苏爷，这碗豆腐脑算我请您的。苏小孬说，我哪能吃白食呢？要是让人知道了，无缘无故敲晚辈竹杠，即便不骂我，我在集上真成了名副其实的苏小孬了！邓建文说苏爷，一碗豆腐脑算得了什么呢？我每回去洗澡，经常白吃你的萝卜呢？苏小孬说，爷们，你吃萝卜都是你父亲事先付过账的，我哪里能不要钱呢？我又不是开钱庄的！

正说着话，百宝箱的伙计余六斤进门了，将手中的提盒放在了锅台上，让陈翠萍盛两碗豆腐脑，再卷两张煎饼。陈翠萍边盛豆腐脑，边问起金德银的头上伤势。余六斤说，洪先生配的药膏真是神了，这才两三天的时间，师父头上的伤已经结疙疤了！苏小孬接话，洪先生人称洪半仙嘛，绝不是浪得虚名！余六斤走了之后，陈翠萍说道，那天早上，朱大来喝豆腐脑，说了许多让人听不懂的话，俺要是知道他是去找那个皇协军什么大队长去拼命的，俺就劝劝他了，也许就不会出事了。少时又说道，朱大平常说话，疯疯癫癫的，他说那些话，当时俺也没往心里去。现在回想起来，俺也觉得有过错呢！邓建文说姐，你不必自责，朱爷早已做好了誓死的准备，你劝就能劝得住吗？陈翠萍叹一口气，朱大好开玩笑，以后再也听不见他的说笑了！苏小孬说，人死如灯灭，这朱大也算是英雄一世，也风光一时，你瞧瞧，集上的人对他多么地敬重，我们若是哪天死了，有朱大这个阵势，在棺材里都笑醒了呢！一个老头笑骂道，苏小孬你个狗日的，哪一天，你突然归西了，你要是在棺材里能笑出声来，这个故事怕也能流传百世了呢！

邓建文让陈翠萍盛碗豆腐脑，卷了张煎饼，边吃边在琢磨怎么向陈翠萍开口。不过人多，他也不好说话。

过了饭时，客人逐渐稀少了。最后只剩下邓建文一个人。他轻轻掩上了店门。看陈翠萍在洗刷碗筷，就说姐，你等一下再刷吧，我有句话想与你说。陈翠萍在围裙上擦着手，忽然想起了什么，说建文兄弟，俺也有件事情要与你说呢。说着进到里屋，拿出一个布包，然后解开来，原来是一双布鞋，然后对邓建文说道，这双布鞋是给你家邓叔做的，已经做好许多天了，每天早上有时人多，俺不方便拿出来，有时忙起来就忘了，所以耽误了许多日子，俺又不方便到你店里去。今天你就给带上吧，让邓叔试试合不合脚？邓建文接过布鞋，说姐，我代表我父亲谢谢你了！陈翠萍说，不谢，俺的手笨，针线活不行，只要你们不嫌弃，俺以后再给你们做。忽然想起了什么，对了兄弟，你刚才要与姐说什么的？邓建文从口袋里掏出那对翡翠镯子，拉着陈翠萍的手，说姐，我早就想送你一件东西了，却不知送什么好。这对镯子，你留着戴吧。陈翠萍急忙缩回了手，说兄弟不行不行，这么值钱的东西，俺怎么能收呢！邓建文说，不值钱，真的不值什么钱。陈翠萍脸有点红了，说兄弟，万万不能收！邓建文说，你给我做鞋，又给我父亲做鞋，平时又那么照顾我。就算是谢谢你了！陈翠萍激动得声音都有些颤抖了，说建文兄弟，这对镯子俺真的不能要，你不要为难姐。邓建文将手中的鞋子丢在地上，又要去脱脚上陈翠萍做的那双鞋。陈翠萍无可奈何，就说道，这样行吧建文兄弟，你给俺说这对镯子多少钱，算俺买你的行不行？邓建文抓着陈翠萍的双手，说姐，你这么说，你知我的心里多么难过吗？今天乘店里没有人，我就与你直说了吧，我一直暗恋着你，从同情变为爱慕，你人漂亮、贤惠、勤快、敦厚，是我心目中要找的人，你如果不嫌弃我腿脚不好，就答应我吧……陈翠萍推开邓建文的双手，建文兄弟，俺一直叫你兄弟，俺是个寡妇，你是个童男子，你怎么会有这种想法的呢？你不犯傻吗！再说，你有文化，又是个少爷，俺一个大字不识，比你大好多岁，绝对是不可能的事！想想这事都是罪过！

邓建文突然双膝跪倒，声泪俱下道，姐，你就答应我吧，我这一辈子就认准你了，你不答应，我这一生任谁也不会娶的！

陈翠萍也跪了下来，一把鼻涕一把泪地哭诉道，兄弟，谢谢你对姐的情义，说什么姐不能答应你，那样的话，姐就是害了你，害了你啊！俺如果与你好，别说你父亲骂是俺偷偷勾引的你，就连街上的人也会指着俺的脊梁骨骂俺不守妇道，败坏门风！你难道没听说寡妇门前是非多这句话吗？你忍心让顺河集的老百姓的唾沫星子淹死姐吗，兄弟？……

突然，店门被推开了，是邓九庵。他来干什么呢？儿子一去不回，他想出门去城里看货，所以找了来，一见儿子与陈翠萍手抓着手双双跪在一起，不知发生什么事，一下愣在了那里。

40

昨夜电闪雷鸣，风雨交加，至天明方停。

刘春林起来之后，正欲去开店门，突然发现门里地上面有一封信，很显然是有人从门缝里塞进来的。信是写给自己的，信口没有封，他便打开了信纸，字体很熟悉，是师哥黄翠的笔迹："春林师弟，上午十点我在城里西大街云梦茶馆黄山厅等你，见面细说。不见不散。黄翠。"刘春林急忙下了门板，将炉子捅开烧上水，这才去与师父禀报。黄庆山知道儿子送信来，肯定是有事，就让徒弟抓紧上楼吃饭，提前去云梦茶馆门口候着，别错过了时间。等到刘春林吃过了饭，拿了一把黄油布伞正欲走。又被师父叫住了。黄庆山说春林机灵点儿。刘春林点点头说师父我知道了。黄庆山又让刘春林到柜上取点钱放在身上，以备急需。刘春林照做了。

太阳很快就从云丛里钻了出来，一扫阴霾，运河岸边被大雨洗涤过的庄稼，一派生机，光鲜亮丽。

雨过天晴，大街上行人却稀少，有的店铺才刚刚开门纳客。到了云梦茶馆门口，刘春林见时间尚早，便在大街上溜达起来。

西大街没有东大街繁华，店铺本就散乱无章，加上日军司令部安在那里，刀光剑影，四处戒备森严，街道更加显得阴森森的。正遛着，刘春林突然发现一个熟悉的身影从他的身边急匆匆地走了过去，刘春林定睛一看，原来是孙大海。这么早孙大海进城干什么来了？因为上次伙货那件事情之后，两人之间变得生分起来，所以说话办事就没有往天那么随和。孙大海只顾了低头走路，没有发现刘春林，出于好奇，刘春林就尾随孙大海，不远不近地跟着，他就想看看，孙大海会去哪里。前面就是宪兵司令部了，孙大海到了门口，似乎与卫兵很熟，讲了一句什么就让他进去了。刘春林只好站在门口远远地瞄着司令部大门。他想看看孙大海多会儿出来。一个多时辰过去了，孙大海并没有出现，刘春林怕耽误自己的正事，急忙向云梦茶馆走去。

茶馆开始上客了，刘春林一到门口，店小二眼尖，早已躬身迎了出来，问刘春林几位，是候客还是吃茶。对于茶馆刘春林并不陌生，所以大模大样往里面走。嘴里说道，有约，黄山厅。小二说先生黄山厅在二楼左首，请随我来，说着前面引路。刘春林问，我的朋友来了吗？小二回答，已经有两位客人先到了。刘春林心说两位？除了黄翠，那一个会是谁呢？是侦察排长王振国吗？正琢磨，只听小二低声道，黄团长已经在里面等候你了。

刘春林心里纳闷，这个跑堂的怎么会知道是黄团长的呢。正待要问，小二已经推开了房门。这时坐在桌旁的黄翠已经迎了过来。他指着小二告诉刘春林，这是我们自己的同志。你不要紧张。桌子旁还坐着一位同志。帽檐压得很低，刘春林一看认得，是师妹黄晓红。

刘春林低声说，师妹，你也来啦？黄晓红"嗯"了一声，显得有些激动。刘春林又说，师叔前几天到黄石斋，还念叨你呢！也十分想念你。况且你哥至今没有踪影，所以他老人家这段时间显得老多了！黄晓红眼圈有点红，说，我知道了。黄翠问，黄大茂还是一直没有消息？刘春林点点头。又补充道，消息倒是有。黄翠说这个祸害精，搅得全家不得安宁，我叔肯定是整天操碎了心。又对黄晓红说道，找时间你回家一趟看看吧，安慰安慰我叔。黄晓红点头答应。

黄翠给刘春林斟了一杯茶，询问一下父母亲的身体以及店里生意情况，然后谈正事。黄翠说，两天前，我们派出特工摸进加藤吉夫的办公室，没有找到你说的那两幅雍正帝的书法作品，我正在想办法。你回去告诉父亲一声。之前我们内部高层出了内奸，现在已经被我们抓到了，下一步我们准备利用这个关系，实行反间计，看看能不能找到那两幅字的下落。少时又说道，还有一件事情，侦察排长王振国已经打进了军火库，下一步你要与那个日本小队长浦田一郎保持联系，那样的话，你才有机会见到王排长。老王一旦有什么情报或事情，也只有靠你能来回传递。刘春林说这个没问题。黄翠说这个茶馆就是我们的联络点，以后我们就在这儿碰面，你有什么事情，如果我不在，就找刚才领你进来的那个跑堂，他姓张，小名二喜子。他会将你的话转达给我的。刘春林点点头说我知道了。

临走，黄晓红让刘春林带话给父亲，说她一切很好，让父亲不要担心。她有时间会回家探望。还有过去自己很少回家，让父亲放出话，就说自己还在县女中读书。免得左邻右舍胡乱猜疑。刘春林说我明白你的意思。不过，你尽可能早一点回家看看，好让师叔放心。

刘春林出了茶馆，一点儿没有停留，他怕师父担心，大步小步往顺河集赶。

就在刘春林出茶馆那一刻，孙大海刚巧在门口看见了刘春林。孙大海想，刘春林怎么会在这儿呢？如果是看货或谈生意，也不会选在这个偏僻的地方。他就觉得这里面一定有什么事情，所以他就留了个心眼，他站在茶馆对面巷子口观望，看看是什么人与刘春林接触的。过了一会儿，当他发现黄翠与黄晓红并肩走出茶馆时，就料定，刘春林到云梦茶馆，一定是与黄家兄妹俩有关系。他们在这儿碰面干什么呢？之前，他好像听到街上人传言说黄翠是八路军，有的说是在南京做生意，具体谁也说不清楚。他现在怎么会与失踪很久的黄晓红混在一起的呢？他觉得，这里面一定大有文章。刚才他来找加藤吉夫本想让加藤帮他开店。加藤吉夫说现在条件还不成熟，让他耐心等待。其实孙大海心里明白，加藤吉夫有他自己的心机，他想利用自己搞到乾隆皇帝赏赐的瓷器的下落。临走时，加藤还让他打听黄晓红失踪的下落，至于加藤吉夫的心思孙大海没有摸透。不过他猜想一定是很重要。如果帮加藤吉夫办成事，以后好处不会少了他的。没承想在这儿遇到了黄晓红。不过黄翠与黄晓红会在哪儿落脚呢？他们在一起干什么呢？瞧那个样子，绝不像做什么生意那么简单。孙大海想跟着刺探一下。哪知，跟着跟着人却让他给跟丢了，令他心里十分懊恼。

41

商会半年会上午在黄石斋三楼举行。按照惯例，年会只请各个店铺掌柜参加。这次黄庆山通知各店伙计也要到会。所以店铺一律关门。刘春林与孙大海负责给到会的人员端茶递水。邓建文看到他俩忙不过来，欲上前帮忙。刘春林没让，说你腿脚不便，你就老老实实坐在椅子里听会吧。看百宝箱的徒弟余六斤坐在那里没动身，刘春林就嗔道，六斤你好胳膊好腿的，坐在那里跟老太爷似的干什么呢！余六斤不好意思起身过来，说我本想过来帮忙的，又怕你们嫌我笨手笨脚就没敢过来。孙大海说，你别嘴好，我看你就是狐狸钻进马群里充当大尾巴驴！刘春林将泡好的茶杯递给余六斤，嘱咐他小心别烫着。孙大海说，当了好几年伙计了，这点事情还要你交代啊！忽然想起了什么，问刘春林道，师哥，上天你去西大街了吗？刘春林一愣，心想，这个孙大海怎么发现我行踪的呢？既然他问起来了，若矢口否认反倒不好，半晌说道，师父让我去云梦茶馆看货了。孙大海想堵他一句，我还看见黄翠与黄晓红兄妹俩了呢！话到嘴边又停住了，他怕说出来不好圆回去。笑着"哦"了一声。刘春林说，那天在西大街我好像也看见你的身影了，你走得太快，像是被撵的落荒兔子，我想喊你，你只顾低头向前走，似乎有什么急事！孙大海一惊，心说，如果刘春林看到我去宪兵司令部就糟了。半晌问道，你看见我去哪里了？刘春林说道，我没看清楚，只瞧你个背影，当时不知是不是你，所以也就没叫你！孙大海方才松了一口气。

开会之前，黄庆山让全体人员站起来给朱大个子默哀两分钟，以示对这位古玩行里刚逝世不久的英雄祭奠。然后将半年来市场经济发展状况以及商会会员单位收支情况公布了一遍，就新会员入会的申请，提请商会股东会举手表决。最后，黄庆山对于商会下半年的总体发展提出了自己的设想，其后将今天的主要议题——从现在起，勿将古董卖给洋人一事——提交大会讨论。

黄庆山说："古董，是我们国家的文化瑰宝，是国宝，有的还是文物，我们不能数典忘祖，任洋人搜刮殆尽。小处说，我们不爱国，大里讲，我们就是汉奸！"

黄庆生接话："无论是瓷器、铜器，还是字画、古玩，不可再生，卖一件就少一件。假如卖给本国人民，宝贝永远在我们自己国度传承流通，可是宝贝一旦到了洋人手里，就再也回不来了。"

黄庆山继续说道："我粗略统计一下，自日本人进入苏县以来，光加藤吉夫就在我们顺河集古玩店铺，买走了二三百件的瓷器、铜器、字画等古董，其中不乏稀世珍品。"

邓九庵说道："怎么才能将宝贝不卖给洋人呢？就说那个日本鬼子加藤吉夫吧，他到你店里来买东西，你要多少钱他给多少钱，你说你是洋人我不卖给你，从生意行里说不通。"

郑云鹤表示赞同："除非我们将顶尖的宝贝收起来，柜台里只摆一些不值钱的东西。让洋人无从下手。你说宝贝只卖给国人，这似乎不符合情理。"

李国瑞有些顾虑地说："如果惹恼那个加藤吉夫，动起武来，宝贝没了，钱也没落着！"

"这话说得对，怕就怕鸡飞蛋打！"褚怀良不无担心地说。

杜学胜说："就像我们三珍斋，日本人来吃饭，你说我的饭菜只卖给中国人吃，你也不占理啊！人家又不是不付钱！"

黄庆山说："所以说今天召集大家来，就是让我们古玩行各位掌柜，尤其是我们商会的股东们集思广益，看看有啥办法，怎么才能不让国宝流出国门？"

钱小钱说："有东西不卖给日本人，他们能善罢甘休吗？自从日本鬼子来苏县，四处烧杀抢掠，但是对我们顺河集还算是客气的！一旦得罪了日本人，只怕是以后就没好日子过了！"

皮奎章插言道："不是没好日子过，而是大祸临头了！所以我认为，你们古玩店铺到底怎么行事，我觉得要慎之又慎，反正我的商行不会不做日本人生意的！"

李国瑞撇着嘴说道："皮掌柜，你说这话就没劲了，你们商行不在我们顺河集商会管理之下吗？"

皮奎章说道："我卖的是日用百杂，你们经营的是国宝，有着本质上区别！"

窦老六开会一直在打盹，何况此次会议内容与他没有多少关系。他心想既然来开会了，总得要说几句，所以他揉揉眼睛说道："各位，我也觉得得罪日本人不好，何况人家花钱买东西，你凭啥不卖给人家？说句老实话，我觉得日本人还是很友好的，自打日本人来，我们顺河集一直都是相安无事。就算那个皇协军大队副叫项什么的，无辜枪杀朱大个子，还不是日本人给我们出头，枪毙了那个狗娘养的！"

邓九庵说道："你们别瞎争论了，还是听听黄会长是怎么决定的吧！"

大家的目光一下都集中在了黄庆山的身上。

黄庆山说："就窦老六刚才说的话，我说一下我的看法。日本人来我们中国干什么来了？他是侵略我们中国的敌人。我们不要被眼前的所谓的平静冲昏头脑！你们知道日本军队在大兴杀害了我们多少老百姓？有的村连一个人都不剩。惨烈啊！……说到不与日本人做古董生意，我先前说了，这是我们一种爱国的表现。至于下一步我们采取什么手段，不将古董卖给日本人，我自己也没有完全想好，不过，我们大家要团结一致，抱成团，竭尽全力，想尽一切办法，不要为一点儿蝇头小利给日本人大开方便之门。共同保护国宝，保护文物。这是我们今天此次会议的宗旨！"

黄庆生说："我倒有一个主意，不知可不可行？"

大家几乎齐声说道："生爷你快说，我们还急等着回去开门做生意呢！"

黄庆生说："我想，一般的古董对洋人，当然包括日本人暂不约束，对于珍品，特别是文物之类的，国宝级的宝贝，不分类别，我觉得是不是可以集中起来，就在我们今天开会的地方由商会成立一个类似于串货场这样机构，对内就是爱好古玩的国人，明码标价，对外是指洋人，一律不予出售。那么，日本人对付的是商会，不是单个的店铺，这样的话也许会减少一些不必要的麻烦。"

许多人一起鼓起掌来。

黄庆生继而说道："这样一来，我大哥与商会就会是日本人的众矢之的了！"

黄庆山说："我个人得失与安危没有什么，只是这么一来，有很多事情要大家共同协力才行。"

杜学胜说："黄会长你怎么说我们就怎么做，我们大家一定会极力配合！"

最后定下来，由商会出面成立国人串货场，打上"国人淘宝洋人止步"的标语。稀世珍宝、古玩、文物由各个店铺自己选送，由刘春林与孙大海负责登记造册；明码标价，经营由各个店铺轮流值班。

42

早上，郑云鹤起来之后，买来早点，将门板下了下来，这才去喊女人唐桂花起床。唐桂花称身子不舒服，赖在床上不起。郑云鹤自己吃完了早饭，二番又去喊唐桂花。因为要去南京收东西，眼看着开车的时间就要到了。唐桂花边穿衣服边说，你昨晚答应我的事情记住没？郑云鹤说忘不了。不就是一对耳环吗！等我到了南京城，第一件事情就到银楼给你买。唐桂花忽然想起了什么？你再给我捎一盒香粉和一盒胭脂回来。郑云鹤说，我哪懂女人那些玩意儿呢！唐桂花说，你不会问问店里掌柜的吗？哪种牌子好人家一准知道。郑云鹤无可奈何地说。好好好好我的姑奶奶，时间不早了，误了车我就不给你买耳环了，更别说是什么香粉胭脂了！

郑云鹤临出门又嘱咐道，看店你得精心点儿，一早一晚上下门板，我已经与三炮交代了，他会过来照应的。一听小叔子要来，唐桂花精神立马朝气蓬勃，忙着梳洗打扮起来。就好像郑云鹏马上就要进门似的！

唐桂花思量，与郑云鹏这个冤业已经成个月没见了呢！自从那件事情之后，两人几乎很少见面，其间，她曾几次约郑云鹏进城看电影，都被他这借口那借口给回绝了。

今天外面有点风，还是比较凉快的，可唐桂花在屋里却觉得有些闷热，前后的窗户都已经打开了，还是觉得透不过气来。

听见门帘响动，唐桂花急忙站起身来准备迎客。进门的是博古轩的伙计孙大海。孙大海进到里面，见是唐桂花看店，不由问道："婶子，郑掌柜今天没在家啊？"

都是古玩街的同行，唐桂花也就没瞒着，说："他去南京收货去了。"

孙大海又问道："收什么宝贝的？"

唐桂花说："听说是宋朝两幅古画。"

孙大海脑子一转，继而问道："不知是哪位名家的墨宝？"

唐桂花老实回答："你知道的，生意上的事情，我很少过问，再说我也不懂那些玩意儿！"少时又说道："好像说是什么王羲之玩什么？"

孙大海说："马远的《王羲之玩鹅图》？"

唐桂花说："对对！"少时又说道："另一幅是？……我实在想不起来了。我只记得是姓赵的一位大画家画的东西。"

孙大海自言自语："是赵佶的画吗？"

唐桂花有些不好意思："我实在是记不起来了。"少时问道："大海，你来有什么事情吗？"

孙大海"哦"了一声，然后说道："朋友托我找一幅字画，办事送人用的，所以我来看看有没有合适的。"

其实孙大海想弄几幅字画留为开店备着，再说，遇见上眼的名品就给加藤送去。一是讨好他，二来也想从这个日本人身上大捞一笔。如果过几天，商会串货场成立起来了，再想将东西倒腾出来就怕是不太容易了。即便能得手，也难免会露出马脚！

唐桂花说："你自己看吧。"

孙大海问："字画都在这里吗？"

唐桂花说："商会不说要成立串货场吗？可能好东西都让郑云鹤给收拾起来了。我也搞不清楚。"

转了一圈，孙大海看中了一幅胡远的《梅月图》：画面上，荒郊外，一棵略施淡彩苍劲的松树下，有两个出家人，其中一个腰间悬挂一只酒葫芦，两人行走在乡间的小路上，相互搀扶着，都有些微醉的感觉。人物与服饰画得非常传神。还是原装老裱。就问唐桂花这幅画什么价，唐桂花一时报不出来。急忙去找柜台里郑云鹤留下来的进货台账。翻了半天也没有翻到。

唐桂花说："你如果看中了这件东西，你先拿走吧，等郑云鹤回来，你再与他谈价格可不可以？"

孙大海半开玩笑道："只要婶子放心就行。"

唐桂花说："一条街做生意，又都是做这一行的，有什么不放心的呢？你只管拿走就是！"

孙大海走后，后来就卖了几块荣宝斋松烟老墨，基本上没啥大生意。所以唐桂花就有闲暇时间想一些乱七八糟的事情。其实唐桂花满脑在想的最多的还是小叔子郑云鹏。一想到晚上就能见到日思夜想的人，不由得心慌意乱起来。

唐桂花手持芭蕉扇，有一下没一下地扇着，回忆着那次与郑云鹏一夜情的缠绵场景，一江春水在心里荡漾着，流淌着。

猛然间，唐桂花想起来一件事情，身上已经好久没来了，过去身上一直不正常，所以也没太在意这件事，这一次好像时间拖得有点儿长。回想这一段时间身子有些沉，还有点懒，老想呕，吃饭也有点儿挑肥拣瘦。心里不免一惊，还能是怀上了吗……我的天啊！唐桂花急忙走到观音菩萨造像前，点了一炷香嘴里念念有词："我的观音菩萨啊！你大慈大悲，如果这一次是真的能怀上一男半女，我唐桂花天天给您烧香磕头！给您上供三牲！"

唐桂花再也坐不住了，她要去中药房请洪先生给把把脉，看看是不是真的有喜了！

天空蓝汪汪的，阳光软软的，风儿轻轻的，街上槐花飘香，沁人肺腑。唐桂花突发奇想，槐与怀是谐音，也许上天保佑吧，为啥过去槐树开花，自己怎么没闻出来这么香的呢！

正好洪先生这会儿不忙，唐桂花将手腕搭在药枕山上那一刻，心里还在想，假如是男婴，就取名叫槐子，如果是女娃就取名叫槐花。

洪先生号完了脉，眉宇瞬间舒展开来，他知道唐桂花的心思，所以哈哈一笑，半晌说道，桂花啊，你这枝桂花终于要飘香了！唐桂花早已明白洪先生话中的意思，嘴里还故意问道，洪先生此话怎讲？洪先生说是喜脉，恭喜你了，还是个男丁！

唐桂花不知自己怎么一下飘到了街上。见到槐树就双手合十，嘴里一个劲地喊着，槐子，槐子……

路人见唐桂花这个样子，误认为她是中了什么邪呢！

回到店门口，唐桂花发现店门没有落锁，方明白过来，刚刚走得急，连店门都忘记了锁。心里还念叨，没锁就没锁吧，即便丢点什么也没啥了不起，一点半点小损失，比起怀上孩子这件大事来讲，算得了什么呢！所以她进门根本没有清点柜台物品和钱柜里的钱。她高兴还高兴不过来呢！

突然想起来，自己与男人已经好久没在一起了，他会不会怀疑这个孩子的身世呢？无论怎样，都是你郑家的种，俗话讲，肥水不流外人田嘛。与小叔子有那事总比和外人强吧？何况郑云鹤过去曾经许诺过，只要你唐桂花不离婚，你在外头想怎么样就怎么样！我绝不干涉！

想到晚上郑云鹏知道此事会是怎么样一个态度，唐桂花有些拿捏不住。不过，你郑云鹏是孩子的亲生父亲，你再怎么着也逃避不了这个事实吧！

43

吃过晚饭之后，孙大海将碗筷刷洗完毕，又给师父泡了一杯红茶，师父喜欢晚上喝一杯红茶养养胃。正在沙发上看书的黄庆生招呼孙大海过来，说是我查到了这幅画的出处了。原来，孙大海上午在萃文阁拿来那幅胡远的《梅月图》，回来之后便让师父给掌掌眼。对于胡远这个画家，黄庆生也有点儿陌生，所以吃过饭之后，他就翻书本查找胡远资料。还真叫他给找到了。

黄庆生说："这个胡远，字公寿，号瘦鹤，是上海松江人，能诗，擅书画，画笔秀雅绝伦，以湿笔取胜，山水花木无所不能，尤其是画梅。"略停又说道，"这幅《梅月图》是胡远在咸丰年间创作的，我算了一下，大约是1855年吧，当时胡远正风华正茂，所以说，这幅画，是他年轻时的作品。但从画面上的施墨及用色和皴法，足以看出画家的功力所在。"

孙大海说："师父，您估摸这幅画多少钱能收？"

黄庆生略一沉思："三五十个大洋还是可以考虑的，毕竟胡远还是上海有名头的画家之一。就是年代近了些。书上说，胡远1886年才过世，离现在也就五十多年的时间，但是，他的画还是有收藏价值的！"

孙大海"哦"了一声："我明白了师父。"

黄庆生想起什么来，问道："大海，你给师父说实话，这幅画你真是给朋友找的？"

孙大海说："我哪敢欺瞒您老人家呢！"

黄庆生想到最近古玩行里一些传闻，就又说道："大海，你不会是给加藤那个小鬼子收的货吧？"

孙大海心里一惊，马上装出一副受委屈的样子："师父，您想哪里去了？加藤那里，我按照您的吩咐给他送过一次货，后来陪您去了一次，之后再没有联系。我怎么会与他暗地里联络呢！他是个日本鬼子，我躲他还躲不及呢！"

黄庆生点燃一支烟："没有就好。我与你说，日本人我们一定要避而远之。"少时又说道："记住我现在说的话，今后尽可能不要与日本人打交道，更不能替日本人收东西。若是那样的话，你师伯说得对，小处说是汉奸，往大里说，就是卖国！你可不能做出辱没国家辱没祖先的事情来啊！"

固然孙大海不知师父今晚对他这通敲打是何意，心里不由有点儿不知所措，可嘴上却说道："师父您教导得对，我绝不会给您丢脸的，更不会做出那种昧良心的事情。"

黄庆生熄灭烟，抿了口茶，猛然想起什么来："大海，你现在去你师伯那儿一趟，看看串货场改造得怎么样了？有些好东西，我得收拾出来，好提前送过去。"

孙大海正欲出门透透气，正中下怀。他答应一声出门去了。

黄庆生起身正准备洗脸上床休息，听见门响，误认为是徒弟孙大海，就问道："你怎么又回来了啊？"发现半天没有回音，抬头一看，原来是女儿晓红站在了他的面前。

爷儿俩半晌无言，继而抱在了一处。

"晓红，真的是你吗？"黄庆生老泪纵横。

"是我，爸爸，我就是你的女儿晓红啊！"黄晓红声泪俱下。

黄庆生紧紧搂着黄晓红，生怕一松手女儿就会飞走似的："你真狠心啊，撇下父亲与家庭不知所踪，你难道不知为父担心与牵挂吗！"

黄晓红呜咽着："对不起爸爸，女儿不孝啊！……"

黄晓红扶着父亲坐了下来。

孙大海站在了门外。听见屋内师父与一个女人说话，仔细一听是师妹黄晓红的声音，就没有推门进去。

孙大海怎么这么快就回来了呢？原来是他去到黄石斋询问串货场的事情，敲了半天门却没有敲开，他估计刘春林不在家，否则的话，不会不来开门的。师伯黄庆山可能是早早躺下了，没有听见。所以就回来了。

黄庆生揉着泪眼："每日我的面前都是你的影子，可就是听不见你说话，父亲好想你啊！"

黄晓红说："我也想您老人家，可根据地是秘密的地方，工作又很忙，也不方便来看你老人家。所以……"

黄庆生说："你不辞而别，真是急死我了！当时我想死的心都有！后来我听说你与你黄翠哥一起，虽然危险点儿，但人是安全的，所以我才稍稍放心了些。可是你一个女孩家，干什么八路呢，要是日本人知道了，那可是要杀头的啊！"

黄晓红说："我不怕！我早已做好了思想准备。至于尽孝的事情，只有靠我哥哥了。哦对了，我哥哥有没有消息呢？"

黄庆生叹一口气："几个月了，至今音信皆无。我也不指望他了，外死外葬吧，权当我没生养他！"

黄晓红说："有机会，我也托人打听一下，我觉得我哥不会有事的，他就是不正干！"

黄庆生忽然想起了什么："你还没吃饭吧？"

"没有。"黄晓红说。

"我去给你下一碗面吧？"

黄晓红说："不了。"略停又说道："我回来拿几件夏天的衣服，还得抓紧赶回去。有同志在镇外等着我呢！"

黄庆生说："我给你卷两张煎饼留在路上吃吧。"

黄晓红突然想起了什么："师哥哪儿去了呢？"

黄庆生说："我派他去你师伯家有事去了。"

黄晓红说："我干八路的事情，您千万瞒着他。人心隔肚皮，别节外生枝！"

黄庆生说："你放心吧，我心里有数。"

听见黄晓红上楼的脚步声，大概是上楼收拾衣物去了，孙大海急忙转身离开了，他怕遇见了黄晓红尴尬。

无目的走在空荡荡的大街上，孙大海心里想到了许多。不过让他万万没有想到的是，失踪几个月黄晓红竟然去大兴当了八路。而黄庆生的独生儿子黄大茂又至今生死不明，即便没有风雨侵袭，博古轩也怕难躲多事之秋了！不过孙大海心里还是很兴奋的，博古轩的颓废不正是他所希望的吗？假如黄庆生一死，不要争不要抢，不费吹灰之力，博古轩还不是他孙大海的嘛！

今晚没有月亮，格外宁静的夜晚不时传来几声清脆的蛙鸣。云层低垂，各家各户散落出来的灯光将街面装扮得五彩斑斓。

前面来了个人，孙大海认出是师哥刘春林，就喊了声。问他这么晚了到哪去串门子了。刘春林说，刚刚从国玉堂出来，师父让他去看看各家准备上串货场的宝贝收拾好了没有。孙大海"哦"了一声，怪不得我去黄石斋没敲开门呢！刘春林说，师父这几天忙着串货场的事，有些累了，早早上床歇息了。孙大海说，我们店里早就准备停当，就等着师伯一声令下了！

两人说着话往回走，到了博古轩门口，孙大海让刘春林进店坐坐喝杯茶，刘春林说不去了。还有两家要去落实。看天这个样子，保不齐要下雨呢。

话音刚落，天空真的飘起了小雨……孙大海不免在心里骂了句，狗日的刘春林，嘴真灵！

44

清早，邓九庵为了让儿子建文多睡会儿，轻手轻脚起来将博古架上的铜器擦拭了一遍，这才去将门板下了下来。一转身，建文已穿戴整齐地站在了他的身后。惊了他一跳。

这段时间，不知怎么的，儿子精神状态一直不好，本就少言寡语的他，这下更加沉默了。一整天难得说一句话，笑容就更加节省了。似乎就是一个不会笑的人！作为父亲，邓九庵本想找时间和儿子谈谈，一听到儿子的哀叹，话到嘴边转了一圈又咽回去了。

没话找话说，邓九庵说儿子，今早你想吃什么，爸爸去给你买。邓建文苦笑一下，没有吭声。邓九庵又说，你好久没去豆腐坊了吧，不然我去给你盛一碗来家吃吧，顺便给你卷张煎饼来。邓建文说，我自己去吃吧，盛来怪麻烦的，还得洗碗。邓九庵见儿子搭话了，心里很是高兴。邓九庵便想与儿子多说几句话，就说，我今天突然也想喝豆腐脑了，不然我看店不出去了，你给我带一碗回来吧，顺便给我捎一张煎饼，再买一只咸鸭蛋。陈翠萍腌的鸭蛋就是好吃，不咸不淡的，个个出油。邓建文说我知道了。邓九庵看儿子出门，忽然想到，有时间得好好感谢感谢陈翠萍，她给儿子做了双布鞋，又给自己做了一双，早就想蒙她的情，却一直没能找到合适的机会。

豆腐坊门前聚集了许多人，邓建文自从那次求亲被拒之后，再也没有来过豆腐坊，其间邓建文上街买东西，曾经遇到过陈翠萍，两人都觉得尴尬，也都想与对方讲点什么，然而，还是大路朝天，各走半边了。那天回到家之后，邓建文很是后悔，难道说不能成为夫妻也不能做姐弟或朋友了？自己怎么那样不明事理的呢！邓建文心里明白，陈翠萍内心还是很喜欢自己的，只不过她在意的是她是个寡妇，有很多难言之隐。作为一个男人，怎么就不能体谅一下她的处境呢？再者说，两人偶遇，为什么自己不大度一些呢。主动上前打声招呼，说句话能小了自己吗！所以邓建文为此事懊恼了好多天。

豆腐坊大门紧闭，也不见陈翠萍的身影。门口的吃客都在窃窃私语。邓建文拨开人群，问出了什么事，没人回答他。因为谁也不知道陈翠萍今天不开门的原因。正好唐桂花来盛豆腐脑，邓建文就央求她进门看看到底是怎么回事，门是从里面闩上的。唐桂花和邓建文合力推了几下门没推开，就喊男人们过来帮忙，将大门卸了下来，唐桂花进去之后，一转身工夫跑了出来，让邓建文赶快去中药房请洪先生过来看看，说是陈翠萍好像是生病了，躺在床上不知怎的昏迷不醒。邓建文一听说，一瘸一拐向中药房疾步。不一会儿洪喜贵到了，号完脉却一言不发。邓建文一看急眼了，就问洪喜贵陈翠萍得的是啥急病？洪喜贵半晌摇了摇头，说我行了几十年的医，还没有发现这种脉象。邓建文说洪先生，你赶快给开药方吧！洪喜贵也有些急躁，嗔道，我连她脉象都不清楚，你让我怎么开药方呢！邓建文说洪先生，请您一定救救翠萍姐，无论需要多少钱，都由我担着，洪喜贵说，这不是钱不钱的问题！邓建文扑通一声跪了下来，说洪先生，我求求您了，你不是洪半仙吗？您一定有办法治好翠萍姐的病的！洪喜贵想了想说道，建文你起来，随我去药房抓药。到了药房，洪喜贵开了方，亲自抓药，然后嘱咐邓建文熬好药马上给病人服下去，一两个时辰左右，如果病人能苏醒过来，那说明还有救，如果没有效果，恕我无能为力了！说罢，又让人拿来熬药的药罐子交给邓建文。

邓建文立即动手熬药，熬好之后，又与唐桂花一起撬开病人嘴将汤药灌下肚。唐桂花说男人不在家，他得回去看店，所以就先走了。邓建文就在那里看着陈翠萍。不一会儿邓九庵来了。儿子去喝豆腐脑一去不返，左等右等不见人影，后来听街上人说陈翠萍病倒了，儿子建文在那儿陪病人呢！陈翠萍就一个人，也是苦命的人，再说人家对自己家有恩，邓九庵也就不好说什么了。他来干什么的？他知道儿子没有吃饭，他去三珍斋买了半斤三鲜包子，自己吃了一些，剩下来给建文送来了。邓九庵问一下陈翠萍的病情，因为店里没人，又急着回店里去了。

洪喜贵的话真准，约莫两个时辰，陈翠萍果真苏醒过来了，一睁眼瞧见邓建文坐在床边，着实吓了一大跳。听邓建文说自己病了，这才恍然大悟。半晌说，我怎么会生病的呢！说着欲挣扎坐起来，邓建文说姐，你病得不轻呢，你刚才昏迷不醒，吓死我了，你别动，我去请洪先生再给你看看。刚欲起身，洪喜贵进门了，见陈翠萍醒过来了，也很高兴，接着给陈翠萍号脉。之后将邓建文喊出门说话。

洪喜贵对邓建文说，病人虽然醒了，撑不了多长时间，她还得昏迷。这样吧，陈翠萍也没有亲人，趁她现在清醒，你扶她到我的药房去吧，一是方便治疗，二来也是便于我观察。陈翠萍听说要去药房，死活不答应，说我泡的豆子不做出来就毁了呢！洪喜贵说，你的病这么重，还想什么豆子不豆子呢！

陈翠萍刚到药房不久，真的又昏了过去。邓建文说洪先生，这可怎么办呢？洪喜贵说，病人的病因暂时我还没有找到，我也不好下结论，目前也只有喝药维持她的生命。少时又说道，建文，你真想为陈翠萍负责一切？邓建文认真地点点头。洪喜贵说，我知道一个人，他的道业比我深，可他不是本地人。邓建文说，哪怕是天涯海角，我也不嫌远，只要能治好翠萍姐的病。洪喜贵说，此人是福建漳州人，过去是宫廷御医，因不满皇帝暴政，携秘方逃跑出宫，隐藏在漳州出家当了和尚，法名智远，后为解除当地民众疾苦而悬壶济世。至于在哪个寺庙，我就说不清楚了。你只有到了漳州再打听吧。邓建文说我现在就动身去福建，翠萍姐这里就交给先生您了。

邓建文回到家里，与父亲说明情况。邓九庵本不愿意儿子去南方，与陈翠萍不沾亲不带故的，尤其陈翠萍又是个寡妇，花了钱，受了累，到头来还可能会惹一些闲言碎语。看见儿子那坚定的目光，话到嘴边又没说。

邓建文带足了盘缠，又拿几件换洗衣服包在包袱里就动身去车站了。

第九章

45

郑云鹤从南京回来了，人没到家，孙大海就晓得了。

中午有点儿吃多了，下傍晚黄庆生去运河大堤溜达消化食，刚出门就看见郑云鹤手里提个柳条箱子刚刚下了黄包车。两人打了个照面，说了几句闲话，郑云鹤就回店里去了。黄庆生又临时起意不溜达了，他想起徒弟孙大海拿了萃文阁一幅画，他想让孙大海将画款给人送过去。做生意嘛，讲究个信用，再者说，压货款一般不超过三两天，时间久了就不礼貌了。

孙大海一听说郑云鹤回来了，立马就要去还钱。因为他也想尽快结清楚账目，也便于东西出手。黄庆生看孙大海要出门，就关心地问了一句，你手头宽不宽绰，要不先从柜上支点儿吧？孙大海说，朋友提前留钱了，要不我哪来闲钱给他垫的呢！黄庆生说那你就早去早回吧。

郑云鹤一杯茶还没喝，孙大海就进门了。郑云鹤说大海你来有事？孙大海说郑掌柜，前几天你没在家，我从婶子手里拿走了一幅胡远的画，还没付钱呢！这时，唐桂花从里屋出来，说大海你急什么呢？你郑叔刚刚才进门呢！郑云鹤就问，是胡远那幅《梅月图》吗？孙大海说是。又说，当时婶子不知道价，所以只有等您回来。郑云鹤给孙大海倒了杯茶水，问，是谁要的？孙大海说是我的一个发小，他想办事用的。郑云鹤翻开进货台账，胡远这幅画，我是三十块大洋收的，在我这儿也小半年时间了。这样吧，你还给我三十块吧。都是行里的人，再说，不讲你，还有你师父的面子在那儿摆着呢！我不能挣自己人的钱。孙大海说那哪能呢！您怎么也得留一点儿辛苦费什么的！郑云鹤说，说过的话，说三十块就三十块，你也别客气！孙大海付了钱，坐下来喝了杯茶，问郑云鹤，郑掌柜，此次出门收到不少好货吧？郑云鹤说，收了两幅画，都是宋代的，一幅是马远的《王羲之玩鹅图》，另一幅是钱选的《卢仝烹茶图》。孙大海问品相如何？郑云鹤说，极好，一个大户人家的东西，听说祖上还是个收藏家，所以保管得很好，纸张及品相都是一流的。孙大海刨根问底，不知多少钱一幅收的？在生意场上讲，无论收什么东西，都不能向人家打听收的价格，除非收货人自己说出来，也算是有点儿商业机密吧！话一出口，孙大海自知问得有点儿唐突，没等郑云鹤张口就说道，郑掌柜不好意思，我年轻不懂事，问了我不该问的。请您多多包涵！郑云鹤说无妨无妨！大家都是圈内人，随口问一下也没什么的！倒是你，别多心才是！

第二天吃过早饭，孙大海谎说回老家给朋友送画，直接去了日军司令部。加藤吉夫看到胡远那幅《梅月图》，翻来覆去看了好几遍，连说好画好画！除了瓷器，加藤吉夫对中国书画也十分精通，他想回国之后，在他的家乡札幌和东京举办中国书画展览专场。所以他极力搜集中国书画就是这个目的。加藤吉夫将画小心翼翼地卷起来，然后问孙大海多少钱？孙大海故意说，加藤大佐，这幅画不贵，算我送您了！加藤吉夫说，您帮我收购已经是十分感谢了，怎么能不收钱呢！又不是你地里种的白菜萝卜。孙大海说，大佐若是给钱的话，就给原价吧，我是五十块大洋从别人手里淘换的。加藤吉夫拿出一个袋子，放在了孙大海的面前，这里有一百大洋，除了画款，余下的算作你的辛苦费吧！孙大海连连点头致谢。加藤吉夫泡好了茶，让孙大海陪他吃茶聊天。孙大海当然求之不得。吃茶当口，孙大海故意将顺河集商会开会马上成立串货场、不让洋人入内的消息透漏给了加藤吉夫。他想加藤吉夫听后一定会暴跳如雷，恰恰相反，加藤不怒反笑了起来，这样好，这样好，他们这是逼着我们动手呢！过去我和和气气与他们做买卖，要多少钱我连价都不还，他们为何还要这样不讲道理呢！既然你们不讲生意场上规矩，就休怪我也不讲情义了！不过，我是尽可能不用其他手段解决问题。那样的话会显得我们大日本帝国强买强卖是不是？孙大海见烧底火成功，心里更加得意，只有顺河集古玩街大乱，他才会有机会可乘！随即又说道，加藤大佐，还有一个重要的消息，他就把偷听到黄庆山父女的谈话与加藤复述了一遍。加藤吉夫马上沉下脸来，说我万万没有想到，顺河集还有人通八路！孙大海说大佐，黄石斋的儿子黄翚估计也是八路，黄晓红就是投奔他的。还有那个刘春林也有问题，那次他们在云梦茶馆接头让我给遇见过。加藤吉夫沉默了许久。半晌说，孙桑，以后你密切给我注意黄石斋与博古轩的动向，一旦发现问题，立即前来报告。你放心，皇军一定不会少了你好处的！少时又说道，顺河集古玩街无论哪家店里一旦有什么好宝贝，你要给我留意，你不方便不要紧，给我通风报信就行，我会想办法的。孙大海忽然想起了什么，大佐，昨天，萃文阁的郑云鹤刚刚从南京收了两幅宋代的古画，一幅是马远的《王羲之玩鹅图》，一幅是钱选的《卢仝烹茶图》。都是名家的作品。不过，您得早点儿动手，万一郑云鹤将宝贝送到串货场那就麻烦了！加藤吉夫思索了一下，然后交代孙大海，你现在就回去，给郑云鹤带个话，就说今晚上我就去萃文阁拜访他。

郑云鹤平时难得喝酒，今晚却喝了个酩酊大醉，就因为老婆一句话。唐桂花说她有了，而且是儿子，当时郑云鹤死也不相信。唐桂花说，你若不信你可以去问问洪半仙洪先生。是他亲自给我把的脉。郑云鹤真是激动啊，几乎是盼瞎了双眼的事情，没承想就这么不声不响就送上门来了。他将从南京买给女人的首饰还有花粉胭脂都拿出来给了唐桂花。一高兴，到街上打了一斤酒，又买来自己平时就喜爱吃的熏猪头肉，一不小心喝得晕头转向，却将加藤吉夫来拜访的事忘得一干二净。等到身穿便服的加藤吉夫进门了，他这才想起了这件事。唐桂花吃过饭去药房看陈翠萍去了，说是要给肚子里的孩子积点德。所以家里连个泡茶的人都没有！看到郑云鹤喝得东倒西歪的。加藤吉夫自己动手泡茶，见郑云鹤已不能正常交流，说话便开门见山，郑掌柜听说你去南京收了两幅古画可有此事？郑云鹤虽说喝醉了，头脑还是清楚的，心说这是哪个王八蛋嘴这么快的呢！既然加藤问了，他也不好再瞒，就回答说的确有这么回事。加藤吉夫说，我们过去曾经打过几次交道，我也在您这里买过几幅字画，也算是老朋友了，不知能不能将那两幅画拿出来让我欣赏欣赏呢！郑云鹤说，完全可以，不过加藤先生，咱们事先讲好了，画你可以看，但是无论您出多少钱，我都不能卖给您，因为我们商会前不久定下来规矩，凡是好的宝贝一律不对洋人出售。你们日本人也在洋人之列对不对？加藤吉夫说明白明白，我只是欣赏欣赏，仅此而已。

郑云鹤进到里屋，不多时将两幅画轴拿了出来。然后亲手给加藤吉夫展开，您瞧瞧加藤大佐，这画画得多精致？我可以这么说，这是我自打开店以来，收的最好的两幅画。加藤吉夫眼睛都看直了，连连称赞好画好画！加藤吉夫还没有看够，郑云鹤借故急忙将画给卷了起来，又送回里屋去。加藤吉夫说郑掌柜，我听说你昨天才刚从南京回来，我估计一般人还不知道您手里有这两幅画，您看我们能不能私下做个交易，您将这两幅画匀给我，无论你多少钱收的，我每幅给你一千大洋。如若您嫌少，您再说个价，我绝对不说二话！郑云鹤笑了，说加藤大佐，不是钱的问题，刚才有言在先的，这两幅画随你出多少钱，我都不能卖！我不能背信弃义，我更不想当一个卖国贼！我不能因为钱受到世人唾骂！实在是对不起了！求画心切，加藤已没有往日的耐心与绅士，突然一拍桌子，郑掌柜，我今天要是非买不可呢！郑云鹤说加藤大佐，你也是个有身份的人，你不能强人所难吧？生意上讲究的是你情我愿，你总不能强买强卖吧！加藤将手中的杯子摔在地上，门外立即进来几个便衣，不容分说，将郑云鹤按住。加藤吉夫说郑掌柜，你们中国有句经典的话，叫作识时务方为俊杰，我劝你还是老老实实地将画卖给我，否则的话，休怪我对你不客气了，那样的话，你便是鸡飞蛋打，人财两空了！不知是酒精的作用还是怎么的，一向温和的郑云鹤今天突然像是变了个人，破口大骂，乌龟王八蛋小日本，你今晚即便是杀了我，我也不能让你将画拿走！加藤吉夫恼怒地掏出手枪，对着郑云鹤的胸口就是两枪，然后进屋取走那两幅画，消失在夜幕里。

夜黑，伸手不见五指。寂静，令人惶恐窒息。

46

邓建文从苏县乘汽车到了南京浦口，过轮渡到南京，然后坐火车去上海。上海没有开往漳州的火车，邓建文只好改乘汽车去杭州，又从杭州进入福建境内，到达离漳州不远的泉州。历时七天六夜。单趟就用去这么多天时间，邓建文心急如焚，又受了点风寒，加之担心陈翠萍的安危，一下病倒在泉州一家小旅社里。

这日一早，邓建文感觉身上稍微舒服了些，喝了旅社伙计送来的一碗小米粥，顿时神清气爽。听店家说附近不远处有座庙宇，名为开元寺，寺内香火旺，特别灵验。邓建文就想为陈翠萍上炷香，祈求佛祖能保佑她平安无事，也保佑着自己这次能如愿见到智远高僧求到神药。

店家是个善谈的人，他告诉邓建文，开元寺始建于唐垂拱二年，据说泉州巨富黄守恭梦见桑树长出莲花，遂舍桑园建寺，初名莲花寺。长寿元年改兴教寺，神龙元年又改为龙兴寺。唐玄宗开元二十六年，皇帝诏天下诸州各建一寺，以年号为名，遂改称开元寺。关于开元寺当年的筹建，店家说这里面还有个传说。泉州富户黄守恭靠种桑养蚕起家。后来家里地有千顷，成了泉州首富。有一位僧人名叫匡护禅师，向黄守恭求地建寺，黄不答应。之后，匡护禅师朝来暮往，每日来求。黄守恭对匡护禅师说："若欲吾地，待吾后园桑树开莲花。吾将舍地给你。"黄守恭的意思是说，您想要我的地建寺庙，那是不可以的，除非是我家桑园里的桑树开出莲花来，我就将地给你。匡护禅师欢喜而去。第二天一早，匡护禅师又来了，对黄守恭说，黄员外，你后园的桑树已经开了莲花，您去看看吧。黄守恭进到桑园，果如匡护禅师所说。满园桑树尽开莲花。君子一言，驷马难追，可是黄守恭有些后悔了，就想赖账。不情愿兑现前言。匡护禅师转身不见了踪影。不久黄守恭生病，三年不见好，这期间，黄家桑园里面桑树一直开花不绝。黄守恭叹道，这个匡护禅师一定不是个凡胎俗子，继而四处张贴告示，遍访此人。忽一天，匡护禅师不期而至，黄守恭就说，过去我许诺过的事情，我一直没有兑现，不知高僧建寺庙要多少地呢？匡护禅师说：一袈裟影子就足够了。黄守恭非常高兴，心想，一袈裟影子才要多少地？说罢，匡护禅师将身上的袈裟抛向半空，黄家千顷之地全部被袈裟的影子遮住。后来黄守恭承诺，黄家之地，尽归其用之。后来黄员外久病的身子渐渐痊愈如初。店家告诉邓建文，客官如若不信，开元寺内有株千年古桑，至今还花期不断。

穿过一条小街，转过去不几步就到了开元寺，寺庙的山门与天王殿合二为一，殿内石柱为棱柱，石柱上悬挂有一木制对联："此地古称佛国，满街都是圣人"。该对联是南宋大理学家朱熹所撰，由高僧弘一法师所书。分坐在天王殿两旁的是按佛教密宗规制所配置的密迹金刚与梵王。它们怒目挺胸，状极威严，与一般寺庙所雕塑的四大金刚有较大差别，当地香客谑称它们为"哼哈二将"。

大雄宝殿又称紫云大殿，是开元寺主体建筑，始建于唐朝垂拱二年，先后经过唐、南宋、元、明几次受灾与重建，现存建筑物是明代崇祯十年的遗物。大殿面阔九间，进深六间，建筑面积1338平方米，重檐歇山顶，通高20米。前檐重檐下横匾书"桑莲法界"四字。殿内共有86根大石柱，承托抬梁式木构架，号称"百柱殿"。殿内斗拱共76朵，分布在周圈和前槽，斗拱上雕有"飞天乐伎"二十四尊，集佛教妙音鸟、基督教天使于一身，雕刻非常精美。

大殿正中供奉的是御赐佛像毗卢遮那佛（大日如来），是佛教密宗的最高神祇。其两旁是五代王审邦修大殿时增塑的四尊大佛，依次为东方香积世界阿閦佛，南方欢喜世界宝生佛，西方极乐世界阿弥陀佛，北方莲花世界不空成就佛，合称五方佛，也叫五智如来。这五尊大佛金光闪烁，衣纹清晰，神容慈祥，法相庄严，双手分别作说法、施与、接引、禅定等相；工艺精巧，令人叹绝。五方佛的胁侍有文殊、普贤、阿难、迦叶以及观音、势至、韦驮、关羽、梵王、帝释等诸天菩萨、护法神将共10尊。在大殿后正中供奉着密宗六观音的首座圣观音以及善才、龙女和两翼神态各异的十八罗汉。

邓建文没有闲情逸致欣赏寺内的景观以及诸佛，他请了两炷香，在如来佛和圣观音像前各敬了一炷香，匍匐在地虔诚地祷告了一番，转身离开了大雄宝殿，路过古桑莲花树旁，围观者众多，因为他急去漳州，所以，就没有挤进去观赏，到了寺庙门口，要了一辆黄包车去了漳州汽车站。

泉州到漳州路途比较近，中午时分就到了。一下车，邓建文就找到当地一位白发苍苍老者，深施一礼，打听漳州有多少寺庙，有没有听说智远大师。老者说，听口音您是外地的客人。邓建文点头称是。老者继而问道，您是来烧香拜佛的还是来求医问药的？邓建文一听有门，连忙又施一礼，说老人家，我是江苏苏县人，不瞒老人家您，是我的嫂子得了重病，前来求医问药的。老者一捻胡须，年轻人，算你命好，还真叫你问着了，你要找的智远大师是我的远房叔伯兄弟，他在南山寺出家，不过，找他看病的人太多了，恐怕你要是去找他的话，没有三五日怕是很难能看得上。邓建文一听急了，连忙跪下身来，说老人家，求您行行好，大发慈悲，给想想办法吧，我嫂子病很重，我千里迢迢赶来就是想救嫂子一条命的，我兄长不在了，我嫂子是个命苦的人……话未说完，早已泣不成声。

老者搀扶起邓建文，老嫂比母，难得你一片孝心。这样吧，你到了南山寺，找到智远大师，提我的名字，我叫柳树之。他自会特别关照你的。少时又说道，南山寺在九龙江南畔的丹霞山麓，虽说不太远，但走起路来，还是很费时的，况且你腿脚多有不便，又不太熟悉路，要了辆黄包车去吧。邓建文千恩万谢告别了老者，坐上了黄包车，往南山寺而去。

47

到了南山寺，邓建文为了表示虔诚，一步一叩首，一直跪到了山门，寺庙门口一字长蛇阵排有几里路长，全是全国各地来找智远大师看病的。看到一瘸一拐的邓建文，早有小和尚跑过来，将邓建文搀扶起来。问明因由，然后进寺内禀报去了。不一会儿小和尚回来了，让邓建文进去，说施主，智远大师在经房等着您呢！说罢前头引路。邓建文三步并作两步，跌跌撞撞进到了庙内。智远大师问明病人情况，然后将一粒片仔癀药包好交给邓建文，让他回去之后，分两次早晚各半片给病人服下去，如有效，则没事了，若是此药不起作用，你就为其安排后事吧。说罢，双手合十，阿弥陀佛，愿佛祖保佑你们！

告别了智远大师，邓建文马不停蹄地赶往汽车站，他想尽可能快一点赶回去。上了汽车，他还在心里祈祷佛祖保佑，只要能治好陈翠萍的病，哪怕是减自己十年阳寿都行！

回程则轻车熟路，下汽车转火车，四天时间就赶到了南京。当时是下午时间，邓建文顾不得一身疲惫，正想招呼黄包车去浦口坐轮渡过江然后乘汽车回苏县，突然街上一阵大乱，来了许多日本兵与皇协军，见人就抓，邓建文躲闪不及，也被不明不白地抓了进去，然后被押上汽车，与许多人一起，被运到郊外一处空房子里关押着。一打听，谁也不知道发生了什么，都是被莫名其妙抓来的。有老有少，既有工作上班的，还有逃荒要饭的。

眼看就要到家了，没想到出了这档子事。邓建文真像是热锅上的蚂蚁，着急得恨不能头向墙上撞。事情摊上了，再急也没有办法。不知陈翠萍病情怎么样了，更不清楚她是死是活，邓建文欲哭无泪，真是喊天天不应，叫地地不灵！一摸那片缝在褂子里的药片还在，他心里还有少许的安慰。邓建文想，为了陈翠萍，即便是死，他也不能坐以待毙，他要逃出去，可是四处皇协军把守严密，他即便是好腿好胳臂的也恐怕是插翅难逃啊！

艰难地熬过了一夜，二天一早，来了个当官模样的毛胡脸皇协军头头，手下称他为张连长，进门安抚大家道，你们不要害怕，抓你们来就是到附近修工事的，修完了就放你们回去。谁要是想中途逃跑，格杀勿论！一会就开饭。吃罢饭就开工。说罢，随即有几个皇协军抬来一水桶稀饭还有几筐白面馒头。分发给众人。邓建文哪有心情吃饭呢，他在琢磨怎么样才能逃脱魔掌。看到邓建文拿着馒头在那儿发愣，那个毛胡脸连长就说，你这熊小子在这儿发什么呆呢，赶快吃罢好干活去。邓建文扑通一声跪倒，说军爷，我家老母亲病危，就等着看我一眼，您行行好放了我吧！"毛胡脸"从腰间掏出盒子炮，点着邓建文的脑门，你少啰唆，你再在这儿哭哭啼啼地蛊惑人心，小心老子一枪毙了你！邓建文从身上掏出一把大洋，趁人不注意，装进"毛胡脸"的口袋里，说军爷，我小时得过麻痹症，是个残废人，在这儿也干不动什么活，求您放了我吧！"毛胡脸"一摸口袋很沉，口气略有些缓和，说狗日的，你走几步我看看，要是说瞎话，我现在就剁了你的双脚！邓建文便来回走了几步。"毛胡脸"说，这是哪个狗日的瞎了眼抓的？说罢对邓建文身上就是一脚，快滚，快滚，别在这儿充人数，糟蹋皇军的粮食！

出了"囚笼"，邓建文连滚带爬到了大街上，为了赶时间，他想喊一辆黄包车去车站乘车，一摸口袋，一个钱也没有。当时没有留意，身上仅存的十几块大洋全部掏给了那个毛胡脸连长了，没了钱，怎么回去呢？邓建文一筹莫展。假如自己腿脚好好的，还有可能走着回去，固然好腿好脚走着回苏县，也得十天八天的。何况急等着回去救人呢！猛然，邓建文想到了码头，他想到码头碰碰运气，看看有没有顺风船回苏县，如果能如愿的话，虽说是比坐汽车慢点儿，但总比自己走着回去强无数倍了！也不知自己走了多少路，到天黑，邓建文才望见了码头。邓建文不顾劳累、饥渴，一条船一条船地打听，看看有没有去苏县的船只。也算是老天有眼，还真有一条路过苏县的运粮船。邓建文向船老大诉说自己出门为嫂子求药及其遭遇，又将脖子上的银项圈取下来当船资，船老大这才勉强同意。

邓建文到了船上，多日来的疲劳与艰辛，担心与害怕，一股脑地向他袭来，一躺倒便睡死了过去。一天一夜没睁开眼。到了二天傍晚，船老大将他喊醒，给了他一碗小米稀饭和两个玉米面窝窝头，吃罢了又睡，直到粮船进了运河苏县境内，船老大才又一次将他叫醒。告别了船老大，下了船，快走到顺河集街南圩门的时候，邓建文这才发现，那只银项圈不知啥时候又回到了自己的脖子上。不由感慨万千，虽然身处乱世，还是好心人居多啊！不知以后有没有机会报答这位好心的船家！

邓建文一点没有耽搁，直接到了洪喜贵的药房，来回将近半个月时间，有洪先生的药保护着，陈翠萍虽然醒醒睡睡反反复复，但病情一直没有再发展。顾不得与洪先生说话，邓建文便将藏在身上的那粒片仔癀药取出来，掰了一半，给陈翠萍喂了下去，然后再与洪先生诉说这次出门的经过。半夜时分，陈翠萍苏醒了，说渴了。而且也认识人了。邓建文高兴得险些要跳起来，急忙倒了一碗开水给陈翠萍喂了下去。二天一早，邓建文按照智远大师交代的又将剩下的那半片仔癀药让陈翠萍服了下去。到了中午。陈翠萍就能下床了，然后舒了个懒身，与邓建文说道，建文兄弟，你赶快给我弄点儿吃的吧，我都要饿死了呢！邓建文激动得泪水一下涌出了眼眶……

48

吃罢早饭，刘春林正在清扫多宝阁上的灰尘，师父黄庆山让他停下手里活，吩咐他到博古轩将师叔黄庆生请过来，说是有事商量。

出了店门，刘春林遇见窦老六与大丫拉着一车水过来。今天天气闷热，刘春林看窦老六的褂子都被汗水浸湿了，欲上前帮忙。窦老六说，最后一车了，也都到门口了，你有事忙你的去吧！刘春林笑笑，只好任由他去了。这时跟在车后的大丫喊住了刘春林，说春林前几天我进城给你扯了身布料，准备给你做套中山装，你看哪天有空去任裁缝那儿量量尺寸。刘春林说，我穿不惯那种洋玩意儿！大丫嗨了一声，亏你还走南闯北的，中山装是中国的服装，怎么变成了洋玩意儿呢！现在小青年都时兴穿这个。现在哪还有穿长衫马褂的，老气横秋死了！刘春林急等着去办事，就敷衍道，我反正天天都在店里面，你啥时去裁缝铺，招呼我一声就行了！说罢转身欲走。大丫撇撇嘴，没好气地说，花钱给你裁衣服，你倒端起架子来了！刘春林瞅四下没人，在大丫脸上亲了一下。大丫一脸的幸福，嘴上却怒道，刘春林你要死了啊！伸手欲打，却打了个空。刘春林笑着跑走了！

黄庆生正在店里无滋无味地喝着茶，听刘春林说兄长找他，就对孙大海说道，你不是说上午回家看看你老母亲的吗，我去去就来，等我回来你再走吧。说罢随刘春林出了门。

其实黄庆山找黄庆生来也没有什么大事，就是说说闲话。

黄庆山亲自给兄弟倒了一杯茶，问一下店里的生意情况，这才说道："老二，你对郑云鹤的死，怎么看？"

黄庆生不知兄长何意，一时不好回答，半晌问道："你指的是哪方面？"

黄庆山说："一个大活人，突然之间被害了，警察局到如今破不了案。这就是个事！"

黄庆生叹一口气："的确奇怪，要说是抢劫吧，家里除了不见了那两张古画，什么东西不少一样，又觉得不符合情理！"

黄庆山说："我一直在琢磨，是不是那个日本鬼子加藤吉夫干的？因为只有他手里有枪。他又觊觎古玩字画！"

黄庆生点点头："如果是加藤吉夫所为，那么，加藤吉夫是怎么知道郑云鹤手里刚刚从外地收回来两幅画的呢？"

"说得是啊！"黄庆山找出一包洋烟递给黄庆生，自己装一袋水烟点燃。

突然，黄庆生一拍大腿："我想起来了，可能是孙大海这个畜生！"

黄庆山追问："怎么个情况，你赶快说！"

黄庆生便将孙大海如何匀了萃文阁一幅胡远的《梅月图》，没有付款，那天傍晚郑云鹤刚从外地回来，他便催促孙大海去结账，结果第二天晚上就出事了。之前我也曾与唐桂花证实过，郑云鹤手里新收两幅宋画，只有孙大海一人知道。

黄庆山问道："这能说明什么？"

黄庆生说："经过这段时间观察，这个孙大海经常告假说是回家看望生病的老母亲，其实他一直对我撒谎，有一次我进城偶遇当时给我介绍孙大海到我店学徒的那个朋友，无意间我问起孙大海母亲的情况。他告诉我，孙大海的母亲早在他出来学徒之前就去世了。你说说，孙大海瞒着这个什么意思？另外，自从认识加藤吉夫之后，孙大海经常告假，都说是回老家探视母亲身体的。我觉得这里面一定有不可告人的目的。"

黄庆山说："我听春林讲过，他也发现孙大海偷偷到日军司令部去过。"

刘春林在一旁插话，证明师父说的没有错。

黄庆山想起了什么："这件事情你也知道，过去，孙大海与春林伙买了雍正一幅御笔，后来不知下落，我曾怀疑他将那幅字卖给加藤吉夫了。"

"这个混账东西，辜负我对他关心与照顾！"黄庆生恨得咬牙切齿。

黄庆山说："看起来，这个孙大海有许多令人怀疑的地方，你今后可要多加注意了！"

黄庆生不住地点头。略停又说道："春林去叫我之前，他又要告假，理由还是老一套，说是回家看望老母亲。"

黄庆山说："你回去，就让他走，我让春林跟着他，看看他究竟到哪里去？"

黄庆生回到店里，装作没事人似的，就让孙大海收拾收拾回家去。孙大海好像有点儿警惕，打听师伯喊去干什么的？黄庆生搪塞道，就是商量串货场一些杂事。孙大海这才放心地出了门。

萃文阁古画被抢，掌柜郑云鹤被枪杀，孙大海就知道是加藤吉夫所为，他今天去了日军司令部，就想借此敲加藤吉夫一笔钱。一进门就向加藤吉夫打听郑云鹤那两幅宋画品相如何。加藤吉夫也没瞒着，说非常好，谢谢你给我提供的线索。说罢拿出一袋银元赏给孙大海，不过，此事更加坚定了加藤吉夫要适时除掉这个贪得无厌的小人的决心。加藤吉夫随后说道，既然你知道了真相，你就帮我干几件事情。孙大海说，能为大佐效劳那是我的荣幸。加藤吉夫交代三件事，一、你密切注意此时顺河集商会对于郑云鹤死亡的反应和事态发展；二、你继续留意黄庆山与黄庆生兄弟俩的动向；三、如发现刘春林与八路军有联系，你立即向我报告。孙大海担心，假如有什么消息，我怎么给您报信呢？我毕竟是博古轩的伙计，老往外跑也找不到借口啊！加藤吉夫说，孙桑，这个你不必考虑，从现在开始，我会安排人在你们顺河集街上以及你的店门口，随时与你保持联络。孙大海说大佐你放心，我一定像效忠我爹娘一样效忠您！加藤吉夫"吆西"一声，冷笑道，对于效忠大日本帝国的中国朋友，皇军一定会大大地加以奖赏的！孙大海想起了什么，加藤大佐，我开店的事情，你一定放在心上。加藤吉夫说，只要你衷心为皇军办事，到时候一定给你盘一间大门脸的店面让你风风光光地当掌柜。孙大海欢喜得直点头。那劲头，恨不能抱起加藤的脚丫子舔上几口，才能平复自己那颗激动的心……

孙大海觉得自己所做的一切天衣无缝，所以今天去宪兵司令部万万也没想到会有人跟踪他。岂不知，他的一举一动都被刘春林察看得一清二楚。

很晚，孙大海才回到店里。

早已得到刘春林的禀报，一切都证实了原来的猜测。孙大海卖主求荣，投靠日本鬼子昭然若揭。黄庆生气得连饭都没有吃。按照黄庆山的安排，暂时不要声张，更不要揭露孙大海，看看这只跳梁小丑以后如何表演！

屋里黑灯瞎火的，孙大海摸黑点上油灯，见黄庆生睁着眼躺在沙发里吓了他一大跳。

孙大海关心地问道："师父你吃饭了吗？"

黄庆生没有吭声。将眼睛闭上了。

孙大海又问道："师父，您是不是哪儿不舒服？"

黄庆生仍然没有搭腔。动了动身子，将后背留给了徒弟。

孙大海吃了个闭门羹，他估计可能是黄庆生嫌他回来晚了，没有给黄庆生做饭生气了。就自言自语地说道，我娘今晚为了我专门擀了白面面条，非留我在家吃了再走，所以……

黄庆生心想，这个王八犊子还在扯谎，要不是大哥交代，他真想当面戳穿这个畜生的鬼话！你娘早死多少年了，她在阴曹地府给你擀的面条吗！恐怕是那个加藤留你吃的日本料理吧！

孙大海二番走到沙发近前："师父您到底吃饭了没有呢。要是没吃的话，我这就捅开炉子给您下一碗面行吗？"

为了大局，黄庆生不得不暂时咽下这口气，他坐起身来，望一眼孙大海："炉子上的水壶有水。你给我倒水洗脸。"

孙大海答应一声，慌忙照着做了。

黄庆生心里有话还是憋不住，边洗脸边故意问道："大海，你说说，打死郑云鹤的人，只拿走刚刚收的两张宋画，屋里啥东西都没有动，这是为什么呢？"

孙大海半晌咽了口唾液："我也说不好，也许是郑掌柜之前将信息透漏给什么人了吧？"

黄庆生说："不可能。"少时说道："我问了唐桂花，郑云鹤去外面收东西回来，哪儿都没有去，我们整条街上只有你知道他从外面收了两张老画。是不是你将这个消息说给什么人知道了？"

孙大海一惊："师父，即便我知道此事，别人不清楚，您难道不清楚吗？那几天我都在店里面，哪儿都没有去？"

黄庆生瞪了孙大海一眼："不对吧？那晚你去萃文阁还账，二天一早你说是给你朋友送画，可是离开顺河集多半天呢！"

孙大海装作刚刚回忆起来似的："您说得不错，师父，我送完就回店了，我可是什么事也没做啊！"

黄庆生继续说道："还有，郑云鹤是被枪打死的，现在只有日本人才有枪，我怀疑，弄不好，郑云鹤是日本鬼子打死的。"

"不过，土匪也有枪啊！"孙大海下意识地回了一句。

黄庆生说道："土匪与日本鬼子使用的枪能一样吗！"

孙大海半晌无语。突然想到，今天上午师父被黄庆山叫过去说话，回来后就发现其脸色与之前有所不同，难道说他们背后议论了什么？又发现了什么蛛丝马迹吗？想到此，心里不由一阵惶恐。

49

按照事先约定，今天是刘春林与王振国见面的日子。早上，刘春林将店门开开，一切收拾停当，准备吃点饭就进城去。黄庆山让徒弟稍等一等。刘春林就问，师父有何交代？黄庆山说，这几天我发现集上有点不对劲。刘春林说徒弟眼睛不灵光，我倒没有发现什么。黄庆山说，集上来了一个卖烟卷的，多了一个修鞋的皮匠，一直在你师叔店门口那个拉黄包车等活的也是生面孔。而且有活都不接，你说是不是令人生疑？还有，你看看他们一个个目光游离，看人都没有正眼。我觉得这里面一定有问题。再者，不知你在没在意，孙大海这两日老往我们店里跑，其实都是一些鸡毛蒜皮的事情。这些怪事不得不引起我们注意。所以，我觉得你今天进城一定要比平时更加小心。另外，我突然想，你是不是让大丫陪着你进城，一个是能掩人耳目，二来万一发生什么事情，也可以多个帮手。刘春林说，我这就去找大丫，我也正准备给她扯块布料做身衣裳穿！中秋节快到了呢！

大丫一听说进城扯布料，高兴得手舞足蹈。夏季茶馆生意清淡。大丫就自作主张，连爹娘都没有打招呼就答应了。

两人有说有笑地出了顺河集，到了大木桥上，刘春林无意中发现身后有个黑衣人不远不近地跟在后面，心说，多亏了师父提醒，要不然直接去军火库，被他们发现那可就麻烦了。

以往，刘春林在黄翠那儿学到了不少怎么躲避跟踪、怎么迷惑敌人的方法，首先自己要放松才行。所以他就与大丫开玩笑说，今天我们去西街潘记绸缎庄，给你扯身旗袍料子，你看怎么样？大丫说你扳了（丢了的意思）我都不会穿那种东西，露个白大腿丢不丢人呢！再说，那种衣服绑在身上，让人喘不过来气不说，上身老远浑身上下都让人看得清清楚楚的，难看死了！刘春林故意逗大丫，你又没有穿过，你怎么晓得的？大丫撇嘴说道，没吃过猪肉还没见过猪走嘛！

潘记绸缎庄店铺在云梦茶馆对面，刘春林没有直接带大丫到绸缎庄店里看料子，在门口故意将鞋退掉，乘蹲下身提鞋的工夫，发现那个盯梢的黑衣人还在后面，就与大丫说，早上我吃咸了，口渴得要命，我带你去茶馆喝杯茶吧！大丫没好气地说，咱们家就是开茶馆的，跑到城里来上茶馆，若是让街坊邻居看见，还不笑掉大牙啊！刘春林说远水解不了近渴我的姑奶奶！

刘春林领着大丫，刚走到云梦茶馆门口，二喜子眼尖，忙过来招呼道，呦刘掌柜，进城来啦？大丫低声笑道，何时变成了掌柜的啦？刘春林说，生意人嘛，人家这就客气劲，你别在意！刘春林对二喜子说，一壶玉兰香片。二喜子说好嘞，二位里面请！其实刘春林一点儿也不渴，他就是想耗耗那个跟踪人的耐心。借去方便的当口，刘春林告诉二喜子，门口有人跟踪，一会我要带着我的亲戚去对面看布料，之后我还要去军火库一趟，假如我来晚了，你替我照看一下我的那位亲戚，别让她有什么闪失。二喜子说好嘞，你放心去吧。

喝了两壶茶，刘春林发现那个跟踪的黑衣人还在门口转悠，眼看到了与王振国约定见面时间。王振国今日早响会到菜市买猪下水。刘春林只好带大丫去潘记绸缎庄看布料。原打算到今年底准备成亲的，日子双方家长也都定下了。所以，大丫就扯了一床红缎子与一床绿缎子被面，图案都是鸳鸯戏水。挺喜庆的。付钱的时候，刘春林看见那个黑衣人仍然站在茶馆门口向绸缎庄里面张望呢！时间不等人，刘春林知道绸缎庄有个后门，如果不是大丫累赘，他完全可以从后门溜走，可是他走了大丫怎么办呢！刘春林谎说临时肚子痛，急着去茅房，让大丫再看看布料等着他。临走又嘱咐道，哪儿都不要去！大丫正处在兴奋之中，所以对于刘春林的谎言根本没有在意。出了后门，刘春林叫了一辆黄包车，急急慌慌向弹药库方向狂奔而去。

弹药库附近的菜市场不算太大，卖肉的只此一家。刘春林曾经与王振国在肉铺见过一回面。卖肉的一眼就认出了刘春林，掏出一支油乎乎的洋烟顺手丢给刘春林。刘春林说不会，又给还了回去。卖肉的将烟卷夹在耳根，问刘春林道，你是来找弹药库那个王伙夫的吧？刘春林暗夸此人记性了得。就点头称是。卖肉的说，我也在等他呢，他让我留的猪下水，到现在也不来拿，天这么热，我是卖还是给他留着，急得我舌根底下直冒汗！一看卖肉的就是好说笑之人。刘春林说我是来找他讨账款的，他拿了我十几斤菜油至今还没给钱呢！

刘春林暗想，这个王排长，今天怎么没来呢？约好了的还能记错了时间吗？想想又不可能。那怎么没来呢？是遇到了什么麻烦了吗？还是出了什么意外？不行，我得去弹药库找他去。

刘春林说师傅，我得去弹药库找老王去，马上就到八月十五了，急等着用钱呢！卖肉的说，你能进到里面去，那你有面子！如果见到王伙夫，劳烦你给捎句话，你就说肉铺带话下水都招苍蝇了，让他好腿放在前面赶快来取走。刘春林答应一声走了。

进弹药库，还得找浦田一郎。在门口等了半个时辰，浦田一郎才出来接他。一见面就说实在是太忙了，有失远迎，请别见怪！今天是我们弹药库中村中佐的生日，所以忙得连放屁都打脚后跟。刘春林故意说，我今天来得真不凑巧，好长时间没见了，本打算想与你喝一杯的，看来恐怕是不行了！浦田一郎说，即便酒不能喝了，但是饭还是可以吃的。刘春林假装要回去的样子，说算了吧，我们改日再聚吧！浦田一郎说什么也不同意，硬拉着刘春林不让走，说刘桑，我还有事要求你给帮帮忙呢！刘春林就问什么事，浦田一郎说，你瞅机会给我淘几件文房，要精品，我留着送人。刘春林低声问，是送给加藤大佐的吗？浦田一郎哈哈一笑，算做回答。刘春林说我给你想着。少时问道，我的那个亲戚，在你这儿干得怎么样？浦田一郎说很好，又说非常好，尤其是他做菜的手艺那真是太厉害了。我们弹药库的官兵都爱死他了！所以中村中佐的生日宴会放在了食堂办，就是对你那位亲戚手艺的肯定。刘春林似乎想起了什么，说，对了，有句话要带给我亲戚，你看看能不能领我去食堂见见他？浦田一郎说，这算什么事呢，我带你去。

食堂在紧里头，可能是有宴会的原因，又新请了几个大厨。见到王振国之后，浦田一郎说，王头，你抓紧炒几个好菜，我陪你亲戚吃个便饭。说罢去里面看宴会的菜去了。刘春林看机会来了，就问王振国道，你今天怎么没去菜市场呢？王振国说，不是小鬼子中村过生日吗，一时走不开，二是，中村最近有新规定，任何人不得随便外出，包括食堂的人。王振国看看左右没人注意，从围裙里掏出一张纸条，交给刘春林，这是军火库的地形图和火力配置图，你尽快送到根据地去。什么时候动手让团长等我的消息。刘春林点点头。这时浦田一郎过来了，刘春林大声说道，菜市那个卖肉的让我给你带个话，说是给你留的下水都招苍蝇了！等浦田一郎到了近前，刘春林对浦田一郎说，我突然想起一件事情，与人约好了今天晌午到店里拿货的，款都付过了，我却忘得一干二净。你说我这脑子！浦田一郎死活挽留不住，只好作罢。临走浦田一郎开着摩托车将刘春林送到了云梦茶馆附近。

大丫在茶馆里正急得团团转，人出去上茅房，就没了踪影，发现附近就是日军司令部，她就更加担心受怕了。一见到刘春林，不由号啕大哭起来！一旁陪在旁边的二喜子劝道，我说没事吧，刘掌柜可能是临时遇到什么生意上的事给绊住了。大丫泪眼婆娑地望一眼刘春林，我心里害怕死了，担心你让鬼子给抓走了呢！刘春林说，我们是良民百姓，他们平白无故抓我做什么呢！

第十章

50

下傍晚回到店里，刘春林将今天发生的事情与师父诉说了一遍。到楼上简单吃了点东西，准备借大丫家的洋车去大兴送情报。黄庆山说不可，你想想，门口有特务看着，你出门肯定还有人盯着你。去大兴来回几十里路，半路上万一出点什么事怎么办？再者说，你今天送的情报非同一般，如果落在日本人手里，那后果不堪设想。刘春林觉得师父的话有道理，就问那怎么办呢？黄庆山说，今晚趁天黑，你将茶馆的车子偷偷推回店里放着，明天五更头动身去大兴，等到特务发现，你已经回来了。稍停又说道，还有一件事情，今天晌午我接到徐州古玩行朋友员掌柜一封信，说是手里有一件龙泉窑的瓷器，信里没说是什么物件，让我方便的时候去他那儿瞅一眼，假如我看中了，可以匀给我，他说家里出了点儿事情，宝物留不住了，所以想转手。我考虑了一下，我年龄大了，四处兵荒马乱的，不如你去一趟吧。如果东西不错，无论贵贱就收了吧。这个朋友曾经帮过我。我也是还朋友一个人情。刘春林说，师父，我跑一趟是应该的，可就怕我的道业浅、眼力劲不行，万一打了眼。黄庆生说，好朋友手里的东西，相信不会太差。你的眼力基本成熟，就是经验有点儿不足。经验哪里来的？除了书本上知识，就是要多看多接触、多上手，再有两三年，我相信你就会是个古玩场上真正的老手了！

鸡叫二遍,刘春林就起来了,悄悄推出车子出了门。

虫鸟无语,微风无声,街上寂静得瘆人,刘春林仿佛能听见自己的心跳。他躲在暗处,确定无人发现之后,这才上了车子,向大兴方向疾驰而去。

一路无话。

到了大兴,黄翠去军区开会了,刘春林只好将情报交给黄晓红让她转交,连早饭也没顾上吃就骑着车子赶回了顺河集。回到店里,吃了饭,将钱袋子勒在腰里,然后去汽车站坐车去徐州。

出顺河集的时候,刘春林身后依然有人跟踪,不过今天换了个戴礼帽的特务。看到刘春林上了长途汽车,那个特务才转身回去了。

按照信上的地址,刘春林在徐州南关户部山的一个高门楼人家找到了那个姓员的掌柜,他说明自己的身份,又将师父带的问候话向员先生转达了一遍。员掌柜与师父差不多年纪,他说过去他也开过古玩店,只因为打仗了,生意不好做了,这才歇业了。一杯茶过后,员先生才进到里屋抱出来一件东西,刘春林一看,是个龙泉窑荷叶盖罐,一般南宋的龙泉窑,大多数是刻花或是剔花工艺,这件无刻无剔,是只素器。但器形规整,釉面莹润,就像刚出窑的新瓷一般光洁。可贵的是,这只盖罐盖子完好无损。几百年的瓷器能保管这么完整实属难得。刘春林连说好东西好东西!员先生告诉刘春林,这件东西是二十多年前从北京一个古玩商手里转来的。据说这件东西是八国联军火烧圆明园之后,从一个法国军官手里得来的。可以说是我开店时的镇店之宝,现在为什么要出手呢?不瞒你说,儿子在国民党军界做事,现在又被查出是共产党员,为了保住孩子的性命,急需用钱,所以才不得已而为之。来前有师父的交代,所以刘春林就说道,员先生多少钱你说个价吧。员先生说,当时我是一千大洋淘换来的,现在兵荒马乱的,行情也不好,你就看着给吧。刘春林有些为难,固然师父说员先生要多少就付多少,现在员先生这么讲,让他也不好做主,给原价吧,感觉不符合情理,若是给两千吧,又觉得是不是多了点儿。东西固然是好东西,毕竟是现在行情不好。想了半晌,还是决定给两千大洋。因为师父这次让自己来收东西,一半是分一半是情。刘春林将钱袋子从腰里解开来放在了茶几上。而后说道,今天晚辈只带来两千大洋,如若不够,下次再给您老补上您看行不行？员先生连声道谢，说，不少了不少了，这得感谢你师父出手相助，现在到处打仗，半价出货都出不出去，谁还收东西呢！

晚上回到店里，刘春林没顾上吃饭，边向师父禀报今天去徐州收东西前后经过，边将瓷器包装打开，让师父上手看看东西怎么样。虽然师父肯放手让自己出门收东西，刘春林心里面难免还是有点儿忐忑。

黄庆山一上手就说东西不错，是件传世的老物件。嫌罩子灯不亮，又让刘春林添一盏。接下来，黄庆山看了盖罐整体造型。又看盖子又看底足，很少使用放大镜的他，今天竟然用镜子仔仔细细地看了一遍又一遍，看后却一言不发，这令站在一旁的刘春林心里直打鼓，心想难道说这件东西打眼了？

黄庆山吸了一袋水烟，又喝了一盏残茶，这才问徒弟道："春林，你觉得这件瓷器是龙泉吗？"

一句话，问得刘春林半天缓不过气来。

黄庆山将放大镜递给刘春林："你再仔细看看，是不是龙泉？"

刘春林大气不敢出，对着放大镜又看了一遍瓷器。半晌小心翼翼地回道："师父，我看是龙泉啊！"

黄庆山说："过去我怎么教你的？龙泉窑是灰胎，而这件东西是白胎！"

"那是我看走眼了？"刘春林心里一阵紧张。

突然，黄庆山将手中水烟袋使劲往茶几上一蹾，不由"哈哈"大笑起来。

刘春林被笑愣了！说："师父，你……"

黄庆山说："我实话告诉你吧，这只荷叶盖罐不是龙泉窑，而是很稀有的景德镇窑口出的东西，你仔细看一下，瓷器的胎不是灰胎而是白胎，所以我断定它是景德镇出的宝贝。"

刘春林还是摸不着头脑："师父，我还是不太明白，明明是龙泉嘛，连徐州的员先生都说是龙泉，难道他也看走眼了？"

黄庆山说："有可能。"接着又装上一袋烟，点燃之后继续说道："过去我曾查阅许多资料，龙泉窑到了明初永乐年间，手艺失传了，再也烧不出当年龙泉那恢宏的龙泉青瓷了。当时永乐皇帝就命景德镇窑试烧龙泉瓷，可是一直烧不出来。又过了许多年，才试烧成功。有四种釉最为出名，一是祭蓝釉，二为祭红釉，三是甜白釉，第四是翠青釉。"吸了一口烟又说道："你今天收的这件荷叶盖罐就是翠青釉的瓷器，而且是官窑！"

刘春林不由"啊"了一声，继而问道："师父，真的假的？这就是传说中的翠青釉？"

黄庆山点头："师父还能骗你不成！这种釉，我们行里土话又称之为葱绿釉。"半晌说道："我一辈子也是头一回见到，太稀有了！弥足珍贵啊！"

刘春林小声问道："师父，这件东西两千大洋不贵吧？"

黄庆山说："岂止不贵，而是太不贵了！"

刘春林说："我们今天这算是捡着漏了！"

"是天漏！"黄庆山脱口而出。

"这只罐子能值多少钱呢？"半晌刘春林有些惶恐地问道。

黄庆山沉思了半晌："没有价。国宝哪有价呢！"又想起了什么，然后说道，"徐州员先生那里，有机会你还是要去一趟，再补偿人家这么多也不为过。再说人家摊上事了也急等着用钱嘛。"

刘春林点点头。忽然觉得胃里一阵鸣叫，爬起身就走："我忘记吃饭了！怪不得肚子咕噜咕噜找我算账呢！"

51

民国三十一年这年夏天特别热，据说苏县县城就热死了二十多口人。天愈热，知了就愈叫得响。黄大茂与兰香租的房子几乎到了农村地界，农村树木多，知了嗓子就见风长，老飙高音。连热加上知了叫唤，黄大茂这觉就不好睡了。他起来解了泡尿，用毛巾擦擦身上的汗，将窗户关严实，准备再睡一会儿。兰香说，已经热得喘不过来气了，你再关上窗户，还让不让人活了！黄大茂说，你能将外头孬种的知了赶跑了，你就开窗户！兰香说天都快晌午了，你起来吧。家里米没了，面粉也只够擀一碗面条的了，还有房东昨晚上也来催房租了，你起来想想办法吧！黄大茂一翻身坐起来，你一天到晚就知道叨叨叨叨地没个完，连睡觉都睡不安生！兰香说，眼看着中午都断顿了，难道你还能睡得着觉吗？黄大茂没好气地说，我不睡觉能干啥？就和你四目相对，能对出洋钱来吗！兰香说，天天你就知道赌，十赌九输，这下你有切身体会了吧！你如果信我的话，找点儿什么正经事情做做，能这样吃了上顿没下顿吗？黄大茂又躺了下来，二目紧闭不吭声。半晌兰香说道，要不你回顺河集找你父亲要点儿吧，日子总得要过的吧！黄大茂说，我即便是讨饭，也不会上博古轩门去讨！我还要脸吗？兰香说，你还知道要脸？若是知道要脸你就不会一而再再而三地进赌场了！你要是能赢个千儿八百的也行啊，可你赢过几回？黄大茂说，我最近不是手气背嘛？你放心，总有我时来运转的那一天。到时候，你就睛等着穿金戴银过好日子吧！兰香往地上啐了一口，做你的黄粱梦去吧！

　　黄大茂也不想睡了，起来刷牙洗脸，穿戴整齐准备出门。兰香问你又到哪里去？黄大茂说，你不说家里没粮了吗，我出去找找朋友看看能不能借点儿，起码将今天肚子对付过去啊！一顿饭的工夫，黄大茂空着手回来了，垂头丧气地坐在那儿直喘粗气，嘴里不停骂着，都是他妈没良心的东西，你钱包鼓的时候，都来巴结你，讨好你。等你有困难了，他们连根骨头都舍不得丢！这世道！猛然，黄大茂发现女人手腕上的玉镯，就说道，你将镯子给我出去当两个钱，先将今天对付过去再说。兰香忙将双手藏在了身后，我不给！我攒了十几件首饰，都让你给败坏光了，就剩下这副玉镯了，说什么也不能给你了！黄大茂说，你放心，等咱们有钱了，我给你打副金镯子行不行！兰香说，我再不信你的鬼话了，哪次你不都是这么说的！你就是个大骗子，今天你别再想打我手上这副镯子的主意了！黄大茂的双手开始痒痒了，他突然有一种感觉，如果将兰香的玉镯当了去赌一把，说不定能扳回老本也不是没有可能！想到此，他像饿虎扑食一般，将兰香抱在怀里，不顾女人喊叫与啼哭，硬是将那副玉镯从女人手上抹了下来……

　　兰香伤心死了，她明知和黄大茂在一起没有什么结果，可她又舍不得他。过去，她也曾想离开黄大茂，但是只是想想而已，离开黄大茂，她能去哪儿呢？哪儿才是她的归宿呢！

　　兰香哭累了，不知不觉睡着了，醒来已是傍晚时分。可黄大茂没有回来。她突然想，这个嗜赌如命的家伙，可能将镯子当了之后又进赌场了吧！天哪！这个遭雷劈的混蛋，这次回来我一定要与他分手，她告诫自己，今回再不能心慈手软了!

兰香猜得没有错,中午黄大茂到了当铺当了镯子之后,有那么一会会,他想在路边买几个烧饼回家,他知道兰香在等着他买粮回去,可是赌场就像一块偌大的磁铁,毫不费力便将他吸了过去。

也许是时也运也,这次黄大茂真的赢了,钱多得拿不了,就脱下身上的褂子包着。路过当铺,他又将兰香那副玉镯赎了回来,像个得胜的将军似的,昂首阔步转回家中。进了门,便将褂子里的光洋往床铺上一倒,大喊道,媳妇,媳妇,这都是我今天赢的。说罢又将镯子套在兰香的手脖子上,说物归原主。

兰香看到这么多钱,并没有高兴起来,她知道,赌博这玩意儿,今天赢了,明儿个又输了回去。世上没听说哪个人靠赌博能发大财的!

赌博有个说法,赢钱必须花出去,否则的话,还会输回去。所以黄大茂让兰香好好地梳洗梳洗,打扮打扮,好久没有下馆子了,今天要好好地吃一顿,庆祝一番,然后我带你去银楼,我再给你买几件首饰。

市中心有家运河小酒馆,专门经营运河里面的河虾、河蚌、大白丝鱼等河鲜,还常年经销德国啤酒。所以酒馆生意一直很好。点好菜之后,黄大茂给兰香要了一瓶红酒,自己要了一箱"洋啤",全是放在井水冰过的,十分凉爽,天气又热,菜还没有上来,黄大茂自斟自饮就干掉了两瓶。

不一会儿,菜上来了,黄大茂给兰香斟了半高脚杯红酒,自己则倒满了一杯"冰啤",然后举起酒杯,说兰香,祝贺我今天胜利!兰香轻轻抿了一口,说道,赌场上十赌九输,您今儿个赢了,说不定明儿个又输了回去了。有什么可庆祝的呢!黄大茂嬉皮笑脸地又斟满一杯,那就祝福我明天再赢个盆满钵满!兰香劝道,大茂,我劝你还是收手吧,找个正儿八经的事情做做,让我不为你担心,也让我有个切实的依靠。黄大茂自顾端起酒杯一饮而尽,说兰香,你根本不必为我担心,我心中有数,现在我年轻,你就让我潇洒几年吧。等到我接手博古轩,怕是没这个机会玩了。兰香说,古玩行讲的是个眼力活,趁你父亲健在,你多学学本事,将来等你当掌柜了,什么也不懂,你还怎么做生意呢!黄大茂不以为然,那些破瓷烂罐我早就知道八九不离十了,你就别瞎操心了,以后保你享不尽的荣华富贵!

　　一个醉醺醺的日本兵跌跌撞撞地从门口闯进来，好像在其他地方喝多了，发现各个桌都坐满了，一屁股坐在兰香身旁的空位子上，借机揩油，捏一下兰香的屁股。兰香"哎哟"一声挪挪身子。店小二见状，急忙跑过来，说太君今儿小店客满了，您明晚再来吧！日本兵一把将小二扒拉到一边，嘴里吆西着，花姑娘大大地好！顺势抱着兰香的脸就亲。黄大茂乘着酒劲，一把将日本鬼子推了个狗吃屎。日本鬼子爬起来，正要去腰间拔枪，店里的中年掌柜走过来，表面是拉架，可能练过功夫，暗暗伸出两根指头，对着日本鬼子的肋下用力一点，鬼子哎哟一声，配枪落地，黄大茂手疾眼快，拎起酒瓶对准鬼子的后脑勺狠狠地砸了下去。鬼子应声倒下了，啤酒沫和血水流了一地……

52

　　上午，加藤吉夫正在办公室里把玩一件青花瓷筒瓶，加藤武夫走了进来。看见其兄又在摆弄瓷器，有点儿不屑一顾，又不敢扫了他的兴致，随口问道，这叫什么瓶子？我怎么觉得像大象腿似的？加藤吉夫哈哈一笑，说武夫，你好像有点儿入门了！加藤武夫被笑得有些莫名其妙。加藤吉夫说道，这只瓶子叫筒瓶，又叫象腿瓶，让你蒙对了！加藤武夫问，这上面画的是什么？加藤吉夫说，这叫花鸟纹，你瞧，这画片多么的有韵味！你看那只小鸟，每根羽毛都是那么的逼真，栩栩如生，神态多么的灵动与传神，你再看那赭石，没有十年八年的功夫是断然画不出来的！加藤武夫被兄长话感染了，小心翼翼抱起瓶子，说哥，这只瓶子怎么没有款识呢？加藤吉夫一拍弟弟的肩膀，我的好弟弟，你真是长进了，也懂得款识这个词了！加藤武夫有点不好意思起来，每天在哥哥身边耳濡目染，总不能老说外行话是吧？加藤吉夫说道，这只瓶子是大明朝后期崇祯时代，或是清早期顺治那个年代的东西，那时候，窑厂生产的瓷器，一般都不带款识。后来才出现纪年款、干支款、堂名款、官字款、府名款、馆名款、斋名款、居名款、花押款，以及花草款、虫鸟款、双圈款、单圈款等等等等。这是判定年代的标志。当然判定年代还要看器形、釉水、画片等等综合因素。你看到这件底足没有？是玉饼底，这说明就是我说的那个时期的东西。加藤武夫说，我还有个疑问，按照你说的那个年代，到现在已经三百多年过去了，为什么这只瓶子还是那么新的呢？就像刚出窑不久的东西。加藤吉夫一笑，这你就不懂了，这就是俗话说的宝光，老旧如新。你摸摸看。这釉面像不像婴幼儿的屁股那般莹润光滑？加藤武夫伸手摸了一下瓶子，连说是的是的。固然加藤吉夫明知弟弟话里有许多附和成分，脸上还是挂满笑容。

加藤吉夫猛然想到了什么，问道，武夫，你来找我有什么事情吗？加藤武夫说，夏收的时候，我们集重兵去八路军根据地清剿，结果收效甚微。他们搞坚壁清野，弄得我们几乎是空手而归。我想，现在乘他们思想麻痹这段时间里，我们组织小股精锐部队，装成老百姓的模样，悄悄地接近八路军的老窝，来他个瓮中捉鳖！加藤吉夫摆摆手，以往都是装扮老百姓，这次我看装扮成八路军比较能麻痹人，等他们发现真假也晚了！加藤武夫拍手叫好，此计甚妙！少时又说道，我下去布置了。加藤吉夫又说道，弟弟，你好好干，你晋升中佐的报告我已经报到师团司令部了，相信不久就会批复下来，你一定要加倍努力，给我们加藤家族争光！加藤武夫双脚一磕，说，嗨！

加藤吉夫刚将那件青花瓷器收回柜子里，突然值班少尉进来报告，说是城中小队一名副队长昨晚在一家酒馆被人打死。加藤吉夫问，凶手抓到了没有？少尉说抓到了。因为凶手说其父是您的好朋友，所以，城中小队队长请示您怎么处理？加藤吉夫自言自语道，他父亲是我的好朋友？继而问道，凶手叫什么名字？少尉回答，叫黄大茂，运河东岸顺河集人。加藤吉夫忽然想到，黄大茂是不是黄庆生那个败家子呢！不过他没有见过此人。然后问少尉道，凶手现在何处？少尉回答，在城中小队关押着呢！加藤吉夫狞笑一声，通知下去，说我马上过去。

刚刚有客人买走了一件郎窑红笔筒，黄庆生让孙大海将店里几件重器送至黄石斋的串货场去，门口进来了个人，孙大海误认为是来买东西的，所以就没有动身。来人问道，谁叫黄庆生，而后交给他一封信。黄庆生好生奇怪，外地几乎没有什么亲戚，谁会给他来信呢！信口没封，黄庆生抽出信纸一看，脸色立即大变，然后一屁股歪坐在沙发里，继而吩咐孙大海将大门关上。

孙大海关好了店门，问道是谁的来信？发生了什么事？黄庆生稳稳神，将信给了孙大海之后，突然号啕大哭起来。孙大海展开信纸，见上面写到：黄大茂光天化日之下打死皇军上尉军官，现被关押在宪兵司令部，五日内执行枪决，特此告知。

孙大海看罢，也不由倒吸一口凉气，心说完了。黄庆生悲声，这个孽障，他打死日本人还有好啊！孙大海说，少爷与日本人无冤无仇的，怎么会平白无故地打死日本人呢！这里面一定有什么误会。黄庆生用袖口揾揾泪痕，再怎么误会也是杀了人。这个畜生，终于作出大祸来了！我不管了，让日本人将他毙了吧，权当是我没生过他这个孽种！孙大海一脸痛苦表情，其实是他心里不知怎么高兴呢！师父这么大年纪了，女儿跑得没了踪影，儿子又摊上这个事，好好的一个家就这么完了。要不了多久，博古轩也许就会改弦更张了！这真是上天的安排啊！心里这么想，嘴上却说道，师父，少爷出了事，您可不能说气话，他再不争气，毕竟是您的亲生儿子啊！眼下得赶快去日本司令部打听一下情况。加藤吉夫大佐与您不是有交情吗？无论怎么着，您也得过去给少爷求求情啊！

黄庆生虽然气得七窍生烟，其实他心里比谁都急，比谁都想救儿子的性命。孙大海这么一劝，他也突然明白了过来。亲生儿子出事，当爹的能不管不问吗？俗话讲，子不教父之过，儿子今天变成这样，难道自己没有点儿责任吗！如果儿子真的被枪毙了，怎么对得起九泉之下他的母亲呢！

从钱柜里取出一些钱装在身上，黄庆生吩咐徒弟在家看店，自己要进城一趟。临时又改变主意，决定关店门不做生意了，他先去日军司令部找加藤吉夫，让孙大海去黄石斋将事情告知兄长一下，然后再到日军司令部与他会合。因为黄庆生觉得孙大海在加藤面前也许比自己更有面子。

信差人送出去之后，加藤吉夫就在办公室里等黄庆生，所以黄庆生进门，加藤那壶大红袍早已喝乏了。事情已经很明朗了，也不需兜什么圈子了。黄庆生一进门，就给加藤吉夫跪下了，祈求他能救儿子一命。加藤吉夫将黄庆生搀扶起来，又重新泡了一壶茶，方才说道，黄掌柜，我们是朋友，此时此刻，我与你的心情是一样的，令侄的事我的确也很痛心，我虽然是苏县日军最高长官，可我也是上下两难啊！我如果袒护您，将黄大茂给放了，上面一旦追查下来，我定会受到严肃处理，搞不好都有可能因此而受到革职。况且，下面的人我也不好交代！毕竟死的是我们日本人！你们中国有句至理名言，叫作杀人偿命，欠债还钱。我想目前我能做的，就是你现在就去牢里与令侄说说话，多陪陪他，别的恕我无能为力了！黄庆生说大佐，你真的是一点办法也没有了吗？加藤吉夫摇摇头。黄庆生说加藤大佐，若是能保住我儿子黄大茂的性命，你让我做什么我都答应！加藤苦笑着摊开双臂，实在对不起了，黄掌柜！

53

今天，黄翠与苏县抗日救国军司令谷大麻子约好时间，就关于共同协作抗日的有关事项进行谈判。按照上级的指令，八路军独立团想近期将日本的军火库端掉，想借助谷大麻子的力量打敌增援。副团长范大葵与谷大麻子是姨表亲，范大葵喊谷大麻子姨父，有了这层关系，黄翠觉得此行有七成的把握。

谷大麻子的救国军驻扎在苏县西北鞠山上，离县城有四五十里路。因为日本鬼子大木桥盘查很严，别说骑马带枪，即便是空身，人也要上下里外搜个遍。所以，黄翠他们只好从县北峰山，绕道去鞠山。黄翠带着范大葵、黄晓红、警卫员小牛天不亮就出发了。哪知天公不作美，出了大兴，天就下起了雨，虽说头上戴了斗篷，身上穿了蓑衣，到了峰山，他们四人身上衣服基本都湿透了。雨越下越大，他们只好在山脚下找一处茶棚暂时避避雨。黄翠让警卫员小牛放远哨，黄晓红放近哨。趁避雨的空当，黄翠让范大葵再将谷大麻子的详细情况汇报一遍。

范大葵说，谷大麻子，原来在鞠山一带就是个打家劫舍、拦路抢劫的小土匪，有二三十个弟兄，不过他们不骚扰当地百姓，也不与穷人作对，专抢有钱的大地主或是过路的客商。所以在当地口碑很好。后来听说不知做了一桩什么大买卖，队伍一下壮大了，现在已经有了三百多人枪。再后来，因当地古汉墓多，靠倒卖古董贩卖大烟，大发"洋财"。乘势扯起了抗日救国的大旗，自己当上了司令。他跟前有两个儿子，老大叫谷大虎，人粗笨，脾气暴烈，老二叫谷二虎，读过几年私塾，有点心机，号称是司令部的军师。两弟兄年龄都比我大。五六年前，谷大麻子曾经带信让我去到他的队伍上混事，我没有去。不过谷大麻子这个人阴险狡猾，最喜欢武器弹药，只要给他枪支子弹，让他割头他都愿意。范大葵一笑，这是打比喻，真要是问他要项上脑袋还是要枪炮，两样选其一，他保险说要脑袋！黄翠点点头，看样子，这次前去，要是不许诺谷大麻子一些好处，怕他是不会白白地给我们帮忙的。范大葵说那是肯定的！团长，你要有思想准备。

雨小了，天也随即有点儿要放晴的样子。黄翠四人上马前行，想在傍晚前赶到鞠山。

东边日出西边雨，过了峰山，雨不但停了，还出大太阳，晒得人睁不开眼睛。四人顾不得喘息，策马前行。到了鞠山脚下，太阳已经平西。早有人报告了谷大麻子，谷大麻子遂带领两个儿子到山寨门口迎接。四个人已经饥肠辘辘，范大葵就让谷大麻子准备点儿吃的垫垫。谷大麻子命人将早已准备好的酒菜端了上来，说你们四个估计也没吃午饭，咱们边喝酒边谈事情。黄翠想不答应也不行了，只好客随主便。

几碗酒下肚，黄翠便将来意说明了。

谷大麻子说："我们都痛恨东洋鬼子，打鬼子我们没话讲，一定配合贵军，不知怎么个打法？"

黄翠说："打鬼子弹药库我们团负责打主攻，日军势必组织力量增援，所以请你们打敌人的增援部队。"

谷二虎问："黄团长，你能估计出敌人有多少增援部队吗？"

黄翠想了想说："日军守桥一个小队不会出动，城里还有两个中队的兵力，大约三百人左右。"

谷二虎"哦"了一声，然后说道："那我们的压力还是蛮大的。我们救国军刚好三百人左右，鬼子兵强马壮，装备比我们精良，一对一的话，我们恐怕不会是小日本的对手！"

黄翠说："这点我们已经考虑到了，到时我们采取分兵的办法，等到你们与敌人援兵接上火了，我会派你的姨弟，也就是我们的副团长带领一个加强营从外围将敌军来个反包围，那样的话敌人顾头顾不了尾，必然会大败而归。"

谷大麻子想起了什么："黄团长，作战咱们暂且不提，到时候我们再仔细研究部署，我就是想问问，战斗结束后，利益怎么分配法？"

黄翠说："假如这次抗日救国军与我们八路军配合作战，我们已经请示了上级组织，准备一次性给你们补充两百条枪，和一万发子弹。你看行不行？"

谷大麻子手捋山羊胡子哈哈大笑起来："我说黄团长，你这是打发要饭花子呢！两百条枪一万发子弹够干什么的啊？到时候，总不能让我的人与小日本肉搏吧！"

黄翠问道："谷司令，你想要多少？"

谷大麻子望一眼谷二虎然后伸出巴掌，一反一正比划一下："怎么总得五百条枪，五万发子弹吧？"

黄翠耐着性子说道："谷司令，我们是协作抗日，并不是什么交易，你不能狮子大开口！"

谷大麻子说："五百条枪五万发子弹那是少的，我还没有和你们算细账呢！俗话讲，兵马未动粮草先行，我们几百口子人打起仗来不得吃不得喝啊，还有，打起仗来，能不死人吗？两样加起来，你怎么着也得给我两千个大洋充当军费。"稍停又说道："这还是看在我的表侄面子上与你讲的条件！"

一旁的范大葵坐不住了："表叔，你这条件也有点儿太苛刻了，你得拿出点儿诚意来。您别忘了，我们都是中国人，打鬼子，这是我们共同的责任与义务！"

黄晓红说："漫天要价，你还不如去外面抢呢！"

这话有点儿不好听，谷大麻子站起身来，正要发作，黄翠急忙安抚道："谷司令，你别生气，有话我们心平气和地说。"少时说道："你刚才提的条件的确我们不能接受。至于你提出的枪支与弹药，我们也满足不了你。你看这样行不行，关于枪支弹药我回去请示一下上级，尽可能多拨一些，至于能不能达到你们的要求，我的确不敢保证！"

谷大麻子端起脸前一碗酒一饮而尽："黄团长，要想同我们合作，就是我提出的那个条件，少一点儿都不行！"

黄翠微微一笑："谷司令，你要是这样说的话，我们就没有合作的可能了。"说着站起身来，一抱拳，"谷司令，谢谢您的款待，我们后会有期！"

谷大虎早已看中黄翠骑来那匹枣红马，本来就想事成之后将其讹下来，这下谈崩了，也就没有什么好顾忌了，他掏出腰间盒子炮往桌子上一摔："你吃我们的，喝我们的。想走没那么容易！"

谷大麻子双眼圆睁："我儿子说得对，你们不能就这样白吃白喝就走了！你们骑来的那几匹枣红马老子看中了，留作酒钱饭钱。"

黄翠站起身来："可以！那我们可以走了吧！"

谷大麻子狞笑："你们也不称二两棉花纺一纺，我谷大麻子啥时做过亏本生意！来人，除了范大葵，将他们三个枪下了，绑起来押到后山给我看好了。"又对愣在那里的范大葵，"不绑你，是让你回去给八路送个信，拿钱来赎人，一人一千大洋，少一个子儿都不行！三天如果不来赎人，我就他娘的撕票！"

范大葵有些急眼了，但他得沉得住气，他深知道谷大麻子说一不二的脾气，他在气头上，说什么都是白搭，只好待在那里不动，静观其变。

等人将黄翠他们三个人押走之后，谷二虎对谷大麻子说道："爹，你怎么处理他们几个我不管，你得将那个女八路给我留着，我还没有成家呢！"

范大葵一听计上心来，等人散了之后，他尾随谷二虎到了后面他的住处。

谷二虎说："表弟，你不赶快回去弄钱去，你跟着我干什么呢？"

范大葵说："二表哥，你不是看中了我们同来的那个女的吗？他是我们黄团长的妹妹，你如果想得到她，必须将我们黄团长给放了，我负责给你穿针引线，你是孤家寡人一个，她是闺中待嫁，弄不好，你们俩真的是有缘分呢。你要是将她的哥哥给害了，她还会心甘情愿地嫁给你吗？你是有点文化的人，我的话你不会听不明白。再者说了，你们将黄团长给绑架了，八路军能与你们善罢甘休吗！到时候，肯定是发兵来攻打你们鞠山，只怕是吃亏的是你们！你好好地思一思，想一想！"

"那让我怎么办？"谷二虎心里有些活络了。

范大葵说："你现在就将我们四个放了，本来嘛，生意不成情意在，你又何必非要闹这么一出呢！到时候兵戈相见，还有你们太平日子吗！"

谷二虎有点为难："我若是偷偷地将你们四个放了，我爹还不将我的皮扒了啊！"

范大葵说："你与八路军作对，你们哪一个都跑不了，你还想与女八路结亲，结你大头梦去吧！"猛然想起了什么，你给我找把匕首，带我去后山，到时你吸引守卫注意力，我来收拾他们，等我们走了之后，就与姨父说人是我救走的，不就没有你什么事了吗？"

谷二虎还是有点拿不定主意。

范大葵说："事不宜迟，你就听我的没有错！"

谷二虎说："表弟，今晚我帮了你，那个女八路的事，你可得一定给我想着！"

两人到了后山，按照之前商量的，毫不费力地便将黄翠三人解救出来，然后谷二虎又将他们领到马厩，牵出马来，四人飞身上马，消失在夜色之中……

54

黄庆生在宪兵队司令部门口没有等着孙大海，心乱如麻，眼泪止不住往外流。他决定先回店里再作打算。也没有叫黄包车，一个人像是喝醉了酒，跌跌撞撞回到了博古轩。他本来想去黄石斋找大哥商量一下的，路过门口又没有进去，他觉得这种事情找大哥也是白找，最多是陪着他多叹几声气罢了。

外面热浪滚滚，屋里却是凉气逼人。黄庆生一边吸烟一边流着眼泪。他在想，如果大茂一旦没了，他真的不知自己能不能坚持活下去。儿子虽然不学好，自己也是恨铁不成钢，有时气起来，真巴不得让他外死外葬才好，心里干净。可是真的到了节骨眼上，他内心是多么地希望儿子这次能平安无事，甚至于让自己去抵命他都会毫不犹豫地挺身而出！自己死了不足惜，只要能保住黄家自己这一门不能断了香火，让他干什么他都会答应！

他忽然想起了什么，急忙走到佛像前，给佛祖上了三炷香，心中默念着，祈求佛祖显灵，保佑黄大茂能躲过这场灾难！

烟雾在房间里缥缈，哀叹在空气中奔跑。黄庆生万念俱灰，躺在沙发上失声痛哭起来……

一直到天瞎黑，孙大海才从外面回来。没等徒弟坐下来，黄庆生迫不及待地问道，你见到了加藤了吗？孙大海点了点头。黄庆生看孙大海眉头紧锁的样子，知道不会有什么好结果，欲说什么又没开口，长长叹了一口气。半晌，孙大海说，师父您还没吃饭吧，我去给您下一碗面吧？黄庆生摇摇头，我现在哪还有心思吃饭呢？孙大海说师父，您可得保重身体啊，大茂少爷，还指望着您呢！您老若是有个三长两短的，这个家就完了！黄庆生说，加藤那儿一点活动话也没有，我真的是一点指望也没有了。孙大海说，那也不一定，不到最后关口，就会有希望。稍停又说道，师父，您知道我为什么回来这么晚的吧？我随加藤大佐去探视大茂少爷了。黄庆生一阵惊喜，连忙问道，那个孽子怎么样？孙大海说，有加藤大佐关照，少爷一点儿委屈也没受，也没有挨打，见到我就是一直在哭，让我给您老带话，希望您能看在师母的分儿上原谅他，哪怕是倾家荡产也要保他出来。黄庆生老泪纵横道，我不想保他出来吗？他杀了人，是死罪难道他不明白吗？而且他打死的是日本人！只要能救他出来，别说是倾家荡产，哪怕是要我这条老命都成！可是可能吗？孙大海说师父，有句话我想了一路，不知当讲不当讲？黄庆生说，这都啥时候了，你还疑疑迟迟的！孙大海说，看望少爷回来的路上，我又与加藤大佐说尽了好话，祈求他能想办法救少爷一命，虽然加藤没有吐口，但是从话语之间似乎有点儿松动。黄庆生一阵激动，让孙大海快说。孙大海说，听加藤话音，如果您能将乾隆当年送给黄家祖上那几件宝贝献出来，事情也许会有一线转机。见黄庆生半晌不语，又说道，只要能将少爷放出来，那些东西算得了什么呢？黄庆生突然间似乎明白了什么，这个加藤原来是觊觎黄家的宝贝呢！黄家有祖训，那几件宝贝要一代一代传下去，无论发生什么变故，哪怕是乞讨要饭，哪怕是天灾人祸，都不许动这个邪念！黄庆生说，外面瞎猜疑，其实那几件东西早就没有了，连我都没有见过！孙大海心里明白，黄庆生是在瞒着他呢！好吧，你就等着你儿子人头落地吧！孙大海说，我与加藤不知费了多少口舌，就这样，他也没有完全答应。不过我想，既然加藤喜欢那几件宝贝，咱给他就是了，人命关天的，什么比救人当紧呢？黄庆生说大海，祖上那几件东西确实没有了，明天一早你再去加藤那儿说说看，我店里还有几件清三代的好东西，就是我准备送到串货场那几件，全给他行不行！孙大海说我只能去说试试，有没有希望，我没有把握。

有人敲门，是兄长黄庆山。孙大海慌忙将罩子拧亮了些，转身去泡茶。

人坐下之后，黄庆山对黄庆生说道："你大嫂要一起来看看我没让。女人家哭哭啼啼的，什么正事也说不了。"继而问道，"你白天去日军司令部，加藤最后是怎么回复的？"

黄庆生便将情况简单地叙述了一遍。

黄庆山问："下一步你准备怎么办？"

黄庆生欲说什么，见孙大海在跟前，话到嘴边又停住了，半晌说道："那还能怎么办？只有认命了！"

黄庆山叹一口气："这个大茂真是不让人省心，他怎么能将日本人给打死了呢！这明明是杀头的罪嘛！"少时又说道，"老二，事情既然是这样了，你再着急上火也是于事无补，咱们商量商量，看看还有没有什么办法可想？"

孙大海将泡好的茶给弟兄俩斟上，说是明天还要进城找加藤，借故上楼歇息去了。孙大海多精明啊，他见师父几次欲言又止他就明白了，他在这儿碍眼呢，所以就坡下驴走了！他走到楼梯拐角处，蹲在灯影里，欲听听他们兄弟俩会讲些什么私密话，他好给加藤回报。

黄庆生说："刚才大海在这儿，我不好讲，加藤那个狗娘养的让大海带话，让我们将我们祖上留下的那些宝贝献给他，他就能释放大茂！"

黄庆山半晌无语，略停说道："加藤接近我们，一直对我们表示友好，他处心积虑，原来是惦记我们祖传的宝贝呢！"

黄庆生叹一口气，接着点燃烟卷。

黄庆山关切地说道："你少抽点儿吧，我刚才进门的时候，都被屋里的烟雾呛了眼。"

黄庆生苦笑一下，将烟掐灭："大哥，我心里实在是难受啊！"

黄庆山说："我知道。可是……你心里有没有什么主意，你老实告诉大哥。"

黄庆生痛苦地摇了摇头。

黄庆山说："我考虑了，救人是大事情，不然将那几件宝贝给加藤吧。我想先祖会饶恕我们的！毕竟大茂是黄家的后代啊！"

黄庆生站起身来："大哥，不能，绝对不能！宁愿大茂死，也不能违背先祖遗训！"

黄庆山说："这不是没有办法吗？你总不能眼睁睁地看着大茂被砍头吧！"

黄庆生说："大哥，你别说了，在这件事情上，没有商量的余地，我不能让先祖的宝贝在我手里糟蹋了！如若这样，不如让我去死！我去阴曹地府陪大茂去！……"

55

天刚麻麻亮，孙大海就起床了，他到了楼下，看见师父在沙发上躺着，脸色发暗，眼睛泛青，就知道老头子一夜未曾合眼。他走到近前，说师父，您在沙发上躺了一夜啊！那身体怎么受得了呢！您老上楼床上再睡一会儿吧，今天也就别开门了。黄庆生挣扎着坐起来，说大海你自己做点什么吃吧，早点儿进城找加藤。防止他出门办事，害你白跑。大海说，我早上也不饿，这就出门去鬼子司令部。黄庆生说有几句话我交代你，第一，你告诉加藤，先祖留下的宝贝的确是没有了，他若不信，可以派人来家里搜。第二，若是能留犬子大茂一条狗命，博古轩的宝贝任其挑选。不收一文钱。甚至要我的博古轩都成。只要能留大茂性命。第三，如若还是不行，看在我们曾经是古玩行的朋友的分儿上，请他高抬贵手，我儿杀了人，反正是一命抵一命，让我去替大茂受死可以吧！……

孙大海来到西大街，在早点铺，要了半斤水煎包，喝了一碗豆汁，吃饱喝足之后，看天色还早，就在大街上溜达消化食，日上三竿，这才消闲自在地向日军司令部大门走去。

加藤吉夫早早地就到了办公室，泡了一壶碧螺春，边品着茶边在等孙大海的消息。孙大海一进门，加藤吉夫就有些迫不及待，连座也没顾上让，就让孙大海说一说情况。孙大海故意说一些鸡毛蒜皮的小事。加藤吉夫有些不耐烦，说孙桑我让你说正事，你给我扯什么闲篇呢！孙大海说大佐，你得容我坐下来歇歇脚，喝一口茶润润喉咙，才有心劲和您禀告吧！加藤吉夫这才起身让座，亲自给孙大海斟了一杯茶，说，你慢慢地说，反正我有的是时间和耐心。

孙大海不慌不忙地喝了一气茶，这才将黄庆生回家之后所发生的事情以及黄家弟兄俩商量的经过还有黄庆生的态度仔仔细细地叙述了一遍。

加藤吉夫没有说话，半晌狞笑道，我真的要好好地感谢黄大茂这个混蛋呢！孙大海没有听明白，说大佐你这话是何意？加藤说，这个黄大茂真是帮了我大忙了，要不然，想得到黄家的传世珍宝真的比登天还难呢！不过……孙大海问道，不过什么？加藤吉夫说，他们弟兄俩谈话，你没有听说藏宝地点在哪儿？孙大海说没有。我偷听他们谈话的目的就是看能不能打探到黄家藏宝的地点，那样的话，我们就不用费力费神了！只可惜，他们没有透露宝贝藏匿的地方。加藤吉夫"嘿嘿"一笑，孙桑，不要紧，只要我们有黄大茂这张王牌，不怕黄庆生不钻我们设计好的套。孙大海点头。加藤吉夫说，你现在就回去，告诉那个黄庆生，我也回他三条：第一，我不要他店里任何宝贝，第二，没有黄家稀世珍宝，黄大茂的项上人头我是要定了，让他到时来收尸吧。第三，谁杀人谁抵命，所以他黄庆生想抵命不能够！孙大海小心翼翼地问道，大佐，如果黄庆生就是不答应怎么办？加藤吉夫一攥拳头，我不怕他不低头，五天之后，黄大茂我照样执行，然后我去抄他的家，罪名都想好了，除了黄大茂杀人越货，还有他女儿黄晓红参加八路的罪责，我们去抄他的家，封他的店，没收其财产，理由充分得很，到时候，博古轩的掌柜就是你孙大海了！孙大海急忙给加藤深鞠一躬，多谢大佐的栽培与提携，您的大恩大德我孙大海永世不忘。不过黄家祖传的宝贝怎么办？加藤吉夫眼睛里露出凶光，我有的是办法，不行的话，我动用工兵，将顺河集方圆五里之内挖地三尺，不，一丈，我看看他们能将宝贝藏到哪里去！当然，不到万不得已，我绝不会这么做，因为我也要考虑影响。我指的是国际影响，你懂不懂孙桑？孙大海连连点头附和道，是的是的！

离开司令部，孙大海没有立即回顺河集去，面对师父的愁眉苦脸与唉声叹气，他觉得难以忍耐。他去东大街串货场转了一圈，没有找到能入眼的东西。眼瞧着到了中午了，他到了凌云楼酒楼切了一盘卤牛肉，点了一盘熏猪肚，要了一壶高粱烧，在那儿自斟自饮起来。这段时间，因为黄大茂的事情，一直没有吃好睡好，他要给自己补补膘，眼瞅着就要当掌柜了，富态一点儿才像那么回事。吃饱喝足之后，路过许记裁缝铺，他临时起意定做了一件深灰色大褂子和一件湖蓝色马褂。郑记裁缝铺在苏县鼎鼎有名，排队等衣裳就得成个月。孙大海怕到时耽误了穿，便添钱办了加急，十天之内就可以来取货。等他回到博古轩，太阳已经快落山了。

黄庆生在家里望眼欲穿，一见徒弟进门，急忙起身给他斟茶，并亲自端到他的面前。就好像孙大海是博古轩的掌柜似的。孙大海虽说不怎么习惯甚至浑身有点儿不自在，但心里还是很受用的。闻到孙大海一身的酒味，黄庆生不由问道，你在外吃过了？我给你做了大米饭，还给你做了你最喜爱的猪肉炖粉条子呢。孙大海说，事情谈到很晚，加藤非要留我吃饭，还让食堂安排了酒，我哪有心思喝酒呢！怎么办哪？又怕惹鬼子不高兴，只好喝那么一点点。再说咱不是求着人家嘛！黄庆生说对头。不知事情有没有眉目？孙大海马上一脸的苦大仇深的样子，长叹一口气，并将加藤回复的那三条，又委婉地说了一遍。黄庆生立马矮了下去，他看到孙大海那个劲头，自认为是有了希望，没想到绕了一圈，还是原地踏步这样的结果。黄庆生彻底地绝望了，哀叹了一声，一下坐回椅子里，泪水夺眶而出。孙大海假惺惺地安慰道，师父你一定要想得开啊，五天这不才过去两天嘛，你别急，也许是加藤那个狗日的故意吓唬我们的呢，他心里惦记我们黄家那几件宝贝呢？他假如动了真格的想要我们少爷的命，那宝贝他就一辈子别想得到了，我觉得这个小鬼子加藤没有这么傻！你说呢师父？黄庆生又是点头又是摇头，自己也说不清肢体为什么自己不受自己控制。突然，他大叫一声，撕心裂肺地喊道，老天爷啊，你真的想要灭我黄庆生一家吗！说罢摇摇晃晃地上楼去了。

第十一章

56

树叶开始掉落了，秋天不知不觉地走进顺河集。

南飞雁来了，在天空中排成人字形，飘然而来，又飘然而去。

陈翠萍刚刚准备给唐桂花送吃的去，郑云鹏却自己跑来了。自从怀孕之后，唐桂花每天早晨都是一碗豆腐脑，一张煎饼，一个咸鸭蛋，雷打不动。开始是自己到豆腐坊吃，现在身子沉了，陈翠萍就每天给她送，一是路途不太远，二来唐桂花好不容易才怀上的，一切还是小心为妙。自从郑云鹤走了之后，就歇业了。唐桂花生活来源也就断了。一次，因为什么事，杜学胜请黄庆山与郑云鹏在三珍斋喝酒，席间谈到郑云鹤的不幸，以及唐桂花的生活艰难，黄庆山趁郑云鹏去茅房的空当，就与杜学胜私下里商量，能不能说服郑云鹏娶了嫂子，反正郑云鹏一直未娶，这样的话，萃文阁就起死回生了。黄庆山知道杜学胜与郑云鹏私交不错，就拜托杜学胜事后侧面沟通一下。

郑云鹤走了之后，唐桂花曾经几次找过小叔子，让他来帮忙料理铺子，郑云鹏推脱码头离不开，婉言拒绝了。其实郑云鹏内心也曾动过这个念头，和唐桂花一起过日子，将萃文阁给支撑起来，毕竟唐桂花身上怀的是自己的种，现在哥哥没了，是谁的种都无所谓了，反正孩子将来姓郑。可是想到人言可畏，他如果与嫂子亲上加亲，势必引来不少闲言碎语，再说，哥哥去世不久，所以他没有答应唐桂花就是这个原因。现在好友杜学胜提出来了，又是集上德高望重的黄庆山掌柜保的媒，郑云鹏心里就有些活络了。也是对郑家一种不可推卸的责任吧。与其偷偷摸摸在一起，还不如名正言顺地结为夫妻，别人想说闲话也没词了。更何况，从古至今，小叔子娶嫂子那也不是先例！商会出面，在三珍斋办了两桌酒席，将郑家亲戚挚友请到一起吃顿饭，再到街上各家各户散点儿喜糖，算是将婚事给办了。

陈翠萍看到郑云鹏亲自来拿饭就说道，俺正要给你送过去呢。郑云鹏说，哪能老麻烦你呢？耽误你做生意呢！陈翠萍说，来回要不了几分钟，不耽误的。再说，俺生病的时候，桂花嫂子没少帮助我呢！郑云鹏从陈翠萍手里接过提盒。正欲走，看到蹲在一旁刷碗的邓建文，就开玩笑地说道，翠萍，什么时候找的帮手啊！邓建文说，我这个帮手不但不要工钱，还得给豆腐坊倒贴呢！怎么样炮爷？这样的帮手不好找吧！郑云鹏说，你们还磨蹭什么呢？选个日子将婚事办了，我早就准备好份子钱了呢！邓建文说办，办！

伺候唐桂花吃了早饭，又刷好了碗筷，郑云鹏说要进城去串货场转转，看看有没有什么消息。前段时间，郑云鹏托人找到串货场的掌柜赵德发，请他帮助寻找哥哥失落的那两张宋画，他要给哥哥报仇。赵掌柜也挺仗义，尤其是听到郑云鹤不幸去世的消息。再说他与郑云鹤平常也算是能拉得来的朋友。所以也是尽心尽力，在附近各地的串货场都放出风去，凡是见到马远的《王羲之玩鹅图》和钱选的《卢仝烹茶图》两张古画，无论是谁见到，都要将画给扣住。因为画收到萃文阁之后，郑云鹤习惯地在暗处做了记号，只要是丢失的那两张古画，就一定能辨认出来。至于什么记号，郑云鹏没有告诉赵德发。

为了防止坏人跟踪，郑云鹏进城从不走大木桥，他装作钓鱼郎去了渡口，占着路熟，乘人不注意上了货船，然后坐船到河对岸，来回都是这么个走法。他就想逗逗那些便衣们玩儿！

郑云鹏与往常一样，戴一顶席夹子，扛了一根钓鱼竿，还装模作样地在野外挖了几条蚯蚓用小瓶子装着，踩着清闲的步履向渡口走去。

前些时，下了几天暴雨，河水浪随风涨，风随浪卷。这几天秋阳高照，风平浪静，河水温顺了许多，虽说有些浑浊，但不湍急。

那个常来钓鱼的老张头先一步到了渡口，他们相识不久，因为香烟结缘，两人渐渐成了名副其实的钓友。

老张头是真正意义上的钓者，他看到郑云鹏来了，明知他是个三天打鱼两天晒网的"混子"，还专门给他下"窝子"，郑云鹏不能枉费老张头一番苦心，固然心不在焉，也将竿子摔进河水里做做样子。不一会儿，老张头低低声音喊他过去帮忙。郑云鹏就过去了，老张头递给他一张网兜儿，让他帮着抄鱼。老张头说伙计，我今天感觉特好，这条鱼比较大，估计也得有个一二十斤。我领这条鱼遛一会儿，等将它遛累了我再往上拽，你可要端稳了网兜儿伙计！老张头来来回回在河水里带着鱼，足足有顿饭工夫，突然老张头大叫一声，兜鱼！接着顺水往上拽钓竿，随即一条大鲤鱼在水面上翻腾跳跃，郑云鹏从来没有见过这个阵势，按照老张头的指引将网兜伸在了鱼的身下，然后用尽力气，总算将那条活蹦乱跳的大鱼顺水拖到了岸上。老张头像抱孩子似的将那条鱼托在膀弯里，乖乖隆地咚，这条鱼真胖啊，你瞧肚子撑的！真沉啊！没有二十斤，也得有十七八斤！郑云鹏说，恭喜你老张，我还从来没有见到有谁在运河里钓上来这么大的大鲤鱼呢！老张头抑制不住自己的兴奋，我好久没有钓到这么大的鱼了！半晌又说道，只可惜是条母鱼！郑云鹏问道，母鱼怎么啦？老张头说道，这条鱼肚子里怀了这么多鱼卵，能生出多少鱼啊！不如放了它，让他繁衍生息，以后我们有机会再将它钓上来，岂不更有意思？说着，轻手轻脚地将那条鲤鱼放入河水里。说你走吧，祝你早生贵子！那条鲤鱼在水面上游了一个来回，深沉地望一眼老张头，这才一个打挺沉入水中……

郑云鹏被老张头的举动震撼住了，他没想到，一个普普通通的钓鱼者，竟有这么大的胸怀。垂钓不在结果而在过程！真是令人肃然起敬。

一个小伙子从码头上走过来，说炮爷，有条船装好货了，你要不要跟船过河去？郑云鹏答应一声，然后对老张头说道，张哥，你在这儿钓鱼等着我，晚上我请你喝酒。老张头乐呵着，不年不节的喝的哪门子酒呢！

57

　　明天是最后一天期限了，黄庆生考虑了一夜，最后还是决定不能将黄家先祖传下来的宝贝拱手送给日本人。昨晚大哥黄庆山几次提出舍宝救人。黄庆生知道兄长心情是真切的。但想到祖上的遗训，中国人的骨气，他还是决定信天由命吧！日本人想要你的命，你躲得了初一躲不过十五。今天不杀你，不能代表以后不杀你。欲加之罪，何患无辞呢！到时就怕是落得个人财两空的下场。

　　二天一大早，黄庆生为大茂的后事做准备，去裁缝铺做送老衣服，去棺材铺订了棺材，又请风水先生汪老四去黄家祖坟选地。孙大海就劝道，师父，事情还没到了关键时刻，无论如何也要努力最后一把，找找加藤争取一下。黄庆生摇摇头，加藤阴险狡诈，不会发善心的。孙大海坚持道，也许加藤临时改变了主意也不是没有可能。黄庆生心说，那就死马当活马医吧！

　　加藤吉夫今天哪儿也没有去，他知道，黄庆生今天一定会来祈求他的。他要看看一个中国老头为了宝贝不惜放弃儿子生命的宣言是怎么样的一番陈述。他觉得一定很有趣。远比听一场《霸王别姬》要精彩得多，也过瘾得多！

　　黄庆生来了，加藤只是让座，并没有看茶，他是故意杀杀黄庆生的气势。黄庆生并没有落座。只是轻描淡写地一抱拳，说加藤太君，我今天的来意想必你已经知道了。你所说的黄家遗存的宝贝大海估计与你也讲明白了，的确是不存在。所以，拿宝贝换人的计划不容置疑地没了下文。我今天来只一个目的，希望在枪毙黄大茂那天允许我们黄家家属去收尸，仅此而已。毕竟我们与加藤太君相识，还有过一些生意上的来往，我觉得加藤太君这个面子是要给的！黄庆生几句话令加藤大失所望，他没有看到黄庆生一丝乞求的目光，也没有一句低三下四让人厌恶的话语，大大地让他失望抑或是伤了自尊。他挤出一个微笑，说黄掌柜，对于贵公子的处理，有些话我是没有公开地与你们交流，我之所以提出以宝换人也的确是我一个初衷，也许你认为那只是一个托词，其实我怎么可能拿我们大日本士兵的性命做交易呢？那样的话，我会受到我的上级责罚的！甚至会被降职的。所以对于令侄的性命我是无法挽救的，你们中国那句老话不是说嘛，杀人偿命！希望您能予以理解。稍停又说道，至于黄大茂的后事，请你们放心，我们会尽一切努力，给你们最大的方便。成殓的棺材我已经安排人去准备了。黄庆生说，不必了！说罢，离开了日军司令部。

出门之后，孙大海抱怨道，师父，咱们今天是来求人家加藤的，您一句软和话都不说，能有好结果吗？黄庆生愤愤地说道，即便我给加藤跪下来，再给他磕几个响头，那个加藤就能不枪毙我们家黄大茂了吗？孙大海无语，半晌叹一口气。其实他心里舒服极了。加藤对于他的许诺正在一步步向他逼近，成功已在不远处向他招手了呢！

到了博古轩门口，刘春林正在门口等他们。进了门，孙大海请示师父还要不要开门做生意？黄庆生沉重地摇着头，天都要塌了，还做什么生意呢！说着泪如雨下。刘春林见状，急忙找来毛巾给师叔擦泪，孙大海急忙去烧水泡茶。刘春林问道，师叔，加藤真的要下狠手了？黄庆生痛苦地点了点头。刘春林继而问道，没有一点儿回旋余地了？黄庆生放大悲声，一下扑进刘春林怀里，你大茂兄弟明天就要被处决了啊！刘春林一时也不知说什么话来安慰师叔。只有陪着掉眼泪。过了一阵，见黄庆生止住哭泣。刘春林说道，师父上午来了两三趟了，都没有见着您。他老人家让我来看看有什么事情我能帮上忙的。黄庆生说，明天一早，你和大海，再找几个人，去到棺材铺拉一口棺材，然后去城里给大茂收尸吧，我与你师父年龄都大了，也经受不了那种场面刺激。刘春林眼泪又一次涌上眼眶，他强忍着泪水，哽咽道，师叔您就放心吧，这事我与大海师弟商量着办。忽然想起了什么，就问道，师叔您还没有吃饭吧？孙大海斟一杯茶放在师父的面前，昨天师父就没有吃呢！刘春林说道，不吃饭哪儿行呢，我去三珍斋给你要两个菜吧。黄庆生说，我怎么能咽得下去呢！刘春林说事情既然这样了，师叔您一定要挺住了，您要是有个三长两短，博古轩怎么办呢！突然想起了什么，说师叔，我师父让我问您一句，大茂兄弟这件事要不要告诉晓红妹妹一声？黄庆生连连摆手，千万千万不能告诉她，她要知道了，不急出病来才怪呢，等以后再慢慢告诉她吧。半晌对刘春林说道，这里没事了，你回去看店去吧。刘春林说道，师父已交代过了，今晚让我在这里陪您老人家一晚，万一有什么事情好方便。黄庆生说不要不要，家里有大海呢，你快回去吧，万一有什么事情，我会让大海去叫你。刘春林无奈，只好按师叔的吩咐去做。临出门，刘春林给大海使了个眼色，说师弟，你心细点儿，照顾好师叔，有啥事你去叫我，反正相隔不远。

刘春林走后，黄庆生让孙大海自己做点儿什么吃，称浑身疼痛难受，去床上躺一会儿。孙大海要去扶师父上楼，黄庆生没让。想起了什么，交代孙大海，你吃过饭，去到汪老四那儿落实一下，看看墓穴开出来了没有。孙大海答应一声，接着又说，我现在就去吧，反正我也不怎么饿。

黄庆生跟跟跄跄上了楼，猛然发现楼梯拐角处有根绳子摆在那里，他又下了楼，捡起那根绳子，拿在手里，愣了愣神，这才回他的房间去了。

房间里弥漫着冷酷的味道，平添一种苍凉与悲哀。

黄庆生躺在床上，浑身僵硬得像个死人，翻一下身，都感到十分的吃力。房梁上有张蜘蛛网，上面落了几只蚊虫，在那儿拼命地做垂死挣扎状。蜘蛛却不知去向，黄庆生想，狡猾的蜘蛛肯定是躲在暗处，故意引诱更多的蚊虫。想到自己处境，好有一比，他就是那求生不得求死不能的蚊虫，而狡猾的蜘蛛就是加藤那个贼寇！

明天大茂就要被处死，想到白发人送黑发人，泪水就不由人地流淌下来，这种悲痛折磨着黄庆生那颗早已碎成无数瓣的心。儿子没了，家也就散了，他自己苟且偷生地活着还有什么意义呢！

黄庆生想到了死。

其实他早已做好了死的准备，他从楼梯口捡来那根绳子就是这个目的。还有去棺材铺订棺材时他就多订了一口。当时棺材铺老板问他你订送老的棺木怎么订两口呢？他说老伴去世年代久了，怕是棺材已经腐朽了，到时留作合葬用。他这样搪塞人家。既然想死，就得交代后事。他起身下床，找来纸笔，关于博古轩，他给大哥写了一封信，让他暂为处理，以后留给女儿晓红。他又给女儿留了一封信，内容大概就是希望她一切健健康康的，保护好自己，找个疼自己的人嫁了。两封信写好了，黄庆生觉得好累啊，浑身没有一点力气了，连喘口气都觉得困难。他二番躺到床上去，大歇了一会儿，这才下楼，站到房间里，呆滞的目光将那些古董抚摸了一遍。然后再一次回到自己的住屋，费了好大劲才将那根结束自己性命的绳子挂在了梁头之上，然后好不容易爬上了板凳……

孙大海按照师父的吩咐去到黄家坟地看了一下，没有见到汪四那个风水先生，见坟坑已经挖好了，生怕晦气沾上身，脚没站稳，便逃之夭夭。

回到了集上，迎面遇到了郑云鹏，他心中有鬼，就想装作看不见过去，哪知郑云鹏却喊住了他。

郑云鹏说："大海，你见我躲什么的？"

孙大海理直气壮："炮爷，我不欠您的钱，也不该您的账，我躲您干什么呢！"

郑云鹏说："我问你件事情。当初我听说我大哥从南方收货回来，你当时是在萃文阁是不是？"

孙大海挠着头想了一会儿："有这么回事。我去还账去的。"

郑云鹏又问："我哥收的那两幅宋代古画，你见了还是没见？"

孙大海说："我只是听说而已，并没有真正见到。"

郑云鹏再一次问道："后来你和谁说起过我哥店里收了古画？"

孙大海说："这事与我没有一点关系，我又不卖字画，我提它干什么？挨不上的事情。"

郑云鹏说："大海，以后想起了什么告诉我，我不会白了你！"

与郑云鹏分了手，孙大海想到在城里做的衣服到期了，就没有回博古轩，随即要了一辆黄包车直接进城去了。到许记裁缝铺拿好了衣服，又在附近小酒馆吃饱喝足，这才晃晃悠悠地回到了顺河集。

店内一片漆黑。这几日操劳黄大茂的事，又加上喝了点酒，孙大海便觉得浑身十分疲倦，明天还要早起给黄大茂收尸，所以孙大海连手脚也没洗，就准备回屋睡觉。走到师父黄庆生的房门口，见门缝里露出灯光，就单眼吊线地趴在门缝上看了一眼，这一眼让他魂飞魄散，酒也醒了大半……

黄庆生吊在了房梁上，孙大海本能地想喊一声"救命啊"！然而他话到嘴边又咽回去了，孙大海想，我为什么要喊，我不是憨种嘛！黄庆生上吊自杀，这不是我想要的结果吗，明天黄大茂被处决，爷俩的丧事一起办，倒也省去了许多烦恼与不便。以后，博古轩就是自己的了。老天爷啊，真是运气来了山都挡不住啊！他蹑手蹑脚回到自己的房间，将刚取来的新大褂穿在身上试了试，心中那个美啊，像是喝了一瓶蜜似的！

黄庆生站在板凳上，将脖子伸进绳扣里，听到门外有动静，本能地蹬一下脚下的凳子，却不知怎的摔在了地上，仔细一看却原来是绳子沤了，断为两截。

在阎王殿门口转了一圈又回来了。既然老阎王爷不让自己死，那就不死吧。黄庆生突然想明白了。再说大茂的后事还没办呢！黄庆生迷迷糊糊地二番躺回床上，身心疲惫，一闭上眼睛便睡了过去。

鸡叫三遍，窗外的天已经泛了白，黄庆生突然一下醒了，猛听得有人砸门，很响亮。他喊了几声大海，见没人回应，急忙下到楼下，将门打开，突然一个身影一下扑进他的怀里。

是儿子黄大茂！黄庆生不敢相信自己的眼睛，我不会是在做梦吧！黄大茂说，不是梦，爸，就是真的，我是你忤逆的儿子大茂。黄庆生一时云里雾里，又一把抱紧儿子，我的儿啊，你是怎么跑出来的呀！黄大茂说，后半夜，是加藤大佐亲自放我出来的。我也糊涂着呢，昨晚我都喝过上路酒了，不知怎么回事他们又放了我。到现在我还如同在梦里一般呢！

58

孙大海是被师父与黄大茂的哭叫声给吵醒的，他一时弄不清黄庆生怎么还没有死，他明明是看到他悬挂到房梁上的！还有那个黄大茂，怎么回来的呢，是他的鬼魂吗？不对啊，还没有被枪毙呢，怎么魂灵就来家了呢？是自己在做梦吗？他狠劲地掐一下自己的大腿，疼得很。急忙起身下楼。

黄庆生猛然发现孙大海愣在楼梯口，急忙喊道，大海，大海，大茂回来了，大茂回来了呢！孙大海半晌回过神来，急忙下楼走到黄大茂身边，扳着黄大茂的脸颊，他想再一次证实自己的判断。大茂少爷？果然是大茂少爷，你回来啦？你是怎么回来的呢？加藤不说要枪毙你的吗！黄大茂说，我也不知道是怎么回事，到现在我还觉得是在梦里呢！孙大海压抑着满腹的狐疑与气恼，装着很兴奋的样子，说我去三珍斋盛几碗辣汤，再买些包子，咱们爷儿仨好好地庆祝一番。师父已经好多天没有吃一顿饱饭了呢！说罢拎着提盒出门去了。

早饭后，儿子上楼睡觉去了，黄庆生吩咐孙大海带几件小瓷器，进城到加藤那儿去一趟，不论加藤释放黄大茂是啥目的，怎么都是欠人家一个大人情，面子上咱们得感谢人家一下，这个礼数咱们不能忘了。临走叮嘱孙大海，告诉加藤，就说我过几天，抽开身，一定亲自上门重谢！其实黄庆生这话是说给孙大海听的，他断然不会再与加藤有什么瓜葛，包括生意上的来往。对于师父的安排，正如孙大海的意，他心里有好多的疑问，正想去见加藤问个牙白口清。

孙大海是日军司令部老熟人了，也没要通报就直接进门了。加藤正在办公室里打电话，见孙大海来了，示意孙大海坐，继续用日语说着什么。

孙大海自己动手斟了一杯茶喝下去，坐在那里手指弹着茶几等待加藤吉夫通话结束，心里早有几分不耐烦。

加藤吉夫挂断电话，走到茶几旁坐下，给孙大海斟满一杯茶，又给自己茶杯斟上，说，孙桑，我就知道你今天会回来找我的，所以我在办公室等你。孙大海没好气地说道，加藤太君，你为什么不枪毙黄大茂那个浑蛋，反而将他给放了呢！加藤吉夫"嘿嘿"一笑，我就知道你今天要来兴师问罪的，当时我想逼迫黄庆生拿乾隆馈赠的瓷器交换黄大茂，哪知他死活也不答应，我觉得我们枪毙黄大茂没有任何意义，也得不偿失，枪毙黄大茂对我们没有一点好处，还不如暂且留下他的狗命，放长线钓大鱼，等到我们达到目的，想什么时候要他的脑袋就什么时候要。所以我临时决定放了他，让黄家欠我个大人情。为日后能够更好地合作，铺平中日友好的道路，也是奇功一件。孙大海说，太君，您这么做，将我的计划完全打乱了，他心里话，我连当掌柜的衣服都准备好了，就等着人前显贵了，现在却成了泡影！孙大海说，加藤太君，您原先说我马上就是博古轩的掌柜的了，所以我一切都筹备停当了，就等着这一天了，没想到……加藤吉夫"嗯"了一声，你还年轻，以后有的是机会，你放心吧，只要你忠于皇军，好处大大地有。假如你信得过我，多为皇军效力，以后在城里东大街给你盘间铺子也就是一句话的事！孙大海虽说心里不怎么高兴，他明知这个加藤是在给他画饼充饥，他也不能得罪加藤，毕竟以后还得用着这个老鬼子呢！

　　孙大海进城后，黄庆生想将大茂的事情与兄长禀报一声，省得他担心与挂念，正欲出门，刘春林来了，是来找孙大海进城准备黄大茂后事的，见师叔喜笑颜开的样子，正疑惑，黄庆生却先开口说话了。春林，我正要出门去黄石斋呢！大茂没事了，已经回家来了。刘春林一惊，有点不相信自己的耳朵，半晌才说谢天谢地！继而问道，加藤那个老鬼子怎么发善心的呢！黄庆生说，到目前为止我也闹不清楚究竟是怎么一回事。刘春林说，我得抓紧回铺子去，将这个好消息告诉师父师母，他们公母俩急得一夜都没合眼，现在正在家里抹眼泪呢！黄庆生突然想起了什么，吩咐刘春林现在就去棺材铺一趟，就说是事情有变，告诉掌柜的，具体事宜等一下我亲自去与他们交涉。我这就去黄石斋，亲自与哥嫂说明情况。

　　到了黄石斋，黄庆山与老伴正脸对脸唉声叹气呢，一听黄庆生这么一说，老夫妻俩连喊阿弥陀佛，阿弥陀佛！激动得无法用语言表达。半晌，黄庆山才想起来给弟弟斟茶。接着吩咐老伴，去到集上割点肉，再到运河边买几条鱼，晚上给大茂压压惊，去去晦气！等到老伴提着竹篮子出门，黄庆山又说道，老二啊，晚上吃饭我们一起可要好好地劝劝大茂这个逆子，再也不要出去闯祸了！你看看这次多么悬啊，险些连命都没了！黄庆生说大哥，大茂一回来就知道错了，当面给我下保证，以后哪也不去了，就在家和我学做生意！黄庆山一听，连说太好了太好了！俗话讲，浪子回头金不换嘛！只要他从今往后能学好，将来一定是错不了！黄庆生走到屋里的供桌前，双手合十，流着泪说道，黄家的列祖列宗，求求您们保佑不肖子孙黄大茂能改邪归正，从今往后一切能平平安安顺顺利利！

　　黄庆山突然想起了什么，说，老二，我想不明白，这个加藤小鬼子，怎么能轻而易举地放了大茂的呢！黄庆生说，我也正纳闷呢，刚刚我已经让孙大海进城去到加藤吉夫那儿表示一下谢意，无论他出于一种什么目的，该我们还的情我们还得还，不能让日本人小瞧了我们！黄庆山点点头，说是这个理。

正说着话，萃文阁的新掌柜郑云鹏进门了，手里握着一幅画。

黄庆山兄弟俩只好将话题打住。

黄庆生要回家看看大茂醒没醒，眼看着太阳已到东南晌了。再说因为大茂的事情，铺子里已经好多天没正式开门了。郑云鹏见黄庆生要走，急忙上前拦着，说生爷，我带来一幅字，是刘墉的书法，正好您老兄弟俩都在这儿，就一起给掌掌眼吧。您是知道的，要论瓷器我还能说个一二三来，对于书画，我真是一窍不通了！

黄庆生不好走了，只好又坐下身来。这时刘春林从外面回来了，急忙前去沏茶。

郑云鹏将书法展开，放在条案上，让黄庆山看看真假。继而说山爷，不瞒您说，这幅字当时虽然让串货场的掌柜赵德发看过了，但我心里还是不怎么踏实，毕竟是两百多大洋的东西呢！

黄庆山看罢，又让黄庆生再上手看一看。

黄庆生看罢，说道，赵德发的眼力还是不错的，这件东西是真迹。大哥，您看呢？

黄庆山点点头，我看也是。少时又说道，刘墉擅使浓墨，人称浓墨宰相；刘墉又叫刘石庵，这幅字是嘉庆癸亥年创作的，我大致算了一下，正好是刘石庵八十四岁写的。内容是《弹琴诫序》。说起浓墨刘石庵，不得不说他同时期的另一位淡墨书法家王文治。王文治字禹卿，号梦楼，江苏镇江人，乾隆三十五年探花。喜用淡墨，与擅用浓墨的刘墉成鲜明对照。所以有"浓墨宰相淡墨探花"之美誉。王文治忠实地秉承帖意，但无传统帖学的流转的圆媚与轻滑。其用笔转少折多，以折为主，显得果断有致，干净利落。王文治的书法瘦硬的笔画略带圆转之意，既妩媚动人，又俊爽豪逸，风神萧散，笔端毫尖处处流露出才情和清秀的特色。与刘墉、梁同书、翁方纲并称清廷四大家。

郑云鹏带头鼓起掌来，说一幅刘墉的字，带出这么多的大名头的书法家，增长了这么多知识。这样吧，改天我在三珍斋请客，希望各位拨冗光临，不吝赐教。

黄庆山笑道，掌一眼东西就要你这么破费，那不是有点儿吃大户的意思了嘛！

郑云鹏说山爷，上次您撮合我与桂花的婚事，我还没有腾出空谢谢您呢！这回一并答谢吧！

59

昨夜下了一场小雨，老天爷就给样儿看了，风，飕飕的凉，白眼太阳目光呆滞，就连鸟雀都躲得远远的，断了叫唤。

早晨起来，刘春林换去一夏的竹门帘，将棉帘子装上，防备天一下翻了脸。西北风一刮，寒流就紧接着跑步来了。

今天是与独立团相约的日子，刘春林收拾好一切家务，在那心神不定等着消息。眼瞧着太阳到东南晌了，还没有任何动静，难道说是有什么变化，还是出了啥事情？刘春林心里就有些急躁。黄庆山看徒弟坐立不安的样子就笑道，你喝杯茶坐在那里耐心等着就是，既然是定好了时间，不会有什么事情的。刘春林微微一笑，我就是存不住气。处变不惊我还没有学会，城府更是谈不上！

正说着话，门口棉帘子一动，进来一个人，是隔壁的邓九庵。

刘春林急忙去刷杯盏，沏茶。

黄庆山给邓九庵让座，随口问道："你啥时回来的？"

邓九庵说："昨晚。到家天都瞎黑了，所以没有惊动您老。"

黄庆山继而问道："这次去哪里收东西的？"

邓九庵说："东边海州地界。"少时又说道："站在山顶，都能望见大海了。可惜没闲工夫去遛一圈！到目前为止，我还没有真正地见过大海长什么样子呢！"

"此次出门收获怎么样？"黄庆山点燃水烟，长长地吐出一口浓雾。

邓九庵说："还凑合。收一只青铜豆，两件康熙仿宣德炉，还有一件青铜簠，大大小小七八件。"

黄庆山说："那就好，现在小日本横行霸道，动荡年代，来去平安最重要，收不收东西那都在其次！"

邓九庵一拱手："山爷说的是！"猛然想起了什么，接着从怀里掏出一个纸包，慢慢地打开，是一只青瓷器——三足蟾蜍。然后亲自送到黄庆山手上："山爷，你看看这个小物件好不好玩？"

黄庆山将瓷蟾蜍放在掌心，上下左右端详了一遍，半晌说道："这是只蟾蜍水滴，文人雅士用的东西，不错，很精美。"少时又说道："许之衡在《引流斋说瓷》中说：'水滴，象形者，其制甚古，蟾滴、龟滴由来已久，古者以铜，后世以瓷。'"说罢让刘春林也上上手。

刘春林看后说道："师父，这件水滴好像是北方窑口的东西。"

黄庆山一笑："你再仔细地看看。"

刘春林左一眼右一眼，底一眼上一眼："我觉得是耀州窑。"

黄庆山说："这是南方窑口越窑的东西！"少时又说道，"耀州窑与越窑都生产青瓷，猛一看容易混淆，不过，耀州窑的胎体偏灰，而越窑的瓷胎相比之下偏白一些，这就是两个窑口的区别。"

刘春林"哦"了一声，说我懂得，一激动就给忘了！说着又将那只蟾蜍仔细地看了一遍。然后点头赞许："师父就是师父，徒弟学艺不精，还得继续努力才是！"

"你怎么得到这件东西的？"黄庆山问邓九庵，继而又装满了一袋烟，点燃。

邓九庵说："我去一个大户人家收东西，生意谈成之后，我看到主人的书房这件蟾蜍很精美，又是三足，顿觉很稀罕，就有些爱不释手。主人看我喜欢，就主动提出让我带走做个纪念。我要出钱买，主人死活不收。我又不懂瓷器，所以我今天拿来送给您，留您店里赏玩吧。"

黄庆山连连摆手："我们都是开门做生意的，怎么能夺人所爱呢！"

邓九庵说："山爷，过去我落难的时候，是您伸出援助之手帮了我，我一直也没有找到机会报答您，这个小东西，不成敬意，希望您别嫌弃！"

黄庆山看推辞不掉，就让刘春林收下了。忽然想起了什么，问邓九庵道："对了九庵，你家建文啥时办喜事？"他的意思是等小孩结婚，多出一份喜礼，将这份人情给补上，他从不白白接受人家的馈赠。

邓九庵说："暂定明年春夏之交吧。"少时又说道："山爷，天不早了，我得回家了，这次出门收的东西我还没有拾掇出来呢！"

邓九庵刚出门，门帘子响动，进来一个陌生人。刘春林定睛一看，原来是独立团的副团长范大葵，急忙迎上前去。接着给师父介绍客人。

刘春林说："我都急死了，到这么晚没见你的人影，既怕误了事，又担心你的安危。"

范大葵说："本来出门就有些迟了，路上又耽搁了一会儿。"

黄庆山让刘春林给客人倒茶，刘春林这才忽然想起来。说自己光顾说话了，急忙去沏茶。

范大葵说："黄老伯，您老身体还好吧？我们团长也没有时间来看望您老人家！"

黄庆山说："托你的福，还算硬朗，告诉你们团长，让他不要挂念家里。早日将日本鬼子赶出中国去，就是对我最大的孝敬！"

刘春林将一杯茶水放在范大葵身边的茶几上："范团长，有没有新指令？"

范大葵喝了一口茶水："春林兄弟，团长让我来告诉你，关于炸日军军火库的事情，上级已经同意团里的作战方案，一切也都已经准备停当，到时皖东北武飞司令员会亲自带部队前来打增援，时间定在小雪节气这一天，口令就叫小雪，团长让我转告您，请您尽快与王振国排长联系，告诉他作战的时间，并让他想办法能让我们的同志化妆提前进入军火库，哪怕是三五个人都行，到时来个里应外合，这样的话，胜算就大多了！"

刘春林说："我马上就去军火库找王排长转达你的意思。"

范大葵说："过几天我再来等你的信。"说罢转身欲走。

刘春林说："您出门小心点儿，现在我们顺河集也有日伪的特务了！"

范大葵说："你放心吧，我会多加注意的。"

范大葵走了之后，刘春林简单收拾一下，便准备出门，忽然想起了什么，就对黄庆山说道："师父，浦田一郎老早就托我给他留意文房瓷器，我估计他是想给加藤送礼用的。"

黄庆山说道："目前店里也没有像样的文房用具，不如你就带着邓九庵刚才送来的那件三足蟾蜍水滴吧。"

刘春林说："这件小精品，给了那个日本鬼子，真是有点儿可惜了！"

黄庆山说："为了革命，也为了能顺利端掉日军的军火库，下点儿本钱，也是应该的！"

太阳不知躲到哪里去了。刘春林出门又折回身，告诉师父说："外面天阴了！"

黄庆山随口回答一句："也许，要下雪了呢！"少时又说道："你出门带把伞吧。"

刘春林没有听见。等他出了圩子走到了运河边的大木桥上，天空真的飘起了雪花。

第十二章

60

上午，国玉堂掌柜李国瑞来黄石斋送几块古玉，刘春林带他到三楼串货场将东西摆放好，然后回到一楼店铺喝茶咂摸闲话。前几天商会开大会议事，李国瑞出门未在家，所以一切事宜不怎么了解。趁送货来讨教黄庆山。问起串货场的开门时间，怎么值班等诸多问题。黄庆山告诉他，各个店铺存放的宝贝已经准备得差不多了，初步商定，串货场开业定在元旦那天，新年伊始嘛，落个好彩头。至于怎么个值班，等人聚齐了，我们再进一步商量着办。因为五天开一次门营业，所以原则上，初步考虑倾向于开门那天每家店铺都派人来站柜，以免东西损坏或丢失。

正说着话，百宝箱的徒弟余六斤突然慌慌张张地闯了进来，进门就给黄庆山跪下，说黄会长，您快去我们百宝箱看看吧，我们店铺招小偷了！黄庆山一惊，让刘春林扶起余六斤说话。黄庆山问失窃什么东西，损失大不大？余六斤说，师父正在统计，因为店里大部分是瓷器，物品没丢多少，只是柜上的钱款被端窝了。黄庆山问有多少？余六斤说，就是这几天卖货的货款，大约有四五百大洋吧！黄庆山对李国瑞一抱拳，说瑞爷，失陪了，我得到百宝箱看看。正欲动身，忽听门外响起嘈杂之声，不多时，泰和钱庄的掌柜钱小钱风风火火地闯了进来，一进门就哭天抹泪地喊道，黄会长，你得给我拿拿主意啊！黄庆山顾不得让座，就问什么事情？钱小钱说，钱庄昨夜被贼人给光顾了！黄庆山一听长吸一口凉气，连问有多大损失？钱小钱说，至少有两千多现款。黄庆山就问，盗贼是怎么进您家的？钱小钱说是破的墙。这么巧，昨晚店里伙计陆二老娘得病临时回家去了，偏偏在这个时候出了这等事。这下完了，偷走两千多块啊，这都是别人的钱啊，我的亲娘嘞，让我以后怎么填补这个窟窿啊！

集上一夜两家店铺被盗，这是自古没有的事情。事态严重，黄庆山当机立断，吩咐刘春林上门板关店门，先去顺河集警所报案，然后通知商会全体股东到黄石斋开紧急会议。

刘春林走了之后，黄庆山让钱小钱先回家仔细清点钱款，尽量不要破坏现场，以便给办案警员留下破案的证据。自己先到百宝箱看一看情况就到钱庄去。说罢带着余六斤出了门。

偷盗者是从正门破门进入百宝箱实施盗窃的。货物经过清查，的确是没丢什么值钱东西，只是丢了一些不入法眼的古钱币和两副翡翠镯子，正如余六斤所说那样，柜上的四百多货款被洗劫一空。金德银和余六斤都在后院睡的，一点动静也没有听见。黄庆山问金德银，为什么不让余六斤在前店看守呢？金德银张嘴结舌说不出来。其实黄庆山明白，金德银是个小心眼，他怕余六斤看店乘其不备往外夹带货（就是暗地偷东西）。遭此一劫，金德银也是后悔莫及，假如有人住在前店看守，哪会受这么大的损失呢！起码贼人也不敢这么明目张胆地破门而入啊！看起来是熟人作案。黄庆山心里话，并没有说出口。他怕生性多疑的金德银胡思乱想！

泰和钱庄隔壁是条小巷子，巷子是死巷子，里头住着一户卖青菜的老公母俩。盗贼就是从巷口挖墙进去的。等到巷子里那户卖菜的公母俩睡熟了，盗贼完全有足够的时间、毫无顾忌地实施破墙，进入房内盗窃。

不一会儿，警所的人来了。派来两个人。黄庆山问随之而来的刘春林，开会的人通知到了没有？刘春林说都通知到了。黄庆山急忙回铺子张罗开会事宜。

先到黄石斋的人都在议论泰和钱庄与百宝箱被盗事件，黄庆山也不想耽误大家的时间，就说道，想必大家都已经知道集上发生的两起盗窃案，今天请大家来，看看怎么处理此事。黄庆生首先发言，过去我们顺河集很少发生偷盗事件，即便有，也都是小偷小摸，像这么大规模的、有计划、有组织、被盗资金多、一夜连续发生两家被盗的重大事件还是头一回。我觉得与小日本脱不了关系！郑云鹏说，现在警所不是派人去案发现场查了吗？窦老六一撇嘴，警所算个屁啊，真要是查出来是日本人所为，借他们两个胆，他们也不敢继续调查下去！黄庆山说，大家闲话少说，目前警所正在现场调查取证，不管他有没有结果，我们今天召集大家来的目的，就是看看泰和钱庄与百宝箱眼下的困难怎么办，俗话讲帮急不帮穷，这是赶上了，我们作为商会的股东，不能袖手旁观，我说说我的想法，大家议一议，看看可不可行。每位股东出十块大洋，先解决他们两家的燃眉之急，以后看破案的进展情况我们再商量怎么办？皮奎章举手赞成，说我们商行完全同意黄会长的提议，等一下我就将十块大洋送到商会。接着大家都先后表示赞同没有异议。窦老六说，我家情况特殊，过完年我们家大丫就要成亲了，但我也不能不表示，我出五块大洋吧。黄庆山说，不问多少，有这份心意就行。这表明我们商会团结、抱团、帮扶、友爱，一种向上的态度。杜学胜站起身来，各位股东，这次两家遭难，我很同情，大家都知道我的生意一直做得不错，我们三珍斋愿出一百个大洋帮扶！黄庆山带头鼓起掌来！陕西会馆管事陈明远继而站起身来认捐，我们山西会馆虽是外乡人，也不能忘了养育我们的衣食父母，所以我决定，会馆捐五十个大洋，我个人也捐五十个大洋！众人又一次鼓起掌来！

　　接着黄庆山又说道，我还有一个想法，借这个机会与大家商量一下。介于我们顺河集的地理环境以及目前时局的状况，我想我们商会能不能组织一支自卫队，用来保护我们顺河集的人身安全以及防抢防盗甚至防火这么一支队伍。至于一切筹备开支，各个店铺以及居民，有人的出人，有力的出力，我们商会出一部分钱，购买枪支弹药。大家伙看看怎么样？李国瑞第一个站出来表示支持，当初我们顺河集如果有了这支队伍，朱大何至于无端被人杀害了呢？还有萃文阁的字画被抢、人惨死，至今也没有了结。最后大家一致拥护黄庆山的提议。有人提出来，自卫队建立起来了，枪支弹药也有了，谁来教我们摆弄枪呢，比如瞄准啊、装弹啊射击什么的，总不能拿枪当烧火棍吧！黄庆山一笑，这个大家不必担心，到时我自有办法！……

会散了之后，有的人当场就要交助困款，黄庆山让刘春林找来笔纸一一记上，然后将账目贴在大街上，公布于众。还有的人要求报名参加自卫队，黄庆山说此事暂且保密，等到时机成熟了，我们再召集全镇居民与商铺正式动员一下。

61

顺河集成立自卫队之事不知是谁走漏了风声，一天之内来商会报名的一下高达四五十人。男的女的都有，原来规定年龄限制在四十岁以内，现在五十岁的就来好几个。还不知以后还有多少人来报名。

刘春林有些担心，说师父，这么多人报名这得多少条枪啊！黄庆山说，这你不必担心，等自卫队成立起来之后，先两个人或三个人一条枪，以后等发展了，有条件了，我们再置办齐备。别说我们，即便是你师哥的独立团当初也不是每个人都有一杆枪的。长矛大刀也可以装备一些。刘春林想起了什么，说师父，女的我们自卫队不能接收。黄庆山问为什么？女的扛不动枪不说，事情还多！黄庆山正色道，你别看不起女人，俗话讲，巾帼不让须眉，你就说古代女英雄就数不胜数，比如妇好、吕母、迟昭平、花木兰、梁红玉、穆桂英等等，不胜枚举。哪个不是一世英名？有时女人发起狠来，不比男人差！你是不是觉得大丫报名参加你就瞧不起女人！刘春林有点脸红，不好意思一笑。

黄庆山点燃一袋烟，边吸边说道，春林，我琢磨，等自卫队成立起来之后，由你担任队长。刘春林说师父，我能行吗？黄庆山说怎么不行？老实和你讲，成立自卫队的目的，我的想法不单单是保护我们顺河集的财产和生命安全，我们还要与日本人斗争，必要时当作你师哥独立团的后援部队使用。刘春林一挠头，我头脑简单，没有想这么远。黄庆山说，你现在就收拾收拾去独立团一趟，不要等范大葵来取情报，顺便将日本弹药库的情况以及王振国排长的想法告诉黄翠，另外，让他派两三个八路军战士到我们顺河集，我安排他们进商铺干工作作掩护，以后好给我们自卫队训练训练。他们说的对，有枪没有用，关键得会使唤，否则的话，那真成了烧火棍了！等你回来，我就去外地托人购买枪支。刘春林说我现在就准备去大兴。黄庆山说春林，我知道说这句话有点儿早，但是我还得提前告诉你，将来自卫队成立起来了，你千万要小心孙大海，他善于钻营，又与加藤走得比较近。将来自卫队一些核心机密，决不能让他知道。刘春林点点头，我明白了师父。

　　刘春林出门不久，黄庆山正在整理博古架上的瓷器，外面门帘响动，进来一位戴眼镜的有点斯文的中年男人。黄庆山连忙上前招呼，问道，先生想要什么东西，然后领着他在博古架旁边站定，说，先生随便看。过了一会儿，眼镜男要看一件红釉笔筒，让黄庆山拿下来让他上上手。黄庆山就知道此人懂规矩。便在一旁介绍说，这件笔筒是郎窑红，景德镇窑生产的。眼镜男问，为什么叫郎窑红呢？黄庆山解释道，康熙时期，皇帝要求景德镇窑烧造一批红釉瓷器，并命江西巡抚郎廷极督理景德镇窑务，后烧制成功，所以取名郎窑红。民间说："若要穷，烧郎红，砸锅卖铁也难成！"由此可见烧造郎窑红在当时的难度。此种瓷器，色彩绚丽，红艳鲜明，有一种强烈的玻璃光泽；其胎骨洁白，细密坚硬、敦实，手感极好，大件瓷器相当厚重；薄胎较少，足部露胎地方有火石红；由于釉汁厚，在高温下产生流淌，所以往往口沿露出白胎，呈现出旋状白线，俗称"灯草边"，而底部边缘釉汁流垂凝聚，近于黑红色，为了流釉不过底足，工匠们用刮刀在圈足外侧刮出一个二层台阻止流釉淌下来，世有"脱口垂足郎不流"之称。另外，底足分为米黄底，或米黄泛绿等杂色，被称为米汤底或苹果底，也有少部分的红釉底。眼镜男问，掌柜的，这支笔筒能到康熙吗？黄庆山说，不瞒先生，这件郎窑红笔筒是清晚的仿品。难得的是，这是一件完整器，而且仿得很到位。你细看灯草口就明白了。见戴眼镜那人放下笔筒，有点儿犹豫不决，黄庆山就说道，过几天，我们三楼串货场就开业了，瓷器比较齐全，也有不少精品可挑选，到时先生如若有空的话，也许能寻觅到您满意的宝贝也说不定！眼镜男非常赞赏黄庆山的直率与坦诚，相约等串货场开业一定来寻宝，说是到其他店铺再转转，连坐也没坐就出门去了。

黄庆山感觉有点疲乏，坐下来抽了一袋烟，又动手沏了一壶茶，正待要喝，突然门帘响动，他急忙又将茶盏放下了，他误以为是有客人来看东西的。哪知是侄子黄大茂，手里提溜只纸箱子。黄庆山感到很奇怪，说大茂你拿的什么东西？黄大茂说，大伯，有人来上门出货，恰巧家里没人，那人说认识家父，便将东西留下了，说是下午再过来。黄庆山问道你父亲呢？黄大茂说父亲与师哥进城看货去了。说着打开箱子，拿出来一只带盖的白瓷罐子。黄庆山将大罐子放在面前的桌子上，仔细看了一会儿，说还好，没有磕碰。又说道，孩子你没有经验，万一当时你没看出东西有毛病，等到下午人家来了，就说不清了，好在罐子完好无损。以后可要多个心眼。黄大茂点头称是。继而问道，大伯，这只白罐子是什么窑口的？黄庆山抿了一口茶水，半晌说道，这只罐子是邢窑白瓷，邢窑是北方窑口，创烧于南北朝晚期，至唐代发展鼎盛并成为官窑。中国有南青北白的说法。南青指的是浙江的越窑青瓷，可以这么说，越窑的青瓷和邢窑的白瓷代表了当时瓷制品的最高水平，同时著称于世。陆羽《茶经》里这样评价："邢瓷类银，越瓷类玉，邢瓷类雪，越瓷类冰。"皮日休《茶瓯诗》写道："邢客与越人，皆能造瓷器，圆似月魂堕，轻如云魄起。"《乐府杂录》记载：唐大中初年，有调音律官郭道源者，"善击瓯，率以越瓯、邢瓯共十二只，旋加减水于其中，以箸击之，其音妙如方响。"黄大茂问，方响是什么东西？黄庆山说，方响又称方晌、铜磬，是古代的打击乐器，铜制，出现于北周，隋唐时用于燕乐，后也用于宫廷雅乐。

黄庆山抿口茶继续说道，邢窑的细白瓷，胎色纯白，个别的白中闪黄，釉质有细微的小棕点，器物施满釉，釉色纯白或白中微泛青色。黄庆山将大罐反过来，指着底足说，这上面刻有"盈"字款，刻有"盈"字款识的器物，是唐代大盈库在邢窑定烧的瓷器，还有的刻有"翰林"或墨书"翰林"款识的，都是贡品。只有皇家自用，除了赏赐，外人是不能随便使用的。

黄庆山很高兴地看着黄大茂，听你父说，你平时很用功看书学习古董知识，今日一见果然如此，伯父很感欣慰，希望你今后努力发奋。你父已经年过半百了，千万别辜负你父亲一番苦心啊！

黄大茂随即跪倒：大伯，侄儿谨记，从今往后一定学好，给我们黄家添光加彩！

黄庆山长叹一声，眼窝不由湿润了……

62

八路军独立团计划小雪节气这天对日本军火库实行攻击并予以炸毁，排长王振国接到命令之后，迅速安排了对敌作战方案，通过刘春林转达给团长黄翠，但是团长要求安插几名我们的同志先一步进到军火库来个里应外合的计划却难坏了王振国。因为军火库进出人盘查十分严格，别说是几个人，就是一个外人进去都很困难。但王振国也知道，自己一个人在内部，若是交起火来，他既要引领先头部队进攻，又要深入军火库安放炸药，的确是有点儿力不从心，稍不慎，就怕断送这次战役，假如偷袭不成，以后再找机会怕就难上加难了！可是怎么才能让我们的同志提前进到军火库呢？想了许久，王振国觉得还得要找浦田一郎。

这日晚饭后，浦田一郎吃过饭找王振国闲拉呱。王振国一见浦田一郎兴致很高，就想到了一个主意。王振国说浦田小队长，我有个想法给您禀告一下。浦田一郎问什么事？王振国说，我给您建议一个事情，能不能在我们食堂附近，也就是背面山坡那块空地上建一个厕所。浦田一郎感觉很好笑，说王桑，你是一个做饭的，怎么想起来建什么厕所的呢？王振国说，前几天，你们一个年轻的太君可能是因为受凉了，吃过饭之后，没有跑到军火库后面那个厕所，就拉裤子了。反正是弄得很狼狈。太君们多有抱怨，说是厕所离得太远了、不方便之类的闲话。你是管后勤的，只有您点头，才能解决这个问题。浦田一郎联想到，上天刚给加藤大佐送去那只三足蟾蜍水滴，加藤十分高兴，让他好好工作，并表态以后找机会一定会考虑他升职的问题。但是如果军火库士兵口碑不好的话，势必影响到自己的升迁，再说，原先那个厕所不单离士兵的宿舍的确有点远，也小了点，也有点陈旧不堪，连考虑也没有考虑，就同意王振国的建议，并安排他寻找工匠，近日就买砖买料，三五日就开工建设。

王振国那个高兴啊，心说真是苍天相助这次战斗。二天一早，他利用外出买菜的机会，到了云梦茶馆找到二喜子，让他想尽一切办法将情报尽快送到团长黄翠手里。

这次攻打日军弹药库，在上级领导的协调下，皖东北独立团司令员武飞亲自带队打增援，这天下午，黄翠正与武飞讨论作战计划，商量双方怎么配合作战，就在这时，二喜子的情报送到了。黄翠一看，大喜过望，立即抽调八个训练有素、身手好、枪法准的战士，其中一名战士懂日语。做好提前出发的准备。黄翠心想，现在看起来，万事俱备，只欠东风了。

"小雪"这天，上午还是风和日丽，中午突然变为阴天，傍晚的时候，天空真的飘起了雪花，很小，雪还没有将地面盖严实就停了，这让黄翠松了一口气。

夜半，黄翠带领独立团刚到弹药库门前五百多米的山坡地前埋伏好，通信员前来报告，武飞带领的皖东北的独立团也已经到达指定位置。黄翠开始分兵，命令二营两个连由参谋长邵建伟带领到西去五里地开外埋伏好，准备打击耿圩子鬼子增援部队。命令二营另外两个连由团副带领埋伏在西北方向，也是五里开外，选择好地形，构建工事，准备迎击从枣河前来增援的鬼子。二营主攻，三营从弹药库两翼进攻，分一部分兵力，尽最大努力消灭弹药库内的敌人。另一部分兵力联系王振国尖刀班负责炸毁弹药库。战斗定在凌晨一时打响，信号是三颗红色信号弹。

弹药库鬼子夜间巡逻，三个小组轮番不间断，每个小组十个日本兵。每隔一小时轮换。当第三小组在食堂用完夜宵之后，没有走出门便都倒下了，原来王振国在他们的饭里放了蒙汗药。埋伏在食堂仓库的建造厕所的八路军战士乘机一拥而上，将他们军装扒了下来，又将他们捆起来，嘴里塞上毛巾，将其抬到食堂库房去，然后换上鬼子军装，王振国看看手腕上的表，估计时间差不多了，亲自带队，向弹药库后门出发。因为那里把守比较薄弱。后门有两个鬼子兵把守，因为都是"自己人"，所以没有一点防备，当尖刀班到了后门口时，毫不费力就将两个门岗给解决掉了。当王振国命令战士打开大门的时候，却一下愣住了，原来里面还有一道全封闭的无缝铁门，而且是钢材比较厚的那一种，这是王振国他们没有想到的。估计一定有暗道机关。他们手里没有炸药，又没有重武器，想进到弹药库里面去，怕是没有一点儿指望。眼看总攻的时间就要到了，这可急坏了王振国。固然夜间比较凉，他的脸上还是布满了密密麻麻的汗珠。有人提议，将鬼子的手雷集中起来，然后引爆，看看有没有希望炸开此门。王振国摆摆手说不行，手雷一响，势必招来鬼子，即便门开了，凭我们几个人的力量，未必能得手。而且会影响到总攻计划。

俗话讲，急中生智，王振国突然想到了浦田一郎，无论怎么样，都得要试一试，因为目前的确没有更好的办法。王振国留下六名战士留守门口，然后带领两名战士直奔浦田一郎的住处。浦田一郎昨晚上喝了点酒，半醒半醉就被王振国用枪抵住脑袋。当他认出面前拿枪的是伙夫王振国时，一切都明白了。王振国说，浦田，我们八路军部队已经将弹药库给包围了，无论多大困难今天都必须将弹药库炸掉，所以你要认清形势，帮助我们将大门打开，我可以留你一条狗命！如若不从，明年的今天就是你的周年！浦田一郎虽然明白说也是死不说也是死，但他还是选择了顽抗到底，任你怎么劝说他就是不说话。他知道八路军不敢枪毙他，因为枪一响，八路军就暴露了。王振国从腰间拔出尖刀，一刀割下浦田一郎的左耳，疼得他在地上哇哇大叫。王振国将刀子抵在浦田的咽喉，你再不说，我就一刀结果了你的狗命！浦田一郎想到家乡还有等他的未婚妻，连忙求饶，并愿意帮助开门，前提是留他一条命。王振国将浦田一郎押到后门，原来在门下方有一个火柴盒大小的铁盒子，浦田一郎打开后，按下几个键，大铁门立即自动打开了。王振国怕留着浦田一郎会坏事，一刀结果了他的性命，紧接着带领尖刀班冲进弹药库，在里面寻找到了炸药，将其安放在各个角落，然后将引线点燃，迅速撤离仓库，等他们来到后门口，炸药爆炸了，霎时地动山摇火光冲天，爆炸声此起彼伏。

王振国掏出信号枪，朝天放了三枪，三颗红色信号弹随即升上了天空。接着枪声大作，炮声震天，喊杀声响彻云霄……

63

昨天下午，加藤吉夫托本国瓷器界朋友搞到一本中国古代瓷器画册，上面有他觊觎已久的康熙青花五彩十二月花神杯的资料。他如获至宝，一口气看完，连晚饭都忘记了吃，他一点儿也不觉得饿，接着又看。特别是十二月花神杯的图片他翻过来掉过去一遍一遍仔细查看，又拿过来放大镜再仔仔细细地看，嘴里不停地赞赏着：中国的瓷器真是太美了！太精致了，无与伦比！自己国家生产的瓷器与中国瓷器相比，简直是不可同日而语！当然日本的瓷器也是从中国传过去的。看完图片，他又禁不住将十二月花神杯的文字资料默念几遍，力求将其强化在脑海中：花神杯深腹、浅圈足、胎体轻薄、器形精巧绝伦，造型规整优美，胎质乳白、器薄如纸、晶莹剔透；其外壁分别用一年十二个月中不同的花卉来装饰，并配以相应的诗句。花神杯上的花卉以水仙花开始，然后依次为迎春花、桃花、牡丹花、石榴花、荷花、兰花、桂花、菊花、芙蓉花、月季花和梅花，一杯一花，腹壁一面绘画，另一面题诗，诗句出自唐诗。每只杯上绘一种应时花卉，指代历史上的著名女性，并题上相应的诗句，惯称"十二月花神杯"。一月水仙花，花神宓妃；春风弄玉来清书，夜月凌波上大堤。二月迎春花，花神杨贵妃；金英翠萼带春寒，黄色花中有几般。三月桃花，花神息夫人；风花新社燕，时节旧春浓。四月牡丹花，花神丽娟；晓艳远分金掌露，暮香深惹玉堂风。五月石榴花，花神卫子夫；露色珠帘映，香风粉壁遮。六月荷花，花神西施；根是泥中玉，心承露下珠。七月兰花，花神苏小小；广殿轻香发，高台远吹吟。八月桂花，花神徐贵妃（徐惠）；枝生无限月，花满自然秋。九月菊花，花神左贵嫔（左芬）；千载白衣酒，一生青女霜。十月芙蓉花，花神花蕊夫人；清香和宿雨，佳色出晴烟。十一月月季花，花神王昭君（王嫱）；不随千秋尽，独放一年红。十二月梅花，花神寿阳公主；素艳雪凝树，清香风满枝。

看着念着，念着看着，加藤吉夫抱着画册竟然睡着了，还做了一个梦，梦见孙大海查到了黄家的埋宝地点。黄家的十二月花神杯就埋藏在了镇南关公庙的地下，他派人拆除了庙宇，又派一个小队的兵力轮番挖掘，已经深挖十多米了，竟然还是不见花神杯的踪影，继续向下挖，终于找到了宝贝，就藏在一片深水中，等他命人打捞上来，却成了一堆碎瓷片，瓷片上的画片不是什么花卉，而是面相狰狞的怪物……加藤吉夫从床上猛然坐了起来，还有隆隆的枪炮声，自己也闹不清是在梦里还是在现实之中。

值班少尉前来报告，说是军火库遭到了八路军的突然袭击，请求支援！加藤吉夫迅速穿衣下床，继而摸起电话，命令加藤武夫带领市区内的两个中队迅速驰援军火库，又命令西郊耿圩子小队、西北枣河小队立即向军火库增援。

加藤吉夫刚刚越过了西街，所带的宪兵司令部的卫队就被武飞的皖东北独立团分割包围，之前出发的加藤武夫也被围在那里前进不得。加藤武夫前来报告，说是敌军火力太猛，部队冲了几次都没有成功。加藤吉夫自言自语，这支打增援的部队好像不是大兴独立团，怎么会有重武器小钢炮的呢！加藤吉夫命令武夫带领敢死队，一定要竭尽全力冲过去，军火库一旦被炸，我们都得上军事法庭！又让传令兵让耿圩子和枣河两个小队迅速向军火库靠拢，一定要保住军火库的安全。不过，加藤吉夫也相信军火库的实力，就凭门口那两座碉堡，八路军没有远程大炮是不可能攻进去的。

加藤吉夫估计没有错，黄翠带领的部队连续攻打正门都被碉堡里的强烈的子弹给堵了回来，几组爆破的战士全部牺牲。从侧翼的部队已经进到了军火库。也遇到了库内的鬼子死命抵抗。此时军火库成了一片火海。按照原来的设想，军火库只要被炸毁就算完成任务了。可是王振国带领的尖刀班还没有出来，所以得继续攻门，只要能将门口两个碉堡端掉，战斗就可以结束。这时，皖东北独立团司令员武飞也派通信兵前来询问战斗还须持续多长时间，因为那边也快顶不住了，希望这边迅速解决战斗，他们也好撤离。

黄翠再一次派出敢死队，一定在五分钟之内将两个碉堡解决掉。当爆破小组准备出发时，两座碉堡内却先后哑了火，后来知道，是王振国带领尖刀班从暗道进入碉堡，解决了碉堡内的鬼子兵。这时，两翼的部队已经进入到了军火库的内部，将部分日军分割包围控制住了局面。黄翠派信号兵分别给皖东北独立团和耿圩子及枣河的阻击部队发信号弹，让他们撤出战斗。

黄翠刚刚指挥部队向县南转移，哪知部队后队被前来驰援的日军加藤武夫死死地咬住了。黄翠不得不带领部队应战。并让范大葵带领部队迅速撤离，他与王振国的尖刀班留下来掩护。范大葵让营指导员带领部队突围，自己死活要留下来。没办法黄翠只好答应。敌人的炮火的确是太猛，留下范大葵也是逼不得已。

战斗没坚持几分钟，日军便将黄翠他们团团围住，十几个人只好站成一个圆圈，拼命地与敌人抵抗。加藤武夫看到八路的队伍里有他的老对手黄翠，非常兴奋，用日语对部队喊道：你们都到一边撒尿去，我一个人包圆了，要不了十分钟，我就能让这些像猪一样该死的八路做我的枪下鬼！

一个战士倒下了，又一个战士倒下了，范大葵像发疯一般端着刺刀向加藤武夫冲过去，未到近前却被加藤武夫的子弹射中心脏，黄翠急忙跑上前去想抱住范大葵，结果肩部中了一枪，与范大葵一起倒了下来……

这是1943年冬天小雪节气之后的第二天凌晨，天空突然飘起了雪花，越下越大，渐渐变成了鹅毛大雪，积雪将地面上的鲜血掩盖住，若不是一夜枪炮声尖利，没人会想到，这里曾经发生一起殊死搏斗。

64

清早极冷，哈气成冰，草木懒得无言，人畜沉默无声；空气中弥漫着火药的味道，很刺鼻，也很辣眼。

街上一切如旧，人们三三两两都在议论夜里的枪炮声。惊恐之余又多了一份担忧，打仗总归是危险的行动；身家性命是一方面，另一方面，还有家产财富，这是家家户户首先考虑也是必须考虑的事情。

黄庆山早晨起来，习惯地到运河边溜达了一圈。虽然是晴天，太阳已经红了东半边，严寒仍然那么从容不迫地在早起人们身上留下了冬天的烙印。

进了后院，墙角那株白梅在凛冽的寒风中悄然开放了，清澈透明，像一颗颗水晶，又如一片片雪花。黄庆山不由想起了王安石的那首咏梅诗句来：墙角数枝梅，凌寒独自开，遥知不是雪，为有暗香来！他站到梅树下，观花赏色，一直看到眼睛酸了，这才上楼去。

贺氏已经将小米稀饭盛好了，刚出锅的馒头也已经上桌子了，见黄庆山进门，就说："刚刚好，趁热赶快吃吧。"忽然想起了什么，问道："春林怎么没来吃饭？"

黄庆山说道："我让他出门办点事情去了。"

贺氏说："什么事这么急，不会吃过饭再去！"

黄庆山只顾低头吃饭，没有回答。看见贺氏在那傻愣着，不由问道："你怎么不吃呢？"

贺氏叹口气："我不饿。"少时又说道："等春林回来一起吃吧。"

贺氏经常这样，黄庆山也没有在意。他想赶紧吃罢去开店门。枪炮声响了大半夜，也不知仗打得如何，八路军胜利了没有？伤亡情况大不大？他担心，也不放心。所以一大早就让刘春林出门打探去了。

贺氏自言自语道："枪炮响了多半夜，那个爆炸声响得不得了，吓死人了！火光冲天，将西半边天都照得跟白天似的！不知是不是八路军和小日本打的仗？"

黄庆山嗔道："自从日本人来了，哪天不打仗？你操这么多心干什么呢！"

贺氏道："我能不操心吗？"说着拉起褂襟擦起了眼睛。

黄庆山有些奇怪："你怎么还抹起眼泪来了？"

贺氏没好气地说道："老爷，你说说，昨夜打仗，咱们家黄翠会不会参加？"

黄庆山一惊："你胡说些什么呢？黄翠在南京做生意，你不是不晓得！"

贺氏说："你别在瞒着我了。过去你和春林偷说话让我听到了，我早就知道黄翠参加八路军了！……"

黄庆山哑口无言，他知道再解释也是枉然，既然老妈子知道了，瞒是瞒不住了。索性就实话实说吧："昨天夜里，八路军炸的是日军军火库，就是黄翠带人去的。"

贺氏急忙问道："情况怎么样啊？枪炮可是不长眼睛的！"

黄庆山说道："你别急，我不是一大早就派春林进城去打探消息了吗！"

贺氏双手合十："老天爷，你可要保佑俺的儿子黄翠平安无事啊！"

"放心吧，黄翠不会出事的！"黄庆山站起身来，"他们作战计划这么周密，肯定是打了胜仗！"

贺氏又哭了起来："你不该让儿子去参加什么八路军，多么让人担心啊！"

黄庆山说："小日本侵略我们中国，你想让我们都做亡国奴吗？只有将这些侵略者赶出中国去，天下才能太平，人民才能安生！"他怕老妈子哭起来没完，就说道："我去开店门了。"

门板刘春林已经提前卸下来了，黄庆山将炉子捅开，烧了一壶水，刚刚泡上茶，一身寒气的刘春林就进门了。黄庆山急忙让徒弟到炉子边烤烤火再说。

刘春林说道："西关已经戒严了，弹药库也变成了一堆废墟。这说明我们八路军此战肯定是胜利了……不过，也有不好的消息。"

黄庆山迫不及待地问道："什么不好消息，你快说！"

刘春林说："听路人传言，八路军的团长让日本鬼子给逮着了，据说，还有几个八路军战士也一起被捕了，说之中还抓住了一个隐藏在军火库的八路内奸。"

黄庆山一下跌坐在椅子里。

刘春林说："师父你别急，这毕竟是传言，也不一定是实情。"稍停又说道："我本来想去找那个浦田一郎问一问情况的，四处戒严任何人都不让靠近，正巧，当时日本鬼子在清理现场，在诸多日本鬼子的尸体中我看到了浦田一郎。所以这个线索也断了。"

黄庆山稳住了神，半晌对刘春林说道："你上楼吃饭去吧，记住了，你师娘问起来，你就说日本鬼子戒严，什么情况也没有打听到。"

刘春林说："反正师娘不知道实情，说也不怕。"

黄庆山说："你师娘已经知道你师哥参加八路的事情了，你千万别漏出半点口风！"

刘春林有点诧异，正要问明原委，门帘响动，黄晓红走了进来。

黄晓红是前两天根据地独立团派来训练顺河集自卫队的，所以没有参加军火库战斗。昨晚一夜枪声，他来黄石斋也是打探消息的。刘春林就实话实说，将听到的、看到的如实地讲了一遍。

黄庆山说："晓红，自卫队的训练情况你可以让另外那两个战士负责，你现在就动身去大兴根据地一趟，详细了解一下战斗情况，还有，弄清楚这次战斗到底有多少我们的同志被捕。"

黄晓红说："我去安排一下就走。"说罢出门去了。

刘春林欲上楼吃饭，黄庆山又叮嘱道："回头见到你师娘，说话想着说，千万别说漏了嘴！"

刘春林答应一声上楼去了。

黄庆山吸完一袋烟，自己沏了一壶茶，刚欲喝，黄庆生来了。他也是挂念黄翠的安危来打探情况的。黄庆山便将刘春林进城了解到的情况叙述了一遍。

黄庆生问："黄翠怎么会被捕呢？会不会是鬼子故意放出的烟幕弹？"

黄庆山给兄弟斟了一杯茶："估计不太可能，鬼子这么做有什么意义？"

黄庆生点点头。

黄庆山说："我已经让晓红去大兴根据地打听了，估计明天就会有消息。"

黄庆生说："刚才我遇见晓红了，见她急急慌慌的我就没有细问。"忽然想起了什么，"大哥，我想让孙大海去找加藤吉夫探听一下虚实，反正他与加藤能说上话。"

黄庆山说："事已至此，问与不问都一个样！"

黄庆生说："万一传言属实，我们也好早做准备。"

黄庆山苦笑："假如传言是真的话，知道早与知道晚没有多少区别！"

正说着话，刘春林突然在楼上喊黄庆山上楼，说师娘晕过去了。等到黄庆山弟兄俩上了楼，刘春林已经将贺氏双腿盘了起来，正用大拇指在掐她的人中穴。

黄庆山问刘春林："你与你师娘说了些什么？"

刘春林说："刚才师娘问我师哥会不会有事？我就说师哥是团长，不会出事的。师娘说刚才她偷听到我们的谈话了，怨我们有事瞒着她，一急一气就晕了过去。"

黄庆山说："昨夜她一夜没有合眼，又担心儿子的安全，急火攻心，所以才会这样。"

　　不一会儿，贺氏苏醒了过来，哇啦吐出一口浓痰，慢慢地恢复了常态。

　　刘春林说："师父，我要不要去请洪先生过来给师娘把把脉？"

　　黄庆山说："等一下喂你师娘些许稀饭，估计没什么大碍。"

第十三章

65

这几天，是加藤吉夫一生来最晦暗的日子。因为军火库被炸，遭到了上级的彻查，受到了降职处分，要不是他的老师徐州日军师团龟田将军暗中庇护，险些被送上军事法庭或遣送回国！虽然被降为中佐，但仍旧是管理苏县地区的最高行政长官。其弟加藤武夫因协助不力，本应提拔的他也因此受到牵连，暂缓升职。

军火库是苏北地区最大的军火储备库，日军大本营要求一个月之内要在原地重建军火库。加藤吉夫不敢怠慢，抓夫派工，亲自督战。因天气寒冷，混凝土一时难以凝固，经批准，停工待建，待严冬过去，再开工建设。

不过，加藤吉夫的心情也没有糟糕到了最坏的程度。虽说军火库被毁，受到处分，可毕竟抓到了八路军独立团的最高长官团长黄翠。他要好好地利用黄翠这张王牌，将苏县八路军一举歼灭，方能解他心头之恨！降职之痛！

上午，加藤吉夫与心情不好的少佐加藤武夫乘八路军被胜利冲昏头脑的战机，制定出一套对大兴根据地实行报复性攻击作战的计划。另外，独立团团长黄翠被捕，八路军一定会派人来救人，所以在关押黄翠的宪兵司令部加派兵力，设置路障、掩体，构建工事，实行两公里之内禁止通行，并实行二十四小时戒严，没有加藤吉夫批准，任何人不得靠近或出入。其实，这是一种假象。老奸巨猾的加藤根本没有将黄翠关在司令部，而是关押在另外一个秘密的地方。他这么做，就是掩人耳目，防止八路军来偷袭救人。司令部只关着侦察排长王振国以及被捕的那几个八路军战士。

孙大海没有料到他这个加藤大佐的老熟人也被拦在了大门之外，警卫让他原地等候，他要电话请示加藤中佐批准之后，方可进入。孙大海无奈，只好一旁候着。不一会儿，警卫接到值班上尉的来电，才放他进门。天寒地冻，西北风飕飕的，弄的孙大海一肚子不高兴。

加藤吉夫早已将刚泡好的大红袍斟在茶盏里，等候孙大海，见孙大海进门，又将电暖气往他面前放放，弄得孙大海有点儿受宠若惊。一肚子不快早已跑得无影无踪。

办公室还有一个穿着日军军服的中国人，加藤吉夫起身给孙大海介绍，这是前段时间调来的翻译官倪景堃。孙大海就忙上前握着倪翻译官的手，幸会幸会！

加藤吉夫嫌倪景堃在面前碍眼，就说道，倪桑，孙桑是我的老朋友了，你去忙吧，我们说点儿私事。

倪景堃说"嗨"，敬了个军礼出门去了。

孙大海说，加藤太君，您是个中国通，怎么还需要个翻译官呢，不是浪费了吗！

加藤吉夫说，这是师团参谋长硬性派下来的，我也不能说不要，就让他在这儿先待着吧，估计是上头派来监督我的！觉得说走了嘴，急忙改口道，不说这个话题了。孙大海说加藤大佐好久不见。加藤连忙制止，我现在已被降职，你称呼我中佐吧。孙大海问，为什么呢？加藤吉夫说，这都是拜八路军所赐！军火库被炸，要不是师团司令长官老师关照，你恐怕就见不着我了！孙大海说，哪有您说的这么严重！怪不得我进门都不比往天了呢？

加藤吉夫给孙大海茶盏里加上水，孙桑，天气寒冷，你多喝点儿水。少时又问道，听说你们顺河集那个串货场开业了？生意怎么样？孙大海说，什么怎么样？东西还是那些东西，故弄玄虚罢了，说白了太君，就是不想让你们将这些宝贝带到日本国去。其实有什么呢，你有东西，人家有钱，你情我愿，卖给谁不是卖？谁买了不给钱？对吧加藤太君！加藤吉夫不想听孙大海啰嗦，打断他的话，说孙桑，串货场有什么入法眼的瓷器没有？孙大海想了想，黄石斋那里有一只康熙青花五彩盖罐不错，器形规整，色彩浓翠艳丽又不失优雅。画片特别精美，内容是"张敞画眉"。加藤吉夫有点儿好奇。这个故事我似乎听说过，说的是西汉大臣张尚书张敞的故事；张敞的老婆小时候不小心摔倒，在眉角留下一处疤痕。张敞一生有两大嗜好，一是在长安城里像个普通百姓一样溜达；另一个癖好，就是给老婆画眉掩盖其眉角处的疤痕，而且这也是他每日早朝之前必做的事。不久，这件事在长安城传播开来，朝廷里的官员，以为这事为士大夫所不齿，很鄙夷他。但是长安城的女人们却对张敞喜欢得要命，乃至于，纷纷仿效张敞给老婆画的眉式，一时间张敞画眉成为京城一大风景。孙大海连连拍手，加藤太君不愧是中国通，什么典故都如数家珍！加藤吉夫轻叹一口气，黄石斋的黄掌柜有意与我过不去，故意设坎不让我购买古玩。孙大海说，这只张敞画眉青花五彩大罐，您若是看中了，您不要出面，我帮您倒腾出来！加藤吉夫正要说什么，孙大海忽然想起了什么，对了加藤太君，听说这次你们军火库爆炸，抓捕了一批八路，其中就有黄石斋的儿子黄翠，也就是八路军的团长，可有此事？加藤吉夫点点头。孙大海说加藤太君，您不是早就想得到黄家祖辈留下的那些古玩吗，何不趁此机会以物换人呢！加藤吉夫连连摇头，那怎么可以呢？黄翠是重犯，必须处死，我怎么能贪一己之利呢！若是被上司知道的话，我的命能不能保住都在两可之间呢！孙大海说，加藤太君真是聪明一世糊涂一时啊！您为什么要说以物换人呢？您不会找个替死鬼吗？上次黄大茂那出戏不就是您亲自导的嘛！加藤吉夫说，黄翠与黄大茂不同，黄翠让我们大日本帝国损失那么严重，死伤那么多优秀的士兵，罪不可赦，所以这个想法是不可能的，我不能拿我的前程和项上脑袋作赌注！孙大海说加藤太君，这可是绝佳的机会啊，能不能想个两全之策呢？加藤吉夫说你说说怎么个两全之策？孙大海说，我在路上就考虑过了，您表面上答应黄庆山以物换人，黄家肯定会同意，等您拿到了宝贝，您再杀黄翠，谁也管不了您了。反正生杀大权在您的手里攥着呢！您说对不对，太君？至于怎么操作，您就放心交给我，我给你们之间传话。

大事您做主，小事我来办！只要太君您相信我就成！

　　加藤吉夫没有料到这个孙大海还有这么大的心机，不过他出的主意的确是自己没有想到的。这样的话，既能如愿以偿拿到黄家宝贝，又能将黄翠处死，可谓是一箭双雕！加藤吉夫不得不佩服这个孙大海，不单足智多谋，还是个心狠手辣的角色。之后，两人在一些细节上统一了口径，一切由孙大海去到黄石斋当说客。事成之后，加藤吉夫答应在城里给孙大海盘一间铺子，并赠送其一千大洋作为回报。

66

　　上午，黄晓红从大兴八路军根据地回来了，证明黄翠被捕的传言属实。下午，孙大海从日本宪兵司令部回来也证实这一消息。黄庆生到黄石斋来找大哥黄庆山商量怎么救黄翠，顺便将孙大海去见加藤带回来的话叙述了一遍。黄庆山说，加藤一直觊觎我们老黄家的宝贝不是一天两天的了，上次大茂被抓，他就动过这个心思。这次黄翠被捕，他又起了这个念头，狼子野心，昭然若揭啊！黄庆生说，黄翠与大茂不同，他是八路军独立团团长，军队没了头还怎么打仗，我琢磨着，只要能救出黄翠，咱们就将我们黄家的宝贝给加藤算了，我认为这么做还是值得的！黄庆山摇摇头，不可不可，我们弟兄的心情是一样的，但我考虑了，宝贝不是我们私有的，它是国家的，我没这权力这么做。儿子是我自己的，我有权做主。他真要是为国捐躯，是个大英雄，国家与后人绝不会忘记他的。我若是拿国宝换取儿子的性命，那我就是千古罪人！连一坨狗屎都不如！黄庆生有些着急，声泪俱下道，我的好大哥啊！过了这个村可就没有这个店了啊，趁加藤那个鬼子现在没反悔，咱们不能失去这一次救人的机会，假如加藤临时变了卦，我们黄翠可就没命了啊！黄庆山说老二我也急啊，我的心情不比你好过多少，任你说什么，我绝不能同意拿宝贝去换人！若是那样，我上对不起国家，下对不起黄家列祖列宗！那怎么办？黄庆生眼睛里冒着火，像是要吃人似的！黄庆山点燃一袋烟，不小心被呛了一口，一阵剧烈咳嗽。刚从外面回来的刘春林见状，急忙给师父捶打后背，然后又斟满一杯热茶递到师父的手中。说师父您老要保重身体啊，您若这样，师娘看见了会更加着急上火的。黄庆山吩咐刘春林上楼看看老妈子，并交代黄翠被捕的消息暂时别告诉她，就说黄翠已经回到了根据地，只是受了点儿轻伤。刘春林答应一声上楼去了。

门外西北风正猛，呼啸着推搡着无人的街道。楼房也随着摇晃起来……

兄弟俩就这么默默地干坐着，流着眼泪，吸着苦烟，一筹莫展。

黄庆山猛然磕掉水烟的烟灰，望一眼黄庆生，说老二，我突然想到了一个两全其美的办法了。黄庆生一听高兴得不得了，说大哥你快说，什么办法？黄庆山说，我想到了一个在江西景德镇烧瓷器的朋友，他在当地手艺人之中也是顶尖高手，我想去找找他，看看他能不能帮助仿造一套十二月花神杯，若是成功，将仿品交给加藤，换取黄翠的性命。这样的话，既救了人，又能保住我们黄家的宝贝了。黄庆生有些担心，加藤懂瓷器，新仿的东西，能逃过他的眼睛吗？黄庆山说，斗彩十二月花神杯是釉下青花与釉上彩相结合的一种装饰品种。我这位朋友的祖上就是明成化年间创烧花神杯的制瓷大家，他家后人高仿出来的东西，一般人眼力看不出来端倪。为了救黄翠，无论如何我得去碰碰运气。所以我准备明天一早就动身去江西，你对任何人都不要声张，以免走漏风声，另外你让孙大海稳住加藤吉夫，说以物换人这件事我正在考虑，有消息我自会通知他的。

正说着话，刘春林下楼来了，告诉师父师娘睡着了。黄庆山便将去江西的想法告诉了刘春林，让他守住秘密，千万别告诉任何人，包括你的师娘。刘春林说我明白。

黄庆山在景德镇这位朋友姓钟，因为是抚州人，取名钟抚州。他们认识纯属偶然。很多年前，黄庆山去山西收东西，在太原城一家小旅店里与钟抚州萍水相逢，两人一见如故，以瓷结缘，都觉得相见恨晚。他们每日里除了吃饭睡觉，谈论的皆是瓷器有关话题。这一天，钟抚州突然染上伤寒症，身上带来的钱也已经花得差不多了。黄庆山就倾其所有，给钟抚州请先生，抓方熬药，悉心照料，一直等到钟抚州身体痊愈，之后又给他凑足盘缠回景德镇。自己身上所剩无几，瓷器也没有收成。这令钟抚州十分感动，两人就在旅馆里义结金兰。钟抚州比黄庆山大几岁为兄，黄庆山屈尊为弟，双方留下地址，洒泪而别。

一晃二十多年过去了，不知钟抚州还在不在人世。所以，黄庆山一路上有些惴惴不安。

到了景德镇，因为钟抚州在当地名气大，黄庆山毫不费力就找到了拜把的兄弟。钟抚州虽说已经六十开外的年纪了，眼不聋眼不花，满面红光，身体硬朗得很。两人一见，相拥痛哭不已。

钟抚州有自己窑厂，在城里也有瓷器店门面。晚上全家人就在瓷器店里给远道而来的黄庆山接风洗尘。席间，黄庆山便将家里发生的事情及来意说了出来。钟抚州说，在景德镇能做花神杯的只有我们姓钟的一家，不过，瓷界总把头不允许我们轻易做，若做需要他们批准。就算是我偷偷给兄弟做，时间上怕是赶不上。花神杯是斗彩，斗彩是预先在高温 1300℃ 下烧成的釉下青花瓷器上，用矿物颜料进行二次施彩，填补青花图案留下的空白和涂染青花轮廓线内的空间，然后再次入小窑经过低温 800℃ 烘烤而成。程序烦琐，单就拉坯施釉上彩写诗绘画，做出一套十二月花神杯就要二十多天，加上两次进窑烧造，最快也要一个月时间。黄庆山说兄长，此次来景德镇，单程就将近十天，如果再等上一个月时间，的确是赶不上趟了。毕竟是拿着宝贝去救人的！钟抚州沉思了半晌，突然说有办法了，阎锡山托江西省主席熊式辉让我们给他烧造一套花神杯，现在已经烧造好了，还没有来取，不如你先带回去，救大侄子的性命要紧。黄庆山说，军阀阎锡山杀人不眨眼，您要是得罪了他，怕是后果难以预料啊！钟抚州说，这个兄弟不必担心，我就说上一窑烧坏了，谅他也不能对我怎么样！他还得求我给他做宝贝呢！就是时间晚一点罢了，不会有事的！黄庆山千恩万谢一番。钟抚州说，当年在山西，要不是兄弟照顾我，我这把老骨头早埋在了异地他乡也未可知！

黄庆山来时，走的是水路，回去他选择坐汽车，这样能节省三四天的时间，他想尽快一点赶回苏县，早一点将儿子救出来。儿子早一天出来，就少受一天罪。

江西多是山路，一路颠簸，黄庆山一路提心吊胆。带的毕竟是瓷器，固然花神杯里里外外用棉絮包了个严实，心中多多少少还是有点儿不放心，生怕出什么事情。好不容易就要进入江苏境内了，道路渐渐平坦起来，他这才有点儿放下心来。就在大家都长出一口气的时候，黄庆山所乘的汽车在一个急拐弯的山口为躲避一辆拉货的卡车，一下翻到了山沟里……

67

车毁人亡，开车的司机当场命丧黄泉。乘客有十几个在睡梦中过世，一半受重伤，因为救治不及时，又死了好几个。黄庆山命大，车祸后只受了一点轻伤，左胳膊骨折，可带的花神杯已经碎成了一堆瓷片。这令黄庆山痛苦伤心不已，后悔不该乘坐汽车回去，要是走水路的话，虽说晚几天，也不会落此劫难。当地一位好心商人将他带到附近医院，将受伤的胳膊打上石膏，又换乘另外一辆开往苏县的汽车，第二天傍晚时分到了县城。他叫了一辆黄包车回到顺河集店里，一进门就倒在了地上，人也晕了过去。吓得贺氏魂魄都险些出窍了，再一看老头子的缠着绷带的伤胳膊，知道是出了事。自己没力量扶起老头，急忙下楼去喊到自卫队训练的徒弟刘春林去了。

刘春林得到消息也是吃惊不小，撒蹦（抬腿）就往家跑。将师父扶起来，盘腿掐人中，半晌黄庆山才有了知觉。刘春林让师娘喂师父点儿热茶，接着跑去药房请洪先生。洪喜贵号过脉之后，说是操劳过度、加之伤心惊吓所致，没什么大碍，喝几副汤药就好了。刘春林随洪先生回到药房，抓了药，回来即用药罐熬上了。这才长舒了一口气。

几副汤药过后，加之贺氏调养有方，黄庆山渐渐恢复了元气，人也开朗了许多，出门的事情也不好瞒贺氏了，便将去景德镇找朋友制作花神杯救黄翠以及出车祸等等一切情况和盘托出。贺氏惊诧不已，这才知道儿子还在日本人手里，不由暗自垂泪。黄庆山劝老妈子，事情既然这样了，再急也是枉然，听天由命吧。

等到贺氏出门买菜，刘春林才有空将黄庆山走后所发生的事情讲述了一遍。

原来黄庆山走后没多久的一天夜里，八路军独立团在团参谋长邵建伟带领下，攻打大运河酒厂，因为酒厂是日军临时军火库，其实是掩护尖刀班去宪兵司令部监狱救黄翠的。哪知加藤吉夫似乎知道八路善用声东击西的伎俩，不上这个当，结果尖刀班已经进到了监狱里，王振国排长他们人都见到了，愣是没有救出来，日本鬼子早有防备，火力又强，尖刀班眼睁睁地看着我们的同志却一筹莫展，最后还牺牲了五六名战士……

黄庆山说，打草惊蛇，以后怕是更不好劫狱了。

刘春林说，听一营长范大葵说，他们在运河酒厂抓到了一名皇协军，师父你猜是谁？黄庆山问，是谁？刘春林说，师父您做梦也不会想到的，是那个被加藤吉夫早已枪毙的皇协军副大队长项龙河。他还活着？黄庆山有些意想不到。刘春林说，那个加藤太他妈的狡猾了，他骗了我们顺河集所有的人，他根本没枪毙项龙河，而是秘密地将其保护起来，然后将他派到了大运河酒厂保安团当团长，为小日本搜刮民财，油水大得很呢！黄庆山咬着后槽牙，这个狗娘养的加藤！又问道，那个项龙河如今在哪儿？刘春林说，被邵参谋长带回根据地审讯去了。

刘春林猛然想到了什么，师父，有件事在我心里藏了许久了，不知道该不该说。黄庆山说，在我面前，你什么都可以说，刘春林说，您老身体还没有完全康复，您听了一定不要激动啊！黄庆山一笑，没事你说吧，师父有这个承受能力。刘春林说，邵参谋长告诉我，在日本宪兵队监狱，没有看到师哥的踪影，问王振国排长，他也说不清楚，他们被捕后根本没有关在一起。黄庆山倒吸一口凉气，难道说，黄翠是单独被关押，还是被秘密处决了？刘春林说，这次军火库被炸，引起日军上层很大震动，影响也非常坏，日本鬼子不会轻易地就处决师哥的。邵参谋长也是这么分析的，至于黄翠被关在何处，邵参谋长说，根据地领导一方面审讯项龙河，因为项龙河经常给加藤吉夫送钱，供他购买古玩。另一方面，他们准备上报给上级党组织，看看能不能从日本鬼子内部打听到师哥的下落。据说鬼子内部有我们的人。黄庆山说，俗话讲我中有敌，敌中有我嘛，不过，我觉得项龙河只是个小卒子，估计不会知道这个秘密，因为此事与他八竿子打不着！刘春林点点头。

外面有人敲门，刘春林误认为是师娘买菜回来了，急忙去开门，原来是黄庆生与女儿黄晓红。刘春林将人让进门，边去泡茶边对黄庆山说道，师父，昨天下傍晚，师叔来看您，见您睡着了，就没惊动您老人家。

黄庆生问候了兄长的病情，又劝慰了一番，让他多多保重贵体，至于黄翠，相信八路军不会坐视不管的。黄晓红插话，听邵参谋长说，上级组织正在积极想办法，设法营救我大哥。黄庆山点点头，这些道理我都明白，你们就不要劝慰了！黄庆生说大哥，我嫂子那里你还得劝劝，刚才晓红在菜市场见她精神有点儿恍惚。一切顺其自然吧，再怎么样这日子还得过。相信老天爷会保佑我们黄翠逢凶化吉的，因为他做的是替天行道的事情！

又说了一阵闲话，黄庆生想起了什么，对黄庆山说道，刚才大茂要一起来看看您的，我让他在家看店。我渐渐发现，孙大海心思不在生意上，听他话音想单独出去开个店铺自己当掌柜的。我想想这样也好，大茂已经上手了，也愿意帮我打理生意。大海要走就让他走吧。黄庆山点点头说你别撺他，让他自己提出来。黄庆生说还有一事，大茂之前认识的那个兰香前两天到家里来了，也是个苦命的人儿，也挺会过日子，他们感情还不错，我想与大哥商量一下，今年秋天就让他俩成亲了吧，那样的话，大茂也就踏实过日子了！黄庆山高兴得跟孩子似的，连说太好了太好了，我们老黄家许久没有喜事了，黄家添人进口，一定要好好地办一场，热热闹闹地办一场。来年，我们黄家又该人丁兴旺了！真是太让人高兴了！略停又对徒弟说道，春林，将我的水烟袋拿来，我好几天没有吸烟了呢！

又有人敲门，是对门的窦老六和女儿大丫，来瞧黄庆山的。大丫一手拎了几瓶水果罐头，另一只手拎着两只老母鸡，说是给黄老伯父补身子的。黄庆山说了许多感谢的话，然后吩咐刘春林给客人泡茶。窦老六板凳没有暖热就站起身来要走，说是茶馆现在忙得很。人到门口又折回身，说山爷，差点忘了，我们家大丫和春林的喜事已经合过日子了。时间定在仲秋八月十六，不知春林与您禀告了吗？黄庆山望一眼徒弟，刘春林急忙回应道，对不起窦叔，这几日光顾师父的身体了，我给忘记了！黄庆生笑道，春林，眼看着就要成为一家人了，该改口叫岳父才是。大丫说，不给见面礼哪能改口呢！窦老六笑道，你瞧瞧这死丫头，还没成亲就胳膊往外拐了！一屋人都哈哈笑了起来，将买菜回来的贺氏都笑愣了！

68

河岸上的野花开了又开，大街上的垂柳和槐树绿了又绿，燕子忙着在房檐下辛勤劳作，连牲畜也都打滚撒欢，时间告诉人们：开春了……

刘春林早早将门上的棉帘子摘了下来，店铺似乎是焕然一新。桌上那盆水仙开了，黄蕊白花蓬勃葳蕤，经早春的嫩阳一照，一屋的光鲜劲儿。

刚刚收拾清楚，茶水也就开了，刘春林刚刚将茶泡上，就有客人登门了，刘春林边招呼人，边向门口走去。这才看清楚，是八路军参谋长邵建伟。这时，黄庆山从楼上下来了，刘春林就说师父，邵参谋长来了。说着给邵参谋长和师父各斟了一杯茶。放到了他们面前的茶几上。

邵建伟说黄老爷子，今儿来，是有个好消息要告诉您，我们团长有下落了。黄庆山一惊，急忙问道，黄翠被关在哪儿？邵建伟说，据我们内线传来情报说，黄团长被关在县北峰山警备队临时监所里。上级命令我带人先去侦察一下，等到摸清情况，再想办法营救。刘春林说，那太好了，那地方我熟，几年前去砍木头建运河大木桥，我在那儿呆了成个月的时间。邵建伟说，就因为你熟，所以这次侦察任务，你必须参加，还有黄晓红以及在你们这儿帮助训练的两个战士。刘春林问，什么时候动身？邵建伟说宜早不宜迟，就现在。刘春林说我现在就去通知黄晓红他们几个。邵建伟说不急，你看看能不能找到一挂马车，我们要装扮成进山收山货的商人作为掩护。黄庆山说春林，商行有挂马车，平常不太用，你去找下皮奎章皮掌柜，就说去附近拉点儿货。刘春林答应一声出门去了。

皮奎章听说刘春林要用马车，一点儿也没迟疑就答应了。刘春林套上了马车刚欲走，皮奎章又追了出来，左右看看见没人注意，就问刘春林道，听说你师哥黄翠叫日本人给抓了，是真的假的？刘春林知道这事早晚会被人知道，就点点头。皮奎章说，传说黄翠是八路军的团长也是真的吗？刘春林说皮掌柜，这话你听谁说的？皮奎章说是孙大海昨天傍晚告诉我的。刘春林道，你别听孙大海胡咧咧！皮奎章说不对啊，黄翠如果不是八路军的话，那日本人抓他做什么呢？我一直认为黄翠在南京做生意呢，怎么一转脸变成八路了呢！刘春林不想继续这个话题，说皮掌柜，我还急等有事，有话回来再说吧。皮奎章说春林，代我向庆山会长问候一声，有什么需要知会我。刘春林说嗯哪！

刘春林赶着马车拉着邵建伟在北圩门外见到了黄晓红以及那两个战士，他们都是便衣打扮。五个人在车上边走边商量遇到鬼子盘查怎么统一口径，然后直奔峰山警备队。离警备队还有一段距离，马车就被鬼子的岗哨拦了下来，盘查他们几个身份之后，让他们抓紧退回去，不准通行，也不准逗留。刘春林从口袋里掏出几块大洋，想让那个日本兵通融一下，结果钱被打落在地，还险些被枪托砸到了肩膀。

之前邵建伟得到消息，峰山作为出县城通往山东的必经之地，一般检查还是不太严的，现在却一下戒备森严起来。双岗双哨。警备队门口设置了掩体，掩体上架设几挺歪把子机枪。周围的围墙布上了电网，围墙边三步一岗五步一哨，荷枪实弹。每隔几分钟，还有巡逻队巡逻，看样子黄翠团长被关在这里确定无疑。他们下了路，又在警备队附近转了一圈，邵建伟在附近画了一张地形图、以及火力配备、岗哨布置情况，然后几人悄悄地原路返回。邵建伟在顺河集附近下了车，回去向组织汇报去了，让刘春林他们回去等消息。

天刚上黑影，邵建伟又骑着自行车赶到了黄石斋，黄庆山、黄晓红、刘春林与范大葵一起研究了作战方案。范大葵告诉黄庆山，上级组织已经批准了营救黄团长的计划，准备强攻峰山警备队。因为前段时间日本鬼子搞报复到大兴根据地扫荡，所以二营三营掩护军分区的领导以及当地群众到山里去了。现在临时调回他们有难度。营救任务就交给了一营来实施。邵建伟让黄晓红在自卫队选出二三十个青壮劳力来，一定是思想觉悟高、枪法好的同志，发给八路军服装，明天凌晨攻打大木桥，每个人发五颗手榴弹，不要恋战，扔完了就走。不行的话，再燃放一些鞭炮，尽可能造出最大的声势，一营二连三连战士将缴获来的鬼子军服换上，就说是临时调防，强攻鬼子峰山警备队，一连阻击城里的增援鬼子，最好在半小时解决战斗。战斗越迅速代价越小。最后决定黄晓红与刘春林负责带领自卫队攻打大木桥，迷惑鬼子，给他们造成错觉，攻击峰山警备队由邵参谋长亲自带领。打增援的部队由一连长负责。邵建伟最后强调，这次营救就是体现一个快字，等敌人明白过来了战斗也就结束了。到时还是以三发红色信号弹为令，两边一起动手。

　　黄庆山突然想起了什么，对黄晓红与刘春林说道，你们任务也很重要，因为自卫队第一次打仗，一定要注意安全。再一个就是一定要注意保密，任务在战斗前再布置，防止走漏消息，还要注意一点，袭击大木桥的事情千万不要让孙大海知晓，此人靠不住。刘春林说，万一他知道了怎么办？他会不会去向加藤报告？黄庆山说这个很难预料。黄晓红想了想说，我有办法了，到时即便他知道我们的行动，我也会让他老老实实地待在家里，动弹不得。刘春林问什么办法？黄晓红说，天机不可泄露！

　　第二天晚上，时机不错，是个月黑头的天气。自卫队提前换上了八路军的服装，每人胳膊上缠了条白毛巾，在二更多天的时候已经到达了大木桥附近埋伏起来。等待命令。

　　凌晨时分，向北方的上空三颗信号弹腾空而起，黄晓红带领人摸进哨所，解决鬼子哨兵之后，然后组织自卫队向敌人碉堡投掷手榴弹，有人将鞭炮放在洋铁桶内，在大木桥上拖着跑，噼噼啪啪一阵炸响，碉堡内的皇协军估计是八路军大部队来了，顾不上还击，连忙打电话去日军司令部报告敌情，请求支援。这时，加藤吉夫也同时收到了峰山警备队的求援电话。当时就明白，大木桥八路小股部队袭扰，只不过八路的虚晃一枪，八路的目标肯定是峰山警备队，立即带领援兵直奔县北而去，哪知在半道上受到了八路军的阻击。加藤吉夫让加藤武夫继续攻打，自己则带领一部分鬼子从右翼想冲过八路军的阻击路线，却被一阵强烈的炮火打得退了回来。加藤吉夫正准备组织第二轮冲锋，却见对面的枪声突然稀疏了，正纳闷，忽听一个鬼子兵来报，对面的八路已经撤退了。加藤立即指挥部队向峰山警备队进发，远远地就望见警备队已经燃起了熊熊大火。到近前一瞧，警备队的鬼子基本被消灭。加藤找到受伤的警备队队长询问黄翠情况，却被告知黄翠已经被八路救走了。加藤大叫一声八格牙路，随即抽出战刀，刺进了那个警备队队长的胸膛……

69

八路军在峰山警备队将黄翠救走之后，第二天上午，穷凶极恶的加藤吉夫便将被俘的侦察排长王振国、警卫员小牛等八名八路军战士押到刑场处决了，然后将其尸首吊在南城门上示众。并在城门埋伏重兵守候，一旦八路军前来抢尸体，将其全部消灭。

第一天城门口没有动静。

第二天城门口仍然没有动静。

第三天城门口还是没有动静。

加藤有些拿捏不住了，难道说是自己失策了？对于死去的人，中国有入土为安的风俗，天大的事也不能耽搁。难道八路军真的不要这几个八路的尸体了！

其实加藤的诡计早被黄翠识破，他们还是利用攻其不备的老办法，明里攻打日军的指挥机关司令部。暗地择机去南城门抢人。

这日夜里，正当南城门日军开始懈怠的时机，黄翠亲自带二营三营两个营的兵力向日军司令部发起猛攻。加藤吉夫知道八路军惯用声东击西的老办法，下令城门口士兵继续固守，而且向南城门增派兵力。并指派加藤武夫在城门暗处埋伏，用狙击枪射杀登城之敌。他知道八路攻打司令部是假，夺南城门抢尸体才是真。岂不知，黄翠虚实结合，如果加藤不回兵救司令部，就假戏真做一举拿下日军老巢。如果加藤分兵救司令部，埋伏在南城门的邵佳伟则带领一营攻取城门，乘乱将牺牲战士们的尸体抢回来。加藤这次失算了，他带领警卫队的兵力根本阻挡不住八路军的攻势，眼看着八路军已经攻进司令部大楼了，南城门依然是偃旗息鼓。这才知道上八路的当，命令南城门分兵增援宪兵司令部。此时，黄翠早已将一部分主力从两翼迂回去攻打南城门了。等到救司令部的援兵一到，八路军剩下的部队早已撤出战斗，在街道两旁埋伏，等南城门战斗一打响，防止日军回救，打敌增援。

这时，南城门战斗打响了，一营迅速采取火力压制，派出的敢死队搭旋梯，上城门抢尸体，哪知被躲在暗处的加藤武夫全部射杀。参谋长邵建伟知道加藤武夫身手灵活，枪法好，立即挑选几名神枪手，集中对付加藤武夫。加藤武夫终于找到了对手，兴奋得在城楼上来回奔跑哇哇怪叫。俗话讲艺高人胆大，傲慢自大的加藤武夫却忘却了自身的安全，结果身中数枪，含憾倒在了血泊之中，结束了恶魔的一生。邵建伟再次组织战士们登城，终于将王振国等几名牺牲战士的遗体抢了下来。加藤吉夫听到南城门口枪声密集，急忙带兵来增援，又被伏兵阻击，死伤大半，等到他们赶到南城门的时候，八路军早已撤退了。等到有人将加藤武夫的尸体抬到加藤吉夫的面前时，他全然不顾自己的身份，抱住弟弟的尸体放声大哭起来……

一连许多天，加藤吉夫都没有出司令部大门，一是接连几次战斗失利，阴影一直挥之不去。二是弟弟武夫的死，确实对他打击很大。可以这么讲，他的确对战争失去了信心，而且深恶和痛恨这场战争。他真盼着有朝一日能尽快结束这场战争。哪怕是让他回日本老家种地去，他都毫无怨言。不过，想到自己收藏的古董和瓷器还有字画，他的心情便有些释然。每每心情不好或是遇到烦心事，他就会到地下室里看看自己的宝贝，亲近它们一下，小心翼翼抚摸一下，或者与它们对对话，一切都会云消雾散。心情自然是云淡风轻般舒畅。

回到办公室，上午已经过半，翻译官倪景堃手捧文件已经等候他多时了。恭喜您大佐！倪翻译官说。加藤吉夫心说，我还有什么值得恭喜的事情！所以就没有追问。而是默默地接过文件，看也没有看就放在了案头上。倪景堃说大佐，您为啥不看看文件呢？加藤吉夫这才慢条斯理打开文件夹。倪景堃说，恭喜大佐恢复职务，还恭喜加藤武夫少佐被追认为中佐。加藤吉夫心中多天的雾霾随即烟消云散，合上文件夹的同时，说倪桑，我多天没有喝茶了。倪景堃说我现在就去给您沏茶，是喝碧螺春，还是喝福建的铁观音？加藤吉夫难得一笑，那就喝碧螺春吧，清淡一些。

倪景春刚将泡好的茶给加藤吉夫斟好。值班上尉进来报告，说外面有人求见。加藤吉夫问是谁？上尉说，您的老朋友孙桑。加藤吉夫心情更加好，说快请。倪景堃怕在这里影响人家说话，谎称有事要办就借故出去了。

孙大海进门，加藤吉夫已经将茶给斟上了，这是加藤吉夫对孙大海的最高待遇了。孙大海说大佐太君，别来无恙？加藤吉夫苦笑一下。他知道孙大海并没有讽刺的意思。因为孙大海不问政治。加藤问，近来博古轩生意怎么样？孙大海说马马虎虎吧。再说这个年头，是藏黄金的时候，谁还买古董呢！

加藤点点头。孙大海继而说道，现在博古轩是有我无我一个样！加藤吉夫说此话怎么讲？孙大海说，那个浪荡儿黄大茂天天守在店里，我可不就没事情做了嘛！加藤吉夫"哦"了一声。少时说道，这个黄庆生应该感谢我才对，要不是我，他那个黄大茂能走上正道吗！孙大海点头说是。忽然想起了什么，说大佐太君，前段时间我到西北收东西，得到一个好消息，不知您有没有兴趣？加藤吉夫说，只要是古董，我就感兴趣。孙大海说，不是古董我找您说不上话。加藤吉夫又给孙大海茶盏里续满水。孙大海说，苏县西北四十里，有个灵邳镇，那里遍布古代汉墓群，镇子上有秦老二秦老三弟兄俩，倚仗盗墓为生。前不久，弟兄俩在一座汉墓附近盖了三间房，就是掩人耳目，然后从房子里挖地道进入墓道，据说得到了不少宝贝，金银珠宝、古钱币不说，里面还有许多珍贵的汉画像石，此物不单很难得，而且堪称价值连城。加藤吉夫连忙问，这个秦氏弟兄俩能见一面吗？孙大海说加藤太君，因为这事，我在那儿待了五六天，您听我说，当地有个鞠山，山上驻扎一个什么抗日救国军，为首的叫谷大麻子，他原先是个土匪，你们来了之后，他摇身一变成了司令，现在号称三百人枪，全靠倒卖古董，还倒腾鸦片生意，不过听当地人说，这个谷大麻子，最喜欢的还是武器弹药。所以秦家兄弟的宝贝还没等出手就被谷大麻子给盯上了。扔个仨瓜俩枣的就给秦家打发了，秦家不敢反抗，不答应就杀他全家，那秦家兄弟只好舍财保命了。加藤吉夫问，现在那个谷大麻子在哪儿？孙大海说，还在他的老窝鞠山。加藤吉夫思考了一下，说孙桑，你今天回去准备准备，明天随我去鞠山会会那个谷大麻子，这件事如果能办成，我立即在东大街给你盘间铺子，绝不食言！孙大海说多谢大佐太君，我在博古轩也确实待不下去了！

　　加藤吉夫要挽留孙大海在司令部吃中饭，孙大海说我得回去收拾收拾，也许我今后彻底与顺河集告别了。有些事我得亲自处理一下。临出门的时候，加藤吉夫突然想起来一件事，问孙大海道，八路去峰山救黄翠那天晚上，有一股土八路攻打大木桥，你为啥不向我汇报呢？孙大海想了想，说大佐太君，我想起来了，那天晚饭我不知吃了什么坏东西了，上吐下泻，一夜都没有消停。

　　出了门，孙大海还在心里琢磨，加藤问这话是什么意思呢！

第十四章

70

1944 年日军塞班岛失陷，日军在中国以及泛太平洋地区的战场接连失利，日本国内粮食与物品匮乏，兵力严重不足，给日本军国主义者造成了极大的恐慌。师团总司令要求各地方，加大物资的掠夺，不惜一切代价对地方武装以及土匪、民团改编扩充与招安，以便维系战争的胜利。

加藤吉夫接到这一指令后，不由哑然失笑，他正愁找不到借口和谷大麻子接触呢！这真是天赐的良机啊！他让调来不久的少佐松井三木在司令部主持军务，自己则带领一个小队的兵力，与翻译官倪景垄还有在那里等候的孙大海，开着五辆军卡、一辆吉普车，浩浩荡荡向鞠山进发。

谷大麻子听说日本鬼子来了，吓得他半晌说不出话来，表面还装作泰然自若的样子，其实内心慌乱得很，他心中琢磨，抗日救国军从来不与鬼子打交道，也没得罪日本人。日本鬼子来鞠山干什么呢？还带来这么多鬼子兵，每辆车上都架着歪把子，恐怕是来者不善吧！所以，谷大麻子既小心谨慎又担惊受怕。

翻译官倪景垄将来意说了，谷大麻子才松了一口气。原来小日本是来招安的。我谷大麻子做了多少年土匪，从不祸害地方，我给你们当走狗，落不到好处不说，那我不被后人辱骂啊！谷大麻子说，我队伍枪孬人弱，哪配给太君您当差呢！我们只能在这乡下瞎扑腾，小打小闹而已，您瞧瞧，我们弟兄的枪支，基本上是汉阳造，连根烧火棍都不如！加藤吉夫说，枪支弹药你不必担心，皇军会给你提供，只要你们为皇军效力。你如果不从，毫不客气地告诉你，我就消灭你！就凭你们叫抗日救国军就可以砍你的人头！你抗什么日，抗谁的日？我们还没有找你算账呢！

谷大麻子脑门上冒汗了，加藤大佐，我们将名字改了好不好，去掉前面两个字，就叫救国军行不行？本来我们就是扯虎皮做大旗吓唬吓唬老百姓的！加藤吉夫说，名字得改，也得跟皇君一心，消灭八路军，为皇军服务！谷大麻子这下明白了，若是不答应这个条件，后果能想象得到。谷大麻子"嘿嘿"一笑说道，加藤大佐，我们都是些草民，也没受过什么正规训练，有的连枪都端不稳，我怕到时丢你们皇军的颜面！我觉得咱们还是井水不犯河水为好！翻译官倪景堃说，谷司令，长话短说，你到底答应不答应？谷大麻子说，我实在是难以从命！加藤吉夫"哈哈"一笑，你不从命可以，我就要你的命，然后换个人当司令！话音刚落，突然从后面蹿出一人，对谷大麻子连开三枪，谷大麻子应声倒地。眼睛望着那个向他打枪的人，连连"啊"了几声却没有啊出来。眼睛却久久不能闭合。

加藤吉夫万万没有想到会发生这种事，自己也被吓了一跳，问枪手你是何人？枪手说我是谷大麻子的大儿子，我叫谷大虎，是这儿的二当家，我父亲老了，不中用了，他不知进退，不解皇军的美意，我同意皇军收编，但是，皇军必须给我们武器支援才行！加藤吉夫问道，你想要多少武器？谷大虎说，五挺歪把子，一百条三八大盖，五万发子弹。加藤吉夫伸出手掌，一正一翻，谷大虎，按你说的再翻一番。外加一千个手雷，每人一身军服。谷大虎连忙匍匐在地，连连叩拜，多谢加藤太君！多谢加藤太君！

加藤吉夫将谷大虎搀扶起来，说谷司令，我们借一步说话。两人来到内室。还有一件事情，听说，你们前不久得到一批古玩，可有此事？谷大虎一愣，半晌说，不错，都是些墓葬的东西，古钱币、陶器，还有几只瓷器，剩下的就是珍珠玛瑙玉器一些东西，不值什么钱的，如果加藤大佐喜欢，尽可以拿去玩。加藤吉夫说，我听说，还有一些比较珍贵的汉画像石是真的吗？谷大虎一愣，半晌有点儿为难地说，加藤大佐，不瞒您说，当初得到这批宝贝，我们爷儿仨私分了，我要的是钱币陶瓷器，我父亲要的是金银珠宝，您说的那种石头画像，都归我兄弟三当家谷二虎了，他就点名要那玩意儿。不过，我估计他不会给您的，您要是想得到此宝，恐怕是有点难，因为我知道他太爱那些宝贝了。当时得到之后，他躲在屋子里看了三天三夜，痴迷得连饭都忘记了吃。少时又神秘地说道，不过我给您透漏一点点消息，据说，我那个弟弟二虎将那些烂石头偷偷埋起来了，具体埋在什么位置，只有您亲自问他了！

　　来的目的只完成了一半，汉画像石宝贝还没有着落，加藤吉夫估计今天很难回县城了，就让谷大虎安排人将汽车上带来的枪支弹药卸下来，借救国军归顺的大好日子，买酒割肉庆贺一番。等到他想起来去找三当家的谷二虎询问汉画像石下落的时候，却不见其踪影，问谁都说没有看见，这令加藤吉夫很是懊恼。刚才就应该将这个谷二虎控制起来就好了，一时疏忽竟然让他给跑了。跑了不要紧，反正宝贝还埋在这儿，不会出鞫山这个地界。吃过午饭之后，加藤将救国军的全部人马加上带来的几百名日本兵组织起来，在山的周围挖掘宝贝。然而，挖了一个下午都没有任何发现。加藤吉夫感到很沮丧，一直跟随身边的孙大海想到一个办法，汉画像石不是个小东西，搬运填埋都不是一个人能够完成的。估计知道内幕的还是这些救国军的人，不如通过悬赏来解决。俗话讲，重奖之下必有勇夫嘛！加藤吉夫连连拍着孙大海的肩头，孙桑，你不愧是个鬼精灵！你不当兵真是可惜了！当即，加藤吉夫就出一千个大洋悬赏，不到一个时辰就有人领走了赏金。将埋宝的地址告诉了加藤。原来，汉画像石就埋在了谷二虎的床底下。

　　加藤兴奋极了，急忙派人前去挖汉画像石，然后将宝贝装上车，派专人看守。看看天色已晚，就决定在山上过一夜，第二日一早再回县城。哪知，刚刚躺下，少佐松井三木派人来报告，说临时军火库中运河酒厂刚刚被炸，损失不小！据说是原先那个皇协军头目项龙河带人所为。加藤吉夫肺都气炸了，原想，八路军已经炸过一回酒厂了，没有料到他们又杀了个回马枪！刚刚得到宝贝那种兴奋劲儿一下子被淹没了。不过，冷静下来之后，加藤吉夫突然想起来，八路军怎么会知道他今天不在宪兵司令部的呢！

71

　　几天后的一天上午，孙大海如约来到日本宪兵司令部，加藤吉夫却没有在办公室内，翻译官倪景堃告诉他，加藤大佐到地下室里整理他的古董去了，他让我在这等您，告诉您一声，让您在这儿稍事休息，喝杯茶的工夫，估计他就该回来了。孙大海本想去到地下室看看加藤收了多少宝贝，觉得有些不妥当就没有动身。

　　孙大海此次来找加藤，目的是落实加藤上次许诺过的给他盘一间铺子的事情，他为加藤做了不少的事情，加藤理应兑现他的诺言，天经地义，这是他孙大海应该得到的。孙大海在东大街已经看中了两处地方，心里在那儿琢磨着，到底哪间更合适点儿，到时候多宝阁怎么摆放，哪些宝贝放在哪一层。他还准备经营一些字画，这些字画怎么挂，挂在哪儿合适，哪些名家在前，哪些名家在后，正盘算着，加藤吉夫进门了。老远就说孙桑，让你久等了！孙大海急忙欠身道，加藤太君军务繁忙，我等一会儿不碍事！加藤吉夫说我不是忙什么军务，我是欣赏汉画像石去了，那些汉画像石真是太精美了！它再现了中国两汉时期的军事、经济、文化以及真实的生活场景，比如那幅车马出行图，美轮美奂，真是令人大饱眼福、叹为观止！猛然想起了什么，对站在一旁的翻译官倪景堃说道，对了倪桑，你现在去粮库一趟，我已经安排过了，增派一个小队的兵力加强防备，双岗双哨，流动哨与巡逻队密切配合，做到万无一失。现在我们军粮严重不足，吸取弹药库及中运河酒厂被炸的教训，切不可再大意失荆州！倪翻译官答应一声走了出去。

　　加藤吉夫重新泡了一壶茶，等茶的工夫，对孙大海说道，今天约你来，是想与你商量一下下一步我的一些想法。我认真考虑了一下，你还得留在顺河集博古轩。孙大海欲说什么，被加藤用手势制止住了。加藤继续说道，顺河集有八路的根基，特别是黄石斋，黄庆山的儿子就是八路军独立团团长，只可惜上次让他逃脱了。还有博古轩，黄庆生的女儿黄晓红也是八路军的嫌疑分子。所以，我想你留在顺河集，帮助皇军监督黄石斋和博古轩的一举一动，有什么情况立即向我汇报。

孙大海心里一下凉了半截，他说加藤大佐，您答应在东大街给我盘间店铺的，您不能出尔反尔啊！

加藤吉夫说，我答应你的事情一定会兑现，绝不会食言，可是，现在皇军需要你的帮助，只要是你能将皇军的事情办好了，以后，别说是一间店铺，就是将东大街所有的店铺都给你盘下来，也就是分分秒秒的事情！

虽然加藤吉夫将饼画得这么大，毕竟是画饼充饥，虚无缥缈的东西，孙大海现在要的是实实在在的东西！以后是什么时候？孙大海感觉被加藤给耍了，可是又不能得罪他，也得罪不起他。其结果是他将前功尽弃，一点儿好处都别想得到。

加藤吉夫给孙大海茶盏里加满水，孙桑，你放宽心，只要你对皇军忠心，皇军绝不会亏待你的，你回忆一下，过去你给我收东西，哪一次我亏待了你？

孙大海想想还真是，不过加藤大佐，我在博古轩真的待不下去了，那个黄大茂整天在店里守着，我在那里也不怎么受师父待见，有时想想弄点儿小钱花花也都没了机会。

加藤吉夫说，那好办，我让黄大茂消失不就行了嘛！记得过去我曾经与你说过，我既然能放了他，我就能将他再次抓起来，哪怕是要他的命，都是我一句话的事。至于钱的问题，你要是手头紧的话，你可以随时到我这儿来拿。

孙大海有点激动，他恨不能立即唯加藤马首是瞻，为加藤肝脑涂地，加藤太君，您刚才提到黄石斋，我倒想到一个妙计，您不是想捉住黄翚吗？我建议您想办法将黄翚的爹娘两公母给抓起来，黄翚势必设法来救人，还怕黄翚不自投罗网吗？

加藤吉夫从内心佩服孙大海肚子里的鬼点子，要是培养培养的话，当一个高级特务绰绰有余！

怎么样加藤太君？要比您四处去撒网要容易得多是吧？孙大海沾沾自喜。

加藤拍一下孙大海的肩膀，孙桑，你的聪明大大的！这个办法我也曾想过，但是那样的话，我的古董与瓷器的路子就被堵死了，现在还没有到鱼死网破的地步！我要放长线钓大鱼。你放心，孙悟空再狡猾，也逃不出如来佛的手掌心！少时又说道，你一旦有机会就去黄石斋转一转，发现什么蛛丝马迹立即向我报告。

孙大海没有在加藤那儿留饭，他到东大街随便遛了一圈，将看中的那间店面交了定金租了下来，他不能指望加藤吉夫。他想租下这间房子先留作自己的住处，也好放置一些东西，一旦条件成熟或是在博古轩待不下去了，就搬过来，也算是有条退路。

上午从店里出来，他与师父说是进城看朋友的，所以也不想急等着回去。眼看到了吃午饭的时候了，他在王大发水煎包铺点了一壶酒，要了一盘素三鲜包子，切了一盘牛肉，整了一盘五香花生米，在那儿自斟自饮起来。边喝边想到自己的不容易，竟有些自艾自怜起来，他现在有两个愿望，一是开店，二是找个知疼知热的女人过日子。一下就想到了他的师妹黄晓红。他知道黄晓红看不上他，可他有决心，只要自己在城里有自己的店铺，手里有大把大把的银元，还怕黄晓红不就范吗！再高傲的女人在金钱面前哪有腿不弯的道理！

吃过饭，孙大海又到刚租的门面房里的床铺上睡了一觉，等酒意过去，这才春风得意回顺河集去。路过黄石斋的门口，想到加藤吉夫的交代，孙大海连门也没敲，直接进了店门。屋里有个生人坐在那里喝茶，孙大海不认得，看生人穿着打扮，不像是个生意人，本来孙大海想打声招呼就走的，这回坐下不走了，还让刘春林给他倒杯白开水，说中午见朋友了喝了几盅，有些口渴了。屋内那个生人和黄庆山有一句没一句说着天气。好像也不怎么熟悉。孙大海就上前问道，先生是做哪一行的？对方说，我是个杀猪匠，想在贵地开家肉铺，不知怎么样，今天特来讨教黄会长的。黄庆山接过话，说大海今天又进城去了？孙大海说嗯哪。黄庆山说，上午你师父过来说话，说是有件什么东西你放的一下找不着了，你回来还没有见到你师父吧？孙大海说，路过您的门口我特来看看师伯的，所以还没有回店。黄庆山就说道，那你就抓紧回去看看吧，以免你师父着急。孙大海想赖着不走也不行了，只好告辞出了黄石斋。

店里的生人是独立团参谋长邵建伟，等到孙大海出了门就问黄庆山道，此人就是孙大海？黄庆山点点头。据说此人与鬼子加藤来往密切，你们可得小心才是。见送孙大海的刘春林回来，邵建伟说道，春林，刚才话刚说了一半，从我们的内线传来情报，鬼子加藤吉夫计划要将手里的古董以及瓷器等宝贝运回日本，团长让我征求您和黄伯父的意见，要不要将宝贝截取下来？黄庆山说，加藤手里那些东西都是国宝，虽说都是花了钱的，可那些钱都是搜刮我们的民脂民膏，听说最近又在县西用武器换了许多珍贵的汉画像石，那都是些国宝级文物，一旦被运回日本，那我们可就追不回来了，一想到我们的国宝要逃离国门，我心里就如针扎般难受。所以，我们必须要拦截，你与黄翠说，无论花多大的代价都要夺回国宝，否则的话，我们就是千古罪人！刘春林问道，不知加藤何时要将这些国宝运回日本？邵建伟说道，目前还不清楚，因为最近一段时间，日本在国际和我们国内战争接连失败，加藤吉夫怕手里的国宝不安全，所以想偷偷运回日本。他有个同学在青岛港口做港督，据说他正在积极联系，具体哪一天行动还没有确切的日期。黄团长让我转告你们，利用孙大海的关系，尽可能地打听到确切消息，或者利用他为我们所用。以便我们制定拦截行动！黄庆山说，我们顺河集自卫队也训练得差不多了，只要需要，到时候拉出去，也是一支不可小觑的生力军！

72

窗台上的海棠花开了；昨日还是米黄色，今早浅杯状的单花瓣已经变成粉色了。既清雅，又不妖艳。

一只好看的小鸟在花前蹦跶唧啾，像是与花媲美！

天气极好，天空蔚蓝，日丽云舒，好一个令人遐想的夏天。

黄庆山本来想去运河边遛遛的，感觉今天身体有点儿懒，就没有出门。

刘春林下楼不久便急急慌慌跑上楼来，交给黄庆山一封信。信没有封口，黄庆山抽出信纸，上面只写了简简单单几个字：小心孙大海这个人！黄庆山将信纸交给刘春林，自言自语道，这封信是谁写的呢？刘春林说，我刚准备去下门板，就看到了这封信，估计是从门缝里塞进来的。说来也奇怪，写这封信的人是什么目的？他怎么知道孙大海的？让我们小心孙大海什么？有什么不可告人的目的还是暗示什么？黄庆山说，不去管他，对于孙大海，我们处处防着他就是了！

门外传来喇叭声，刘春林说，今天是邓建文结婚的大喜日子。黄庆山说，我们还没有上门道喜呢！刘春林说天早着呢，花轿还没有来呢！花轿来了，还得到县南陈翠萍娘家去接新娘子。黄庆山说，对，陈翠萍在顺和集的家毕竟是婆家，必须从陈翠萍娘家接新人，这是规矩。

刘春林下楼开店门去了。黄庆山匆匆洗了把脸，也下了楼，刚坐定，邓九庵就进门了。黄庆山一抱拳，九爷恭喜啊！我还没有来得及上门道贺呢！邓九庵说，我是来再请一遍您老的！中午三珍斋候着您哪！黄庆山说，喜帖已经收到了，办喜事肯定是忙得不得了，您就别再讲究这么多礼数了！邓九庵说应该的应该的！又对刘春林说道，春林，中午你早一点陪你师父师娘过去啊！我就不来单请了啊！对了，再有两个月，又该喝你的喜酒了！有人进门来叫邓九庵有事，邓九庵就随着出门去了。

刘春林送人回来，给黄庆山斟了一杯茶，继而说道，师父，早饭我去拿下来给您老吃吧，省得您爬上爬下的。黄庆山说，今天身体不怎么舒服，估计是夜间受凉了，这不是中午有喜酒吃嘛，早饭就省了吧，两顿并作一顿。

喝了一盏茶，黄庆山忽然想起了什么，告诉刘春林，你平时有时间密切注意孙大海，看看他暗地里到底干了些什么？刘春林点头答应。黄庆山点燃一袋烟，还有，前几次串货场开门，孙大海说是给朋友帮忙的，买了好几件瓷器，我估计他是给加藤吉夫那个鬼子偷偷倒腾的，他哪来这么多朋友？没听说！刘春林想起了什么，说师父，您看下门，明天三楼串货场又该开门了，我去收拾收拾。

一盏茶工夫，打门口进来一位中年人，问黄庆山道，您可是黄庆山黄掌柜？黄庆山赶忙起身让座，又给来人倒了一杯茶。黄庆山说，先生，听口音您不像是此地人？来人说我是从徐州来的。我姓詹，是徐州员掌柜的内弟。一听说是员掌柜的亲戚，黄庆山更加热情，问员掌柜一向可好？詹先生说，我姐夫前不久去世了。黄庆山一声叹息，世事难料，人有旦夕祸福，没想到员掌柜这么年轻就驾鹤西去，令人惋惜啊！詹先生说人的生死由天定，没有办法。继而说道，姐夫生前就叮嘱我让我来找您。有两件东西请您给看看，人走了，东西我得帮他处理一下。黄庆山问东西带了吗？詹先生说带来了，就两件，一件是书法，一件是瓷器，说着从带来的包袱中将两件东西拿了出来。

刘春林从楼上下来了，黄庆山便将詹先生介绍给徒弟。刘春林帮着客人将捆东西的绳子解开，首先打开的是那幅不太大的书法。书法是康熙皇帝的墨宝，上书"颜值"二字。黄庆山看了半晌，说这幅字是对的，估计是康熙帝写给孝庄太皇太后的。不过是一副对联上的横批，落单了，其价格肯定要受点儿损失。詹先生说不妨不妨。又看那一件瓷器，黄庆山上手后，又递给刘春林，然后对詹先生说道，这是只德化窑生产的白瓷文官造像，确切说是文昌帝君造像。文官开脸慈祥，胡须自然，手持如意，衣褶流畅，这是继明代制瓷大家何朝宗之后的又一位制瓷高人，底足有款识"搏击渔人"，其实作者是叫苏学金，其款识有时刻"蕴玉"或"苏蕴玉"。可惜这位苏先生英年早逝，只活了五十岁。少时黄庆山又说道，因为过去我与员掌柜熟识，同是做这一行的。也是很好的朋友，詹先生，我就不客气了，两件宝贝都是对的，康熙墨宝书法等一下我让我的徒弟带您到萃文阁那儿去，他们是专门经营书画的，估计价格会出的高一些。这个文昌帝君瓷雕我给您出五百块大洋，另外我再多给您三百块大洋，其用意是，过去我曾收了员掌柜一件瓷器，价格有些低估了，所以这三百块是补偿上次的亏欠。说罢让刘春林取钱给詹先生带走。刘春林偷偷问师父，那件书法为啥我们有钱不赚，匀给萃文阁呢？黄庆山笑道，萃文阁最近生意有些清淡，究其原因，进出的渠道不畅，郑云鹏毕竟不通这一行，权当是支持他们一把吧！你回头告诉郑云鹏，不要勒卖家了，这副横批怎么着也得给人家三百大洋。就说是我说的话，保证他稳赚不亏！

刘春林陪着詹先生去萃文阁了，黄庆山忽然觉得肚子里咕咕作响，有点儿饥饿感，就拿过点心盒，摸出一块桃酥吃了起来。恰巧贺氏在楼上喊他吃饭，他说不饿了，我已经吃过点心了。中午还得去三珍斋吃喜酒呢！不一会儿贺氏从楼上下来，给黄庆山端来一碗绿豆稀饭，说是消暑的。冷热正好，黄庆山就一口气喝光了。碗交给老妈子，叮嘱她回头换身干净的衣服，中午好去三珍斋坐大席。

贺氏刚走，黄庆山忽听外面大街上吵吵嚷嚷的，还夹杂着一些慌乱的脚步声。黄庆山正要出门看个究竟，刘春林回来了，黄庆山见徒弟脸上失魂落魄的样子，就追问外面发生了什么事情？刘春林半晌缓过气来，说出大事了师父！黄庆山问出什么大事了？你慢慢地说！刘春林说，早上隔壁邓建文带花轿去接亲，回来的时候路过大木桥，几个日本鬼子看花轿来了，就扑上去要找花姑娘，继而将新娘子当众撕碎衣服给强暴了，受到羞辱的陈翠萍觉得没脸活下去了，乘人不注意，从桥上纵身跳了下去，被吓傻的又不识水性的邓建文也随即跳下河去救人，随去接亲的人急忙下河去救人，等将一对新人捞上来，结果两人都不治身亡，现在还都躺在洪先生的诊所里。

黄庆山嗓子被哽咽住了，半晌才喊出声来，狗娘养的小日本啊！血债一定要用血来偿还……

喜事变成了丧事，顺河集陷入一片悲哀之中。

天空突然乌云密布，风起云涌，雷声由远及近，一道闪电划破天际，大雨倾盆，像是扳倒了天河。雨下了一个下午又一个晚上才停歇。

顺河集人说，这是上天给陈翠萍邓建文两口子哭丧呢！

73

上午，商会在三珍斋召开临时董事会议，内容就一项，就是怎么给死去的邓建文陈翠萍夫妻俩报仇的事情。

杜学胜首先表态，我们一定要为邓建文陈翠萍报仇雪恨，不能与小鬼子善罢甘休！李国瑞立即附和，小鬼子拿我们中国人不当人，我们要与他们抗争到底，我们不是有自卫队吗，干脆去到大木桥找到昨天那几个丧心病狂的日本鬼子与他们拼个你死我活！窦老六说，我不是胆小怕死，若是真刀真枪地与小日本干，我觉得那是鸡蛋碰石头。硬拼法子不妥，再说了，得罪了日本人，我们顺河集就怕是从今往后不会太平了，你想想，你杀了小鬼子，他们能放过我们吗！萃文阁郑云鹏发言，依我看，不如还像上一次为朱大个子申冤那样，抬着邓建文与陈翠萍棺材到日军司令部去请愿，看看加藤吉夫那个老鬼子怎么处理！泰和钱庄掌柜钱小钱没好气地说，怎么处理？就拿上回枪毙皇协军副大队长项龙河那件事情来说吧，当时说是枪毙了，多年后人还活得好好的！我们被骗一次了，绝不能再上当了！狗日的小日本太他妈的狡猾了！皮奎章说，我也不赞成与小日本以死相拼，那样的话吃亏的肯定是我们。按照我的想法，我们定个什么计策，比如那个加藤大佐不是喜欢瓷器古董吗，我们就召开瓷器古董交流会，加藤那个老鬼子肯定得来。我们自卫队事先埋伏好，等到加藤一来，乘其不备，将其抓获。半天没说话的黄庆生说皮爷这个主意不错，我们不妨考虑一下。杜学胜说，万一那个老鬼子不上套呢？或者到时候他带一队鬼子兵来将顺河集包围了，你怎么下手？你能下得了手吗！郑云鹏说，明的不行我们就来暗的，等到哪天夜晚，我们组织人将大桥给炸了，叫小日本出行不便，这样的话，还能保护我们顺河集一段时间的安全。起码说日本鬼子不能像往常似的，抬腿就来骚扰我们顺河集的老百姓了！李国瑞说，这个点子不好，桥一炸，河东人进城就不方便了，会招人骂的！万一知道是我们顺河集人所为，唾沫星子还不得将我们淹死啊！皮奎章想起了什么，对黄庆山说道，山爷，你家黄翠不是八路军的团长吗。我们是不是借助他们的力量，替我们报这个仇呢！杜学胜端了一茶盘里面斟满了茶的茶盏，一一分发给众人，继而对黄庆山说道，山爷，您是会长，又是我们的主心骨，您老说说，这个仇该怎么报！反正不能便宜了那些小鬼子！

黄庆山没有带水烟袋，点燃一支洋烟，深吸了一口，这才说道，我首先声明，邓建文夫妻这个仇我们一定要报，但是怎么报？我们大家得集思广益，共同来出主意想办法。刚才诸位都说了很多想法，我觉得都不错，但是我们一定要慎重考虑，决不能盲目地与小日本正面交锋，那样的话，后果不堪设想！我原来也与大家一样，听到邓建文夫妻俩遇害，义愤填膺，恨不能立即去找鬼子拼命！事后想想，这种冲动只能让我们受到的伤害更加巨大！在座的人都不由点了点头。黄庆山继续说道，我给诸位提供一个信息，最近，鬼子加藤要将手上搜刮来的一批古董字画、瓷器，还有价值连城的汉画像石运回日本去，我们要想尽一切办法，阻止加藤这次行动，借机消灭鬼子，为邓建文陈翠萍报仇雪恨！诸位看怎么样？众人热烈鼓起掌来。黄庆山继续说道，当然，仅靠我们自己自卫队的力量肯定是不行的，我已经联系了黄翚的独立团，让他们帮助我们拦截国宝打击日寇，为我们死去的百姓们报仇雪恨！众人再一次鼓起掌来。黄庆山说，眼下这个计划目前还要严格保密，希望大家回去任何人也不要提及，包括至亲至朋！

有人来报信，说是街上来了许多日本兵，领头的就是那个该天杀的加藤吉夫。队伍乌泱乌泱的，一条街都站满了！

黄庆山一惊，连忙招呼大家不要集中走，要一个一个出去，看看日本人想干什么再作打算。

日本鬼子在街中心围成一个大圆圈，中间站着挂着军刀的加藤吉夫。面前跪着四个五花大绑穿日本军服的鬼子。一个手持铁皮喇叭的二鬼子喊道，顺河集的父老乡亲们，我是苏县宪兵司令部的翻译官，我叫倪景堃，昨天在大木桥上，这四个军曹强暴了本集上的一个新娘子，造成两个人死亡，为正军纪，也为顺河集百姓伸张正义，加藤大佐胸怀宽广，不包庇不护短，决定严惩这四名军曹，给死去的人一个说法！……现在，我代表加藤大佐宣布，行刑开始！话音刚落，立即上来四名手持长枪的士兵，一人一个，都将枪口对准跪在地上的那四个日本军曹的后脑勺。一阵枪响之后，四名军曹应声倒地。看热闹的人顿时为加藤吉夫此举鼓掌叫好。

黄庆生对站在自己身旁的黄庆山说道："大哥，加藤这是演的哪一出？"

黄庆山说："那还用问，想拉拢百姓呗！其用心何其毒矣！"

这时皮奎章从人群中挤过来，向黄庆山弟兄俩喊道："穿帮了穿帮了！"

黄庆山连忙问道："皮爷，什么穿帮了？"

皮奎章说道："有一个鬼子，是我城里卖卤菜的表弟，前段时间他因为殴打鬼子被抓，怎么成了鬼子的军曹了呢！"

"你没有看错？皮爷！"黄庆山问。

皮奎章说："错不了，不单脸长得像不说，我表弟左耳朵上有个拴马桩，我看得真切的！"

黄庆生说："好一个狸猫换太子！"

黄庆山说："加藤不但狡诈阴险，还是个顶好的演员！"

这时孙大海急急慌慌跑过来了，老远就喊道："师父，大事不好了！"

黄庆生问："出了什么事？"

孙大海说："少爷今天一早和兰香去城里扯布做衣服，在裁缝铺门口被几个蒙面人给拽上车开跑了。"

黄庆生问："知道什么人干的吗？"

孙大海说："只晓得那些人穿着黑衣服戴礼帽，脸上都用黑布蒙着。"

"兰香呢？"黄庆生问。

孙大海说："在店里一直哭呢！"

黄庆山说："老二，我随你回店里去，你先别急，等问明情况再做计较。"

74

一夜秋风，染白了多少树木发髻，绵绵细雨，淹没了无数乱世之秋。

小雨停停歇歇，太阳在云里雾里行走，风时有时无，好闷的一天！人们说江南的梅雨已经走得很远了，怎么这会儿才传染到江北我们这个小小的顺河集呢！

傍晚，黄晓红从大兴八路军根据地回来没有回自己的家，直接去了黄石斋。见到了伯父黄庆山，这才知道黄大茂被抓走的消息。因为事情紧急，她也顾不上回家安慰老父亲。黄晓红告诉伯父，过一会儿，黄翠和邵参谋长马上来，还有一个安插在日本内部的同志也过来，具体商量怎么截取加藤吉夫运宝车辆的事情。

从安全上考虑，黄庆生让刘春林将藏宝的地窖收拾出来，回头在那儿议事。刘春林答应一声去后院了。正在这时，有人敲门，黄晓红急忙去开门，认为是黄翠他们，却原来是孙大海。见到黄晓红，孙大海不由愕然，说师妹你也在这儿啊！接着又给黄庆山打了声招呼。黄庆山问，大海来有什么事情吗？孙大海说没什么大事，我就是找师哥问件事情的。黄庆山说我让春林出门办事情去了，等他回来我让他去找你。黄庆山不动声色下了逐客令，孙大海识趣，说了句客气话，离开了黄石斋。

天擦黑的时候，黄翠打扮成农民的样子，与邵建伟进门了，后面还跟着一个穿长衫戴礼帽的中年男人。黄翠连忙给父亲介绍，这位是日军司令部的翻译官倪景堃，是我们自己的同志。黄庆山说我们见过面，前几天他到顺河集来过，就是枪毙那几个假日本军曹的那天。寒暄之后，刘春林打着灯带他们进到地窖里，地窖里虽然有些潮湿，倒也十分凉爽。

黄翠说景堃同志你先说说情况吧。

倪景堃说，目前已得到证实，加藤要将国宝古玩以及文物运到青岛港，现在东西已经装上了军车。但具体发车时间还不十分清楚。关键是当时装车是在夜间，而且是秘密进行的。因为院子里停着十几辆军车，一时还不清楚宝贝具体在哪一辆车上。另外，去青岛有几条路线，向西走徐州，这是正常路线，向北从山东直接进入青岛境内，也极有可能。想从县城向南估计不可能，出南门有两条路，一条去南京，一条通淮安，加藤再怎么蠢，总不会舍近求远绕那么一大圈吧！还有就是向东方向，走大木桥出城去东海然后顺海岸线走烟台去青岛，虽说这条路近，可是要经过大兴根据地，用鬼子的话说，很不安全。他怕我们八路军中途拦截。再说加藤已经知道八路军已做好拦截准备。所以一切安排都是在秘密进行，只有为数不多加藤的亲信知道真实情况，也许谁也不清楚。因为加藤对于这次运宝非常谨慎。黄翠说，我们要早些知道到底是哪一辆军车装有宝贝，具体走哪条路，我们这才能进行兵力部署，半途堵截啊！倪景堃说，好在加藤也安排我到时押车，不过我仔细一想，加藤是故意混淆视听。他怎么会相信我这样一个中国人呢！倒是新来不久的少佐松井三木，毕竟他是加藤吉夫的学生，到时我们可以死死盯住那个松井三木，估计不会有错。黄翠说，即便我们知道宝物在哪一辆军车上也不顶用，等知道也来不及部署兵力了！黄庆山插话，加藤这么做无非是让我们无法跟踪，我们不如采取一个笨办法，也是个最有效的办法，就是盯车战术，出城四条路我们都部署兵力，设卡埋伏，估计装有宝贝的军车加藤不会安排太多的兵力，因为四个方向十几辆军车呢。黄翠点头赞成，目前也只有采取这个法子了。不过我们一个营的兵力要分成四股力量，有点儿势单力薄，因为二三营要留在根据地待命，防止加藤偷袭。黄庆山说，我们自卫队可以承担一个方向设伏。刘春林说师哥，我们自卫队虽说没什么战斗经验，挖个坑埋个炸药，打个埋伏还是绰绰有余的，不信你问问师妹晓红。黄翠说，自卫队仍由晓红妹妹指挥，作为预备队。战场上瞬息万变，自卫队毕竟没有经过正式战斗，再说小日本单人作战能力还是很强的！最后确定，一营分成四个小队，黄翠带一小队在县西耿圩子附近设伏，参谋长邵建伟带领二小队负责北路在峰山设卡埋伏，这两条路是重中之重，三小队四小队由一营两个有经验的连长带队，在大兴附近和县南设伏，力求做到速战速决。还有，尽一切可能，子弹不要伤及国宝。三小队与四小队是针对加藤的障眼法而做的部署，如果发现运送国宝的军车是空的，立即分兵驰援北路及西路的一二小队。黄翠最后交代黄晓红，无论哪一方打响，加藤势必派兵增援，你带领自卫队埋伏在宪兵司令部附近，见到鬼子出兵，你们选几名枪法好一点的，专打鬼子的当官的，再挑几个臂力好的，手榴弹有多少扔多少。但有一条，千万不要恋战，打不赢就跑。你们目的不是消灭鬼子，而是给小鬼子造成一个错觉就行了！

临分手，黄翠对倪景堃说道，老倪，你想办法给我们找一辆军用吉普车，以备不时之需。倪景堃说没问题。明天一早我就将吉普车交给茶馆二喜子。另外，一旦加藤那边有动静，我就让二喜子去通知你。黄翠说好的，然后握着倪景堃的双手，老倪同志，注意安全，千万小心加藤这只老狐狸！

从地窖出来，黄庆山让儿子上楼看看母亲。黄翠说，来不及了，我得赶回根据地向上级汇报，还要去团部部署兵力，然后连夜到四个方向查看地形，定埋伏地点。虽然加藤这次搞的是虚虚实实，可我们必须全部是实的才行！

第二天，小雨还在不紧不慢地下。加藤什么军务也没有安排，闲来无事，还叫倪景堃陪他下了一盘围棋，只字不提出发的事情。但是吃过午饭之后，司令部突然下了戒严令，人员一律只许进不许出。倪景堃就知道加藤要有动作了。果不出所料，加藤通知执行特殊任务的军车晚八点出发。还没有人通知倪景堃坐哪辆车，出哪个门。倪景堃一时想不出加藤肚子里到底卖的什么药！一个下午，加藤都不在自己的办公室里，具体去了哪儿，连在执勤的上尉也不清楚，倪景堃心里犯疑，眼看着就要出发了，加藤能到哪里去了呢！除了办公室，倪景堃又到了加藤的卧室，暗室，地下仓库都找了一遍，还是不见加藤的踪影。当他无意走到少佐松井三木的办公室门口时，听到了屋内有人讲话，正是加藤吉夫与松井三木。倪景堃急忙躲在了窗下。

加藤吉夫说，装东西的两辆马车昨天已经到达了指定地点。你晚上七点半乘我的轿车准时出发，让倪翻译官陪你一同去，出南城门大约二十多公里处有一个叫三棵树的镇子，镇子上南首有个四季春茶馆，现在马车已经到了那里，我从城南卡口调配一辆军车也在茶馆里等候，你到了之后，将马车上的东西装上军车，你亲自押送军车到安徽一个叫狐狸集的小站，我已安排人在那里等你，将东西搬上火车，你亲自押运东西去徐州，然后从徐州转汽车去青岛。你放心，一路上我都做了精心的安排。需要注意的是沿途搬动箱子时一定要轻拿轻放！松井三木说老师你放心吧，我一定会按照您的吩咐做好一切的！加藤说，三木，你将老师这件事情办好，老师一定会在师团司令长官那里给你美言的，最多到年底，你的中佐职位就会到手的！松井三木说，谢谢老师。还有一事不明，这次秘密行动，你为啥让那个倪翻译跟着呢，碍手碍脚的！加藤吉夫说，中国人我不可能相信，他这次随你去，一是听从你的调遣，二来万一发生什么变故，他可以作为替罪羊便于处置！还有一点就是，他来路不明，我一直怀疑他的身份，我怕他在这儿给我添乱，他跟着你去，我也就放心了。如果发现他有什么不轨，你可以随时解决他！以绝后患！……

倪景堃听到这里，浑身不由出了一身的冷汗，他万万没有想到加藤吉夫这么阴险狡猾，如果听不到两个鬼子的谈话，黄翠他们扑空了不说，国宝也被鬼子给运出了苏县。眼下得将这个消息送出去，让黄翠撤兵赶往三棵树将宝贝抢回来，他急忙回到自己的办公室，简单将情况写了一下，来到宪兵司令部大门口寻找机会。值班的军警听说翻译官要出门买烟，说什么也不让，说大佐有命令，任何人都不准许出门。倪景堃说这命令还是我亲自下达的，我能不晓得吗？我马上要出远门执行任务，你们知道我是个老烟鬼，断烟就如断血似的，你们看着没有，云梦茶馆隔壁就是烟铺子，我去买包烟就回来。军警还觉得为难，倪景堃就说，要不然这样吧，你们派一个人去给我买总行了吧！军警感觉天天低头不见抬头见的，也不好太绝情，就说翻译官你快去快回吧！

等到倪景堃到了烟店门口，二喜子正为得不到情报在茶馆门口急得团团转呢！倪景堃说二喜子，上天喝茶还没给钱呢，你将钱给你们掌柜的捎过去。说罢将情报裹在一张纸币里递给了二喜子。然后到烟店买了包香烟，这才转身回去。

晚上，当倪景堃和松井三木的小轿车赶到三棵树四季春茶馆的时候，只有两辆空马车停在了门口，军车却不知去向。茶馆里还绑着几个被扒光衣服的日本鬼子，向一个军曹询问装宝贝的箱子哪里去了，军曹说被八路军抬上军车开走了。松井三木大发雷霆，说"八嘎"，又说"八嘎八嘎"！气急败坏地甩给那个军曹几个响亮的耳光。

75

1945 年夏秋之际，长江以南江浙地区发生洪涝灾害，波及江北苏县一带。一连几天几夜的大雨造成运河水猛涨，已经超过了警戒线。运河两岸的百姓不分男女老少，冒雨自发到运河岸边加固堤防，以防不测。

多天来，大雨倾盆，河水上涨迅猛。似乎来一阵大风就能将堤岸撕裂。沿岸百姓整日里提心吊胆，生活在恐怖与绝望之中。

自从宝贝丢失之后，大半年以来，加藤吉夫一直在寻找，并四处张贴布告重金悬赏知情者提供线索。固然他心中明白宝贝被劫十有八九是八路军所为，他也多次对大兴八路军根据地发动攻击、屠杀甚至灭绝人性地烧杀抢掠，试图能搜寻到宝贝的蛛丝马迹，然而，那些宝贝就如人间蒸发一样，消弭得无味无痕。就连加藤吉夫本人也怀疑是不是真的发生过此事！当然，加藤吉夫也知道顺河集的那些人一定知道宝贝丢失的下落，所以，他许诺孙大海，只要他能找出宝贝的下落，他就将东大街古玩市场送给他。孙大海也是费尽了心思，还是一点儿蛛丝马迹也没有发现。他又派密探坐镇顺河集秘密调查，结果还是音信皆无，石沉大海。

那次送宝因为私自动用军车造成车辆被毁，又加上他用武器弹药换取古玩珠宝，加藤吉夫被人举报，受到上级弹劾，被降为少佐，要不是他老师徐州日军师团龟田将军的保护，险些被革职查办遣送回国送交军事法庭审判。如今，苏县已经由新来的恭和太郎大佐接替他的位置，他则带领一个小队，奉命守桥。

他每日坐在桥头阴暗的办公室里，喝着清茶，望着顺河集街景，不由生出许多感叹。就是这个弹丸之地的顺河集，给他带来无数次的欢乐和惊喜，也给他带来无数次的伤感与忧烦。更多的是仇恨，他太痛恨这个地方了！这个地方使他倾家荡产，变成一无所有，使他颜面尽失，使他灰心失望，他一身雄才大略，一腔的报国志向，还有重振家族的壮志，都让这个倒霉的顺河集给毁了！既毁了他的前半生，也毁了他的后半生！现在自己与阶下囚没什么区别，他没有军权，更没有指挥权，只有满腹的仇恨和哀伤，待在这间几平方的潮湿的屋子里喝酒，唉声，抱怨，任时间从身边滑落、流逝……

世界大钟的时针指向了一九四五年八月十五日，日本裕仁天皇向全国宣读停战诏书，日本无条件投降！

当时加藤吉夫正在自己简陋的办公室里与他的好友孙大海喝酒，听到这个消息之后，不知祸福，不知喜悲，竟然失声痛哭起来！半晌对孙大海说道，孙桑，我们的国家与我一样失败了，完完全全地失败了！……

几天之后一个雨天，加藤吉夫专门将仅剩下的两瓶日本清酒翻找出来，又吩咐手下到城里买了几个卤菜，将孙大海请到办公室里喝酒。做最后的告别。两人从中午喝到了晚上，竟没一个人倒下。加藤吉夫斟满最后两杯酒，自己将酒杯举起来，又让孙大海也举起杯来，动情地说道，孙桑，你是我在中国最好的也是最知心的朋友，我们今天干了此杯，也许这一辈子我们就不能再见了！更不可能在一起喝酒了。人生的大幕就要落下来了，明天我就要到徐州去了，去向你们中国军队低头递交投降书！这是你们国家的荣耀，却是我们大日本帝国的耻辱，就此干杯吧朋友！然后将酒杯摔在了地上，自己也随即摔倒在地。

孙大海急忙去搀扶，加藤先生，加藤先生！

加藤吉夫半晌爬起身来，对孙大海说道，孙桑，你是我在中国唯一的朋友，明天我要离开这个伤心之地苏县了，有句话我得告诉你，今天晚上我要将运河东大堤炸掉，我的那些宝贝肯定在顺河集黄庆山他们手里，你们中国的宝贝我没有机会得到了，我也不会轻易让我的那些仇人得到，还有我一手建造的大木桥，我也会亲自毁了它！天皇陛下让我们放下武器，但是我的仇恨放不下！你现在就离开顺河集吧，我一会儿办完我要办的事情，我也会离开这个令我伤心痛恨的顺河集的！……

尾　声

　　日本鬼子在离开苏县前的那天夜里，大运河东岸大堤被炸，大水将顺河集给漫了，后来统计，顺河集的房屋被泡倒了几十间。百姓却无一人遇难。据说是事先有人得到了消息。

　　苏县原日本大佐加藤吉夫自己剖腹自杀在阴暗潮湿的大木桥军营里。终究无颜回到他的家乡烧尻岛。

　　一九四九年全国解放，黄庆山黄庆生弟兄俩将黄家留下来的十二月花神杯等宝贝以及从加藤吉夫手里夺回来的国宝捐献给了国家。弟兄俩沐浴了新中国的雨露阳光，都活到了八十多岁。

　　在淮海战役失去一条腿已经是军分区司令员的黄翠与黄晓红结了婚。

　　黄大茂在日军投降后回到了顺河集，后报名参加了黄海战役战后担架队，在碾庄圩战役中，为掩护伤员不幸牺牲。新中国成立后被追认为烈士。兰香接手博古轩，生意一直不错。

　　刘春林与窦大丫结了婚，生了四个孩子，全部是男孩。乐得窦老六夫妻俩整天都合不拢嘴！

　　郑云鹏与唐桂花又生了个女孩。男孩叫槐子，女儿取名槐花。

　　孙大海娶了茶馆的窦二丫，在城里东大街开了一家古玩店，取名"青花五彩坊"。

　　书中其他人物，生活闲适，各安天命，没什么大起大落。

　　　　　　　（2019 年 7 月 15 日第一稿，2020 年 1 月 9 日改毕）